# 鹽之書

# The Book of Salt

MONIQUE TRUONG

莫妮卡·張
卓妙容 譯

國家圖書館出版品預行編目資料

鹽之書 ／莫妮卡・張 (Monique Truong)著；卓妙容譯. -- 初版. -- 臺北市：麥田出版：家庭傳媒城邦分公司發行, 2006 [民 95]
面： 公分：--（麥田水星；19）
譯自：The book of salt
ISBN 986-173-062-1（平裝）
874.57 95005564

The Book of Salt


麥田水星19

**鹽之書**

作　　者　莫妮卡・張（Monique Truong）
譯　　者　卓妙容
責任編輯　陳瀅如
文字編輯　黃美娟
排　　版　綠貝殼資訊有限公司

發 行 人　凃玉雲
出　　版　麥田出版
地址：10061臺北市中正區信義路二段213號11樓
電話：(02)2351-7776
傳眞：(02)2351-9179
發　　行　英屬蓋曼群島商家庭傳媒股份有限公司城邦分公司
地址：10483臺北市中山區民生東路二段141號4樓
網址：http://www.cite.com.tw
客服專線：(02)2500-7718 | 2500-7719
24小時傳眞專線：(02)2500-1990 | 2500-1991
服務時間：週一至週五09:30-12:00 | 13:30-17:00
劃撥帳號：19863813　戶名：書虫股份有限公司
讀者服務信箱：service@readingclub.com.tw
香港發行所　城邦（香港）出版集團有限公司
地址：香港灣仔軒尼詩道235號3樓
電話：(852)2508-6231
傳眞：(852)2578-9337
電郵：hkcite@biznetvigator.com
馬新發行所　城邦（馬新）出版集團【Cite(M) Sdn. Bhd. (458372U)】
地址：11, Jalan 30D/146, Desa Tasik, Sungai Besi, 57000 Kuala Lumpur, Malaysia
電話：(603)9056-3833
傳眞：(603)9056-2833
電郵：citecite@streamyx.com
印　　刷　中原造像股份有限公司
初　　版　2006年4月
售　　價　350元

ISBN 986-173-062-1

「觸動心靈深處，結構複雜精巧……這位新作家將爲大眾帶來無窮的閱讀樂趣。《鹽之書》是不可錯過的好書。」——《舊金山紀事報》（*San Francisco Chronicle*）

「表現完美。」——《歐普拉雜誌》（*O: The Oprah Magazine*）

「精采萬分……莫妮卡·張的《鹽之書》描寫出憂鬱和失落，愛慕和美食，將男主角在廚藝和語言上的天賦，刻畫得入木三分。」——《紐約時報》書評（*New York Times Book Review*）

「極少當代小說家的第一本作品，能展現出莫妮卡·張的氣勢和抱負……每一頁都可以看出作者豐富的想像力。」——《洛杉磯時報》（*Los Angeles Times*）

「故事精巧，情節環環相扣……筆法優美，出神入化。」——《今日新聞報》（*Newsday*）

「藉由越南廚師和旅居巴黎的美國人的雙重角色扮演，發展成精緻無比的小說。宛如一道食神巧手準備的珍饈，令人再三回味。」——《波士頓環球報》（*Boston Globe*）

「莫妮卡·張天賦過人，讓我們對她的未來既敬畏又期望。」——《聖荷西水星報》（*San Jose Mercury News*）

「爲『失落的一代』在巴黎的舊題材加了新創意……一個壯麗神奇的故事……既是爲了生存而苦苦掙扎的血淚詩篇，又爲歷史上的名人軼事提供了不同角度的觀點。《鹽之書》成就非凡，不容小覷。」——《巴爾的摩太陽報》（*Baltimore Sun*）

「豐富、精彩、美麗如詩的小說……以食物為引子，深切刻畫出體裁、象徵和感官，筆法清新，帶讀者進入非同凡響的世界。」——英國《衛報》（*Guardian*）

「一個關於烹飪、語言、渴望和殘酷的絕佳故事。」——《村聲雜誌》（*Village Voice*）

「極具吸引力的性感故事。」——《時代雜誌》（*Times*）

「令人目瞪口呆的完美……莫妮卡・張的文筆讓這本小說宛如詩歌，優美動人。」——Out.com

「莫妮卡・張絕對是個我們得記在心裡的名字……值得一讀再讀。」——《邁阿密前鋒報》（*Miami Herald*）

「情節有趣，內容精采，觀察細膩。」——《黑皮書雜誌》（*Black Book*）

「燦爛炫目……莫妮卡・張將會成為美國文壇上的新巨星。」——《克科斯評論》（*Kirkus Reviews*, starred review）

「一本令人垂涎三尺的杜撰回憶錄……莫妮卡・張創造出前所未聞的深度和感動。」——《書單》半月刊（*Booklist*）

「令人著迷的敘述手法；有趣描述杜撰名人生活；細緻鋪陳傷感心碎故事。觸動心靈深處的第一本小說……莫妮卡・張的生花妙筆，讓你感動。」——《出版人週刊》（*Publishers Weekly*, starred review）

獻給我的父親，一個終於回到家的旅人

這本書在兩個國家的兩座島、三個州、五個城市之間完成。對我來說，這是個嘗試，也是一段帶著恐懼的美好旅程。這本書能夠出版，要感謝：Edward and Sally Van Lier Fellowship、Fundacion Valpariso、Corporation of Yaddo、Hedgebrook、Lannan Foundation、Asian American Writers' Workshop、Barbara Tran、Andrea Louie、Quang Bao、Hanya Yanagihara、David L. Eng、Isabelle Thuy Pelaud、Elaine Koster、Janet Silver、Lori Glazer、Carla Gray、Jayne Yaffe Kemp、Deborah DeLosa。

要是沒有Grace Yun、Russell Leong、Dora Wang這些老朋友的鼓勵，我不會有勇氣提筆。

但最後，我要謝謝Damijan Saccio。如果不是你的包容，讓我知道隨時回家就有溫暖，那麼再大的成就都沒有意義。

我們僱用家庭廚師的運氣一直相當不錯。可惜，在我眼裡，他們多少有點個性缺憾。葛楚史坦卻總是告訴我，這是當然的，如果他們沒有這些毛病，怎麼會來為我們工作。

——愛麗斯・B・托克拉斯（Alice B. Toklas）

# I

關於那天，我有兩張珍藏的照片，當然，還有我的回憶。

火車出發前三小時，我們已抵達巴黎北站（Gare du Nord）。帶著堆積如山的行李，大大小小各式箱子，說實在，我們也沒其他選擇。東西多到計程車得跑兩趟才能全部運完。我們回百花街（rue de Fleurus）的公寓載第二趟，一小群守在車站等著採訪的攝影記者自願幫忙看守第一批行李。兩位女主人毫不猶豫地接受了他們的提議。不知爲什麼，她們對攝影師永遠有近乎盲目的信任。主人都相信，經過攝影師的巧手，原本生活裡無關輕重的片段會立刻蛻變成生命中的重點。攝影師的出現代表了一個人重不重要、有沒有名氣，不是人人都能享有的殊榮。此起彼落的閃光燈宛如許久未見的摯友的笑容，溫暖了女主人的心。不過，我心想，就算是朋友，頂多也只能算是還不熟的新朋友。那時我已經跟了她們五年多了。那群攝影師並非一開始就存在，只是當主人們準備出門旅行的消息傳出去後，他們像一群揮之不去的蒼蠅，不時圍在百花街二十七號的入口繞來繞去。我可以理解爲什麼主人們樂於和攝影師往來。因爲攝影師離去後不久，她們一定會收到報社或雜誌社送來的信，裡頭放著刊登的採訪和照片。兩位女主人小心地用熨斗將每一篇收到的報導燙平，絕不容許登出來的照片有任何摺痕，並仔細收入一本綠色真皮相簿。「綠是羨慕的顏色。」她們告訴我。我來回看著她們的臉，感覺得到兩人都很開心。她們之間的溝通非常含蓄隱密，不過我跟了她們這麼久，早就破解了那套私人密碼。「綠色」代表的是她們等這天已經等了好久；看到朋友或熟人都接過來自媒體的信，讓她們迫不及待也想嘗嘗那種滋味。早就準備好的綠皮相本早已等得不耐煩，現在她們總算能將報章雜誌的採訪放進去，以一種最公開的方式，驕傲地將之當成家庭相片的一部分。「綠色」代表的不再是她們對別人的羨慕，而是別人對她們的羨慕。

我知道說起來難以置信，但攝影師蜂擁而至以前，我一直覺得兩位女主人是我一個人的；我從沒想過她們的祖國比我去過的任何一個國家都大；她們的同胞有權利歡迎、要求她們返國。雖說百花街二十七號的客人一向絡繹不絕，不過這種感覺完全不同。她們樂於接待造訪的客人，但也樂於見到他們離開。不少人希望能成爲她們的好友，在屋裡占有一席之地，可是沒人比我更清楚，喝完第三壺茶之後，他們還是非得起身告辭不可。我就不一樣了，我不但留了下來，而且她們還得付錢請我留下來。想起來眞是諷刺。這群攝影師的到來，帶來了全新的氣象。他們的要求又高又多，不像以前的仰慕者只是禮貌地敲敲百花街二十七號的門，期待進來喝杯茶而已，反而要我的女主人跟他們一起出門，將百花街用鑰匙鎖起來，拋諸腦後。那天，在巴黎北站，我向來恐懼的攝影機閃光燈完全占據了我的思緒。我總覺得那是一種冒充成幻象卻要你變瞎的強光。就像暴風雨前夕的閃電一樣，不安好心。這樣的想法也許是水手的多慮。上回橫渡海洋，已經是十一年前的事了。主人們更久，足足有三十年沒上過船。對她們來說，海洋已淡化成一片藍色的模糊記憶，平靜地連接這點到那點。對我來說卻不一樣，它仍舊鮮明好鬥，時時刻刻提醒人們：距離不是廣闊海面上的直線，而是後來在海面上的遭遇。

策劃行程初期，女主人還想讓「籃子」和「皮皮」隨行。尚普蘭豪華郵輪（SS Champlain）將頭等艙乘客的寵物同樣待爲上賓；問題出在沒有一家美國旅館——至少沒有一家她們想住的旅館，願意接受四隻腳的客人。這點曾讓她們短暫地激動落淚，不過兩人的情緒旋又恢復平靜。這幾年來，我的女主人學會腳踏實地過活，不再爲無益的事感傷。即使想到心愛的貴賓狗和吉娃娃將孤零零留在巴黎好幾個月，甚至好幾年，日漸憔悴，終日嗚咽，就讓她們心疼不已，她們還是硬著心腸，堅持如期啓程。我和那兩隻狗沒什麼感情，和貴賓狗「籃子」處得尤其不好。牠是在一九二九年春季狗展上買來的，我則是在那年冬天搬進百花街的公寓。我一向認爲到達的時間太過接近是這隻狗對我態度惡劣的主因。再怎麼說，嫉妒本來就是與生俱來的天性。每天早上，女主人會親手用硫磺礦泉水幫牠洗澡。我相信如果有「全世界最乾淨的狗」比賽，第一名非「籃子」莫屬。到家裡來的訪客見到「籃子」，總會不由自主停下腳步，欣賞牠毛皮的光澤和生牛肉似的粉嫩。本來我以爲是硫磺礦泉水改變了牠雪白鬈毛的顏色，後來才發現眞正的原因是牠緩緩陸續掉毛，使得臘腸般的皮膚透過稀疏的毛髮將牠染紅了。毫無疑問，每日晨浴正是這場尷尬的非自願脫衣秀的元凶。於是，我的女主人只得在訪客到來時爲「籃子」穿上斗篷似的衣服遮醜。

還好我能自己洗澡穿衣。不過，和「籃子」一樣，我好歹也有幾名仰慕者。嗯……好吧！其實只有一、二個。話說回來，連那隻噁心的吉娃娃「皮皮」都有仰慕者。即使牠又瘦又小，根本算不上一隻狗，充其量只能算兩隻大眼睛架在一個溼答答的鼻子上。可是就像「籃子」一樣，女主人對牠疼愛有加，眞搞不懂她們到底在想什麼。女主人要求我留下來照顧這兩隻狗。可是，你能想像嗎？她們連狗都想帶到美國去，卻完全沒想過邀我一起上船。我服侍她們超過五年，不管到哪兒旅行，我們總是一塊出門。我開始爲她們工作時，兩人都已年過五十，早就失去了冒險精神，所以除了巴黎外，我們唯一去過的地方只有她們在碧利尼[1]的度假小屋。不過你要了解，對她們來說，旅行早就成了從一個舒適的地方移到另一個舒適的地方時，不得不忍受的無聊過程。畢竟，關在車裡看模糊的法國鄉村景色也沒什麼好興奮的。

即將展開的海上航程卻改變了一切。女主人們從好幾個月前就開始準備，大肆採購各式各樣的洋裝、手套、鞋子。每件東西都不算誇張，但絕對稱得上豪華：手工精繡的背心上，五顏六色的花鳥爭奇鬥艷；粗花呢裁製的旅行外套上綴著深咖啡色的絲絨滾邊、閃閃發亮的鈕子；除了尺寸和高度外，一式兩雙的各種皮鞋。尺寸大的那雙，鞋跟只加高一點點，因爲她們個子雖小，身材卻相當結實。尺寸小的那雙，鞋跟則高很多，不過尙在正常範圍內。你得記得，再怎麼說，「舒適度」對我的女主人們還是相當重要。

「我們會先從巴黎搭火車到哈弗港（Le Havre），郵輪就停在當地碼頭。之後，有六、七天的時間，我們會在大西洋上度過。到了紐約後，我們往北行，先到麻州，再往南到馬里蘭州、維吉尼亞州。然後往西走，到俄亥俄州、密西根州、伊利諾州、德州以及太平洋岸的加州。到時再考慮下一步該怎麼走。」女主人們規畫她們的行程，嘴裡唸著每個城市的名字——紐約、波士頓、巴爾的摩、克里夫蘭、芝加哥、休士頓、三藩市……她們的聲音中帶著不可否認的興奮，和平日淡淡的語調截然不同。提到飛機時，更是興趣盎然。接受記者採訪時，她們表示，「這是一個目睹摯愛美國在二十世紀全新面貌的好機會」。兩人私下交談時，還曾讚歎「想想多神奇啊！不過是一場演講的時間，它就能將人載到另一個遙遠的地方」，甚至討論起買架私人飛機需要多少錢。哦，當然是二手的。別忘了，我告訴過你，女主人們非常實際。

我相信一切都是命中注定。命運之神一定悄悄聆聽了我們關於旅行和飛機的對話。要不然，我要怎麼解釋爲什麼那封信早不來晚不來，剛好在那一天寄達百花街？它的到來引起一陣小小的騷動。女主人將信放在小銀盤上遞給我，同時告訴我，直到這時她們才發現，五年多來，這是頭一次見到我的名字寫在紙上。我想，讓她們大吃一驚的其實是，我在這兒服務了這麼久，居然從來沒收過一封信。我不用看也知道信是我大哥寫來的。除了我大哥，全越南沒有第二個人知道我現在住在巴黎的百花街二十七號。我拿起信封，聞了聞，打開。它的氣味讓我想起地球另一端的古城，帶著山雨欲來的溼氣。如果不是女主人還站在那兒，我發誓，打開之前我還會伸出舌頭舔一下。嚐起來一定是鹹的。我想知道是哪一種鹹。廚房的鹽味？汗水的鹽味？眼淚的鹽味？還是海浪的鹽味？我想在拆信、看到字跡之前，先從信封上看出端倪。看出爲什麼我寄出第一封也是唯一一封信之後五年，哥哥才決定回信。

我的信在一九二九年年底寄出。當時我獨自坐在擁擠的小餐館裡，喝得很醉。那年十二月的巴黎糟得不能再糟，我喜歡的餐廳酒館不是擠得要死，就是冷清得快要倒閉。人們要不就是啜飲頂級美酒，高興地舉杯慶祝；要不就是毫不節制，將劣酒大杯大杯灌進肚子，撫慰低落的情緒。人人表情不同，談論的話題卻只有一個——美國人要回去了。那些惹人厭、驕傲自大、目中無人的喧嘩野蠻人要離開巴黎了。每個人都說，「他們還不是靠著有些錢，講話才能那麼大聲」。這不是謠言，美國人眞的要走了。有人爲此歡欣鼓舞，有人悲傷不已，全視立場而定。

舉「慈悲山」這家店爲例，生意眞是蒸蒸日上。「慈悲山」，哼！典型的法國作風，居然爲當鋪取了如此高尚詩意的名字，一點都不誠實。一家堆滿高價典當物品的當鋪，和詩意根本八竿子打不著。聽說城裡的當鋪都收了不少手工精細的美製西裝。從十月底開始，大量的人造絲薄西裝、棉製絨布衫、亞麻西裝，全進了當鋪換現金。反正那些美國人今年也不會再穿了，算不上什麼犧牲。巴黎的寒氣可不是那種垃圾能抵擋的。每年換季時，我也會把薄西裝拿去當，換來的錢不但可以餵飽肚子好幾頓，連防蟲的樟腦丸都省了。當然，餓得咕咕叫的肚子才是下決定的主要推手。到了初冬，局勢更爲明顯。美國人連燈芯絨西裝、毛料西裝、法蘭絨大衣都拿出來典當。連當季衣服都進了當鋪，只證明了一件事：絕望。絕望大口大口蠶食了衣櫃的空間，徹底滲入他們的僑居生活。到了一九二九年歲末，挫折無處不在。積欠的酒錢、飯店的帳單、付不出來的房租……都成了餐館的主要話題。「家裡寄來的錢不知道是不是掉在大西洋了」，走不了的美國人對外宣稱。但在巴黎的人都知道，事實是家裡根本沒寄錢來，或者更糟——家裡再也沒錢可以寄來了。不管是僑居巴黎的美國人或留在本土的美國人，全變窮了，財富在一瞬間全化爲泡影。就這麼一眨眼的時間，什麼都沒了。彷彿上天開了個邪惡的玩笑。沒錯，巴黎人的確會想念大把大把賺美金的好時光，可是他們可不會想念那些態度囂張的美國人——雖然初期也有好些同情的言論在社會上流傳。巴黎移民潮初初萌芽時，巴黎人對美國過客的態度其實相當寬容。再怎麼說，這群可憐人離鄉背井實在是萬不得已。想想看，任何一瓶酒都是違禁品、喝杯香檳就犯了罪的國家，當然讓人住不下去。一旦巴黎人明白美國人不但不打算離開，也不打算收斂惹人厭的氣焰，他們就後悔了。到了這時，一切都太遲了。怪異的行爲模式已經成形。美國人跑到巴黎就是想嘗嘗墮落的滋味，先是大舉入侵妓院，接著又占領了餐館。他們對妓女和酒精的高度興趣，巴黎人還能理解，可是他們骨子裡放浪，外表還死要面子的虛僞作風，讓巴黎人極度不齒。

「相較之下，留在巴黎的俄國人、匈牙利人、西班牙人啊，雖然不像美國人那麼有錢，至少氣質好多了。」尾隨而至的笑聲告訴我，鄰桌客人討論的顯然不只是錢。巴黎人在餐廳聚會時，「錢」這個話題頂多短暫現身，通常一兩句話就打發過去，絕不會成爲主題。然而，一講到「性」就不一樣了。它受人愛戴，人人往往爭著長篇大論發表意見。所有我知道的外界消息，從八卦到全球新聞，都從餐廳裡聽來。剛開始我還聽不大懂其他人聊些什麼，不過，待得愈久，能領會的意思就愈多。我還發現雖然準確度有待改進，但酒精的確是詮釋的最佳觸媒。在那個十二月的夜裡，我喝了一杯又一杯。心裡渴望的卻不是酒，而是有人可以說說話。反正那晚我也無處可去，樂得整夜待在小餐館裡，無所事事盯著被煙熏黑的牆，黃湯大口大口灌下肚，直到皮夾空空，膀脁滿滿，兩眼茫茫。更糟的是，酒精完全掌控了我的腦袋，讓我以爲我能做一些實際上做不到的事，等我眞正去做了，再冷眼看我摔得鼻青臉腫。從前，小小的酒杯是我破爛法語的黏著利器，但那晚不知爲什麼，它反而凸顯了我的口齒不清，放大了我駕馭字彙的無能。它坐在那兒，幾乎將我生呑活剝，冷眼嘲笑我搞不清狀況，只會在別人笑的時候跟著笑，然後在話題轉到人人都知道的常識，例如「美國人要走了」之類的話題時，趕快插上一兩句話。突然間，恐懼驚惶襲來，藏在我心底一直不敢想的問題終於跳了出來：「我的新主人們也會隨著其他美國人一起回去嗎？」也許，我該更實際一點，把問題改成：「她們什麼時候走？」

我不記得自己向服務生要過紙筆，不過既然我從不帶那種東西，這是唯一的解釋。巴黎的餐館一向免費提供紙筆給客人。眞好笑，法國人連開水都要收錢，這樣的奢侈品卻隨手亂送。我寫的信十分無趣，盡是些只有我大哥才可能感興趣的事：我的健康狀況、衣褲鞋襪的價錢、地鐵票價、我的週薪、我吃了什麼、聖母院上方雨下個不停、巴黎覆蓋著一層薄薄的雪。我已經不大記得越南文寫在紙上的樣子，忘了寫起來和實際的發音有多大不同。這麼多年沒講，寫信時，大多數的字還是猶如反射動作般出現。不用說，當然比我講法語流利多了。眞苦澀啊！只有在紙上，我才能「流利」講著地球另一端的語言。筆尖在紙上沙沙作響，滑順的觸感讓我眞想不停寫下去，可是紙已經沒了。所以，我最後在信紙邊緣寫上：「我的主人們也許會回美國。我實在不願意從頭開始，看分類廣告，敲陌生人的門，被拒絕後落寞走開。我的心裡，很害怕。」在「走開」和「我的心裡」中間，我本來想放上逗點。下筆時，句點卻取代了逗號，將原先淡淡的惆悵化成赤裸的告白。要改也很容易，幫它加個尾巴就成了。但重讀之後，我決定讓句點留著，因爲那才是實話。

打開大哥的來信，第一句話就讓我大吃一驚，不禁懷疑這封信到底是不是他寫的。「是你該回越南的時候了。」他語氣堅定，像我老爸一般充滿抑制和控制力，讓我大大倒抽了一口氣。但接下來寫的就將執筆人的身分表示得很清楚了：「不管怎麼說，你是我弟弟。不論你做了什麼，你都用不著向我道歉，祈求我的原諒。這麼多年來，我從來沒忘記你。尤其每年農曆新年，對你的思念更深。我希望明年過年時，會看見你回家團圓。豐盛的年夜飯和厚厚的大紅包，還有我，全等著你回來。」信末的日期是一九三四年一月二十七日。換句話說，信只花了一個月的時間，就從越南寄到了百花街。他沒解釋爲什麼這麼久才回信，只說家鄉的一切全變了。他不想在信上講這些，只說等我回去後，他再親自告訴我比較好。我想，他的意思是，他要講的事太過沈重，不是一張薄薄的信紙負荷得起，然而他沒有別的選擇，還是只能利用信紙將他濃厚的情感傳達給我。

地球另一端的大哥在信末簽下了他的名字。然後，彷彿突然想起還有最後一句話沒說似地，在信紙的角落擠上了「祝旅途平安」。

我折好大哥的信，小心翼翼收在我當時唯一一套冬天西裝的口袋裡。送女主人去巴黎北站的那天，我穿著那套西裝，帶著那封信。西裝雖然有些磨損，但洗燙得十分整潔；而信磨損得更厲害。我一次次重讀，墨水沾上了指尖，信紙在體溫下變形，不復剛收到時的潔白平整，反而呈現一種棕色的半透明。褪成紫色的墨水愈來愈難辨認。然而，信上的每一字每一句都深深印在我的腦子裡，「讀」這個動作，其實只能算是多餘。

攝影師在北站拍下了這趟旅程的首張相片。鏡頭裡，兩位女主人並肩坐著，張大眼睛正視前方，等待開往哈弗爾港的火車進站，親切地和攝影師聊天。她們的衣著類似，甚至穿著一模一樣的新鞋。她們動作優雅，從不會急急忙忙地站起來走動，總是先坐一會兒，讓腳趾頭在柔軟的皮革裡緩緩伸展，縮起，再放鬆。從兩人不時對望、臉上掛著帶點罪惡感的微笑中，我相信她們一定很享受這個不為外人知的私密運動。拍照當時，我坐在她們左後方的板凳上，低頭，閉目。我不是在睡覺，而是在思考。黑暗對思考這件事有極大助力。我一向被命運的巨輪推著走，很少有機會為自己做什麼決定。所以，在巴黎北站等火車那天之前的好幾個月，對我來說是一段長長的折磨。我在眾多選擇中反覆掙扎，搖擺不定。這是全新而棘手的經驗，我不知道原來「自由」也可以讓人覺得那麼痛苦。

如今，我有時會回顧那張照片，猜想著快門按下的時間，是在我終於做出決定之前還是之後——雖然知道再看也找不出正確答案。但我清楚記得，下定決心的那一刻，我抬高頭、脖子挺直，就像突然聽到有人在耳邊叫喚我的名字一樣。如果記憶無誤，那麼照片一定是在我掙扎的時候拍的，在我的心還撲通撲通大力跳著，響得和逐漸駛近的火車一樣大聲時拍的。直到現在，我還依稀可以聽到自己的腦子在黑暗中不斷重複的那幾句話：

我實在不願意從頭開始。
看分類廣告，敲陌生人的門，
被拒絕後落寞走開。
是的，我的心裡，很害怕。

1 碧利尼（Bilignin）：法國東南部隆河谷地城鎮。

# 2

誠徵家庭廚師

兩位美國女士希望僱用家庭廚師。

百花街二十七號。請洽管理員。

「兩位美國女士希望」？聽起來比較像公告，而非徵人啓示。話說回來，這年頭在巴黎，兩位美國女士當然只需「希望」就好，因爲凡是她們「希望」的，沒有不實現的道理。爲什麼她們不直接用「想要」呢？嗯，一定是嫌不夠含蓄，太不符合美國人的格調。我爲自己能聰明破解虛僞的社交語言而沾沾自喜。哎，要是我的法文程度好到知道「聰明」和「虛僞」怎麼講，我也不會在這兒自得其樂，而是過去和坐在第三張公園木椅上的美少男攀談了。很可悲，我的法語只夠解決日常生活所需的字彙，從來沒有任何機會學到華麗優雅的豐富辭藻。雖然我可以自豪地說自己學得相當快——事實上，只要是聽過的字，我都能模仿個七成樣，既像是我天生就會的，又像是有人吃了什麼太酸的水果，粗魯地將吃剩的渣滓硬塞進我嘴裡。

「粗魯？粗魯？我告訴你誰最粗魯。你，就是你，你這個粗魯、無禮、上不了檯面的蠢豬！趕快學會法文的『請、謝謝、先生、夫人』，到總督府去謀個差事！你大哥像你這麼大的時候，已經在那兒工作了。他打從十二歲就照顧夫人的小狗！那隻雜種狗在屋子角落大完便後，你大哥就趕緊清潔打掃；等牠在硬木地板上拉屎撒尿，又立刻拿抹布擦。現在，你大哥才三十歲，已經是總督府的二廚！穿著漿得又白又亮的廚師服，知道的法文字比學校老師還多。很快他就會升……」

在我的生命中，幾乎沒什麼是眞實而永恆的。但不論逃到天涯海角，老爸的怒氣始終不會放過我，這件事可是從沒變過。高山、大河、深海、汪洋，所有應該阻截一個正常人的地理環境，對他完全產生不了效果。不管我躲在天涯海角，他總能陰魂不散地把我揪出來，罵個狗血淋頭。他的肉體躺在西貢墳場之下腐爛，他的靈魂卻坐在巴黎公園的板凳上，和他瞧不起的「蠢豬廢物」擠在一起，咆哮。即使逃到這兒，他還是能找到我。

「無家可歸的失業漢！」老爸猜測，狠心地將我的現況濃縮成一個又悲哀又刻薄的名詞。

我試著以慣有的回應爲自己辯護。「哦？怎麼又是你？我還以爲你說過你當我早死了哩，老爸？」

「我的兒子才不會丟掉總督府好好的工作不做，跑去當低三下四的廚子，在爛得快沈的船上替沒水準的船工煮飯！我可以跟你打賭，別說法文了，那些莽夫可能連用母語都不知道怎麼說『請』或『謝謝』。在船上當廚子的窩囊廢才不是我兒子。」

雖然我不信神，但我常感謝上帝：如今我親愛而暴力的「父親大人」，只能在我擺脫不了的罪惡感和揮之不去的悲慘童年陰影發作時，模糊現身。要不然，像我剛才那樣頂嘴，挑戰他一家之主的權威，至少換來一個響亮的耳刮子，或是打在肚皮上結實的右勾拳。但是，他已經死了，只要我強作鎮定，從牙縫裡擠出冷笑，就足以讓他消失無蹤。但「失業」和「無家可歸」可沒那麼容易對付，它們頑固地和我對峙，要求我在一九二九年十月開始之前，想辦法滿足它們的需求。

兩位美國女士……嗯，美國人。希望她們的法語沒有我講得這麼糟。想想如果我們共同生活會多麼有趣啊！比手畫腳，也許加上拙劣的線條繪圖，彌補雙方第二語言的鴻溝。這和老爸要我相信的大大不同，對字彙的駕馭能力並非建築在我知道多少，而是我能硬吞下多少。當然，我指的不是自己的母語，而是上流社會先生夫人所講的法語。我還記得我在總督府的第一個文化震撼。當先生夫人發現地板不夠亮、銀器不夠閃、燉雞不入味時，他們會捉狂似地用法語怒斥屋子裡的所有僕役。說的不是常指使我們所用的那種夾雜著不流利的越南單字的法語，而是只對高級越南僱員用的純法語，彷彿不用母語就無法表達內心的不滿和憤慨。十五名傭人全低著頭乖乖聽訓，遵從天主教神父給我們的教誨，裝出一臉惶恐悔悟的樣子。實際上，我們站著那兒的時候，只會暗自慶幸自己的無知。他們罵得再惡毒、再刻薄都無所謂，如此高深精緻的法語根本超出我們的理解。雖然腦袋還是不由自主吸收到幾個字，不過我們學會了如何關上耳朵，將大多數謾罵擋在牆外，只在最關鍵的詞彙出現時適時點頭認錯。「偉大的二廚阿明」（這是老爸對他最引以爲傲的兒子的稱呼）常告訴我們，來府裡的法國人最喜歡談的話題，就是爲什麼中下階層的越南人永遠沒辦法講好這麼精緻、微妙、高難度的美麗語言。我猜這可能是全世界所有統治階層的通病。他們總愛強調自己在語言和其他方面都與被統治者不同，卻連貼身僕人流露出的明顯不屑都看不出來。

「偉大的二廚阿明」在成功前一樣被老爸呼來喚去，那時，他只是單純的阿明，我的大哥。如今，他是唯一還在乎我的兄弟，也成了我想返家的僅存動機。我相信他一定會非常喜歡這片公園和高大栗樹投射下來的陰影。阿明對法文有種狂熱，他打從心底相信學好法文是拯救我們生活的最佳路徑，會將我們帶向全新的美好世界，張開手臂歡迎我們，在我們的臉頰上留下溫暖的唇印。他的信仰堅定無比，熱切期望能看到他的努力在總督府的廚房開花結果。他堅持只要先生夫人品嚐過他做的烘蛋、牛排、焦糖甜點後，就會知道他們用不著再從法國找大廚來接替即將退休的克勞第．強布克斯了。而老強布克斯更擺出預言家的姿勢告訴我們，不久之後，第一位掌管總督府廚房的越南籍大廚就要誕生。所以，其他僕人無關痛癢地呆呆站著聽先生夫人的長篇訓斥時，阿明的情緒可比我們難過千百倍。他這麼用功，這麼努力學習法文，以致於先生夫人每一句刺耳的話語、每一個侮辱的詞語，他全聽得懂，字字句句全鞭打在他心上，讓他遍體鱗傷。從此，當他出現在我的晚禱中，代號就成了「遍體鱗傷的阿明」。

誰知道老強布克斯一死，總督立刻從法國請來了年輕的尚．布雷瑞特，輕易奪走了大哥朝思暮想的大廚職位。現在，除非上帝插手讓他得個瘧疾或是和夫人發生姦情什麼的，大哥才有希望能奪取那個位子。布雷瑞特大廚（他堅持每個人都得這麼叫他）的統治時代在一九二三年五月十一日正式拉開序幕。阿明仍然是總督府的二廚，仍然是另一名法籍廚師的手下，仍然默默掩護大廚的失誤，在他沒看到蘭姆酒開始冒煙時去搶救，在他把鍋子燒焦時洗刷乾淨，在他將蔥末或調味油濺到地板時蹲下來收拾善後。

而我什麼忙都幫不上。我才二十歲，身分是廚房裡的雜役，主要工作是把馬鈴薯削成完美的球狀，將白蘿蔔雕成天鵝。天鵝脖子的優雅弧度總讓我聯想起布雷瑞特大廚纖細的手指。啊！漂亮到我想把它們捧在手上，一根一根放到嘴裡吸吮。我只是個沒用的少年，有著羞於見人的技巧和慾望，我能幫上什麼忙？

「兩位美國女士希望僱用家庭廚師──百花街二十七號」。嗯……地址是在高級住宅區，想來兩位美國女士也應該有足夠的錢付我不錯的薪水。巴黎的街道錯綜複雜，我卻有過人的記憶系統，能正確指出每一條街的位置。說起來就像變魔術一樣，我知道它們在哪兒、和哪一條路交接，連鮮爲人知、沒有標示的小巷起頭，我都一清二楚。其實，很諷刺的，會培養出這個技巧全因我沒有其他長處。失業的每一天，細看充斥著各條街道名稱的分類廣告是我主要的工作。不管天氣多惡劣，地址多難找，我還是得打起精神在城市的大街小巷中穿梭。不過，我必須承認，對市區街道不可思議的熟悉程度，曾經在我餓得沒飯吃時，救過我好幾次。這點，巴黎猶如一位善良的好心夫人。

「隨便講一個街名，來，任何一條街。我可以告訴你它在左岸還是右岸，也可以告訴你正確的位置。百花街？它是一條從拉斯帕依大道（boulevard Raspail）延伸出來的小路，就在盧森堡公園旁邊。」靠著這個辦法，我喝了好幾十杯免費的白蘭地。法國男人，尤其是喝得半醉的男人，對別人的挑戰根本沒有抵抗力。不過，當我邀他們發問時，聽眾的反應通常都是「啥？什麼？你再說一次」。似乎我鄉音濃厚的法語，連勞工階級都難以理解。然而，一旦確定我可以成爲他們飲酒時的娛樂，氣氛馬上熱烈起來。幸運的是，我連怎麼用法語說「熱烈」都不會，外表又一副拙樣，他們全不相信我能贏這個賭。每次他們都大吃一驚，一試再試。他們會問我知不知道蘇菲亞姨婆住的那條街，問他們買肉的小巷子，問他們迷過路的地方。被逼急了，還會問我島上的小路。這類問題一出現，我就得準備退場，因爲他們的吃驚在這時往往轉成憤怒，惡狠狠地指著我的鼻頭，說：「這個寒酸的東南亞人，法語說得這麼差，連簡單的句子都說不全。既聽不懂我們的消遣，也不知道要生氣。搞什麼！這個寒酸的印度支那[1]小子對我們的城市比我們知道得更清楚？」我常想，如果我有錢買一套比身上穿的西裝還貴的耍猴戲服，我差不多可以參加馬戲團到處讓人參觀了。「來啊！來啊！大家圍過來啊！來看半男半女的神奇吞劍人，長鬍子的女人，還有還有，馬戲團最新鉅獻——『比任何巴黎人都清楚這個城市的印度支那小子！』」可惜的是，想僱用廚子的先生夫人可不會因爲我這個過人的技巧而僱用我。

我到巴黎已經三年了。面談過、甚至工作過的家庭數目，多到我都不好意思提。從經驗中，我學會他們分成兩類。嗯，再想一想，應該分成三類比較合適。第一類，開門後目光飛快在我臉上掃過一圈，立刻拒絕，通常連話都不說一句，直接將大門「砰」一聲關上。甩門的動作無疑是最有效率的溝通方式。他們不討論，不看推薦信，連「你會要求週日休假嗎？」都不問一聲。這一類的人雖然當下令我不悅，但其實省了彼此不少時間。第二類就不一樣了。他們可能會用我，也可能不會，但問題一大堆，連身體健康檢查都沒他們囉唆。他們問話的態度高高在上，彷彿是法國政府的移民官，前來查辦非法移民，想找出我到底是鑽哪一個漏洞混進巴黎，和他們搶奪可貴的居住空間。

「我到巴黎三年了。」我告訴他們。

「到巴黎之前，你住哪兒？」

「馬賽。」

「在那之前呢？」

「到馬賽的船上。」

「船？哦，當然。那麼，船是從哪兒開來的？」

就這樣，我像個想從良的高級妓女，謙卑地回答一個又一個問題。面無表情地數著一個又一個我流浪過的城市，隱藏起所有在旅途中所受的傷害和遭遇，不讓他們看出這些城市對我曾有多大影響。

「嗯……你說你到巴黎三年了？嗯……如果你二十歲離開東南亞，那麼，你現在應該是……」

「二十六歲，夫人。」

哦，空白了三年，我幾乎可以聽見他們的腦子這樣講。大多數巴黎人可以諒解我不是在法國出生的；然而，我出生在法國輝煌時代的殖民地，多少讓他們更感到自己的優越。那些先生夫人認為，只要我在法國或其殖民地，可敬的天主教教會就可以保證我的行為循規蹈矩；然而一旦發現我曾在法國或其殖民地以外的地方待過，他們馬上聯想到不受管束、沒有文件證明、沒有宗教指引，我立刻成了可疑的嫌犯。在這個轉捩點前，我對他們的威脅不會超過一個上門募款的修女；在這之後，夫人看我的眼光彷彿我是個精神異常的色情狂，沒事就到聖母院去犯案。她皺起眉頭，想著「我怎麼能放心讓他住在家裡，和我的小女孩待在同一個屋簷下？」

「夫人，妳不需要擔心。我對妳的小女孩一點興趣也沒有。倒是妳的小男孩……嗯，那就得看他們的選擇了。」她眞該聽聽我的腦袋怎麼想。

即使我知道第二類人僱用我的機會微乎其微，我還是硬著頭皮一次又一次去敲門。我自欺欺人地告訴自己，他們問這麼多問題，一定表示我還有機會。所以我耐著性子回答，結果得到的卻還是「謝謝，不過不適合」。

謝謝？謝謝？夫人，妳不該說謝謝，妳應該起立爲我鼓掌。每一次我都想，就算妳站起來爲我的表演歡呼，我都當之無愧。我可是使盡全力娛樂了妳好久。日常生活裡，妳上哪兒去找這麼精采的故事啊？異國風情的場景、汪洋大海的冒險、黑暗的祕密，甚至傷風敗俗的墮落。只說聲謝謝，未免太不夠意思了吧？

我怒火中燒，久久不能平息。往往得等到冷靜下來後，說服自己其實什麼都沒講，心裡才會平衡一點。我的破爛法語其實表達不出什麼。我像一隻想高飛的鳥，卻有一雙孱弱的翅膀，跳出崖頂後，只能無聲重重摔下。我能告訴他們的不過是一長串城市的名字，他們也許到過其中幾個，但更多的地名對他們而言不過是地球儀上的名詞，一些他們只能用指尖碰觸卻一輩子都不會踏上的土地。我不得不承認，從他們的角度看，我不過是個去過很多地方的人罷了，但我去過的地方對他們一點意義都沒有。

「謝謝，不過不適合。」

第三類人，我給他們取的綽號叫「收藏家」。他們通常能提供我幾星期或幾個月的工作機會。和他們面談的過程專業愉快，甚至有些機械化。我連慣常的「美味烘蛋」吹噓都還沒用上，他們就決定僱用我爲他們準備一週六天的早餐、中餐、晚餐——星期天休假。有些主人一開始就讓我自己上市場買菜；有些則堅持陪我去幾天，好確定我分得清楚當主菜的肥母雞和熬湯用的雞。在買菜這件事上，我很少讓他們失望。不過，我實在沒辦法記住法國人發明來形容煎、煮、炒、炸、燉、蒸、烤、塞、悶某隻倒楣動物屍體的五花八門動詞。肥雞、春雞、幼雞、老雞、土雞全有專用名詞，端上餐桌供他們大吃大喝前的好聽菜名。山不轉路轉，上家禽市場挑貨色時，我只用「一隻雞」和「不是這種雞」兩句話就能搞定。一直搖頭說「不是」，當然不是最有效的溝通方式，可是對我們這些只懂得幾個字的外國人，它簡直是「芝麻開門」一樣的魔術咒語，爲我們打開了一條除此之外根本走不通的路。即使我的法語像一把生銹的菜刀不流暢，但我可以要求、拒絕、要求、拒絕，直到我爲當天的晚餐找到正確的食材。

是的，我得爲每一個用錯的單字、每一個放錯位子的形容詞和口齒不清付出代價。我只是個操著破碎法語的過客，沒辦法和城市裡任何人競爭。別人生動鮮明的交談中，我永遠插不上嘴。我就像一個住在只喜好優美歌聲城市的居民，卻偏偏有著嘶啞低沈的嗓音。我幾乎成了個啞巴，一天說不上一句話。聽不到自己的聲音，我養成隨身攜帶鏡子的習慣，沒事就拿出斑駁的小鏡子照自己的臉、自己的手，提醒自己，我還存在，沒有消失在空氣中。失業的日子，我活得像無主的動物，想盡辦法找到願意接受我的家庭，以求在他們的廚房找到棲身之所。對我來說，回到廚房就像回到家，得到了休息。只有在廚房裡，我才顯得有一技之長，可以得到人們一點點尊重。每到新的廚房，我就用藏紅花、豆蔻、月桂葉、薰衣草裝飾得溫暖怡人。在蒸騰的熱氣中，在瀰漫的蒸氣裡，我允許自己相信，我會因爲我的切工、我的眼光、我的味蕾而被接納、讚賞。這些短暫的歇腳處，讓我暫時脫離流浪中的啞巴角色。一天三次，我端出可口的食物，讓先生夫人一家安靜地圍在餐桌，打開嘴巴，據案大嚼。他們的嘴裡塞滿了他們吃慣的食物，但味道又有些微不同，每一口咬下去都帶給他們無法形容的滋味。最後，他們被從未經歷的情緒征服，體會了一個從未涉足之地的鄉愁。

我並不願意離開我的廚房天堂。我可以心滿意足地在任何一家終老，以瓦爐爲愛人，以鍋碗爲子女。但我的烹調技巧無法塡滿「收藏家」的胃口。他們就像一群惡狼，要的是藏在我傷口裡的骨髓。不過，他們在戰略上極爲小心，先是假裝不經意地問起一週的食材預算，然後讚美昨晚的甜點多麼美味，再扔進三個關於昨天清湯的作法。最後，他們變得和第二類人沒什麼兩樣，只不過有興趣的東西不再是我去過哪兒、做過什麼，而是更深層、更驚人的祕密。他們單挑孤立無助的外國人下手，津津有味地品嘗每一個來到他們家的流浪廚師心中的苦澀。而我，不過是他們長長名單中的一個，夾雜在因饑荒而成了孤兒的阿爾及利亞人、爲了逃離叔父性侵的摩洛哥人、出生時痿縮的左手被當成母親偷情天譴的馬達加斯加人之中。只是受他們收容後，生吃活剝的外國廚師中的一個。

我得澄清一點：到最後不得不離開第三類僱主的原因，絕不是因爲我的自尊心終於抬頭。事實上，爲了不餐風露宿，再低賤的工作、再不人道的對待，我都可以忍耐。況且，在他們看似體貼的引導、輕聲細語的問話下，編造出一些廉價而賺人熱淚的故事也不是什麼太困難的事。這類人對揭開他人傷口的快感從不貪心。他們相當注重方法，總是耐著性子，一點一點品嘗他人的不幸，像吃藥一樣定時定量。所以，離開和我的尊嚴完全無關，要怪只能怪我自己壞事。說起來，被趕走只是時間問題。過了好幾星期不愁衣食的生活後，我忘了提醒自己，沒有片瓦遮頭、讓刀鋒般銳利的冷風吹在身上有多痛苦。我忘了提醒自己，其實有時是我需要傾訴，想將流浪生涯中受到的委屈全盤托出。我忘了提醒自己，我該等待，像一個虔誠的信徒等在廟堂門口，在所有的房間還昏黃安靜時，絕不發出一點聲響。於是，他們問完問題，對我的遭遇再也沒有興趣，被單獨遺棄在廚房的我開始忘東忘西。我會忘了排骨要燉多久，忘了蒸雞該放酒還是高湯，忘了賣上好鱒魚的攤子在菜市場哪一處。食物上桌前，我會忘了插上蒔蘿、灑點當歸、滴幾滴萊姆汁提味。於是，犯下一個又一個烹飪錯誤的同時，我也爲自己寫下了一頁又一頁的辭職信。

「喔，是的，她們還沒找到廚師。」管理員告訴我，「你過一小時左右再來，她們開車兜風去了。回來後，敲你左手邊那扇門。裡面就是她們的工作室。你說你叫什麼名字？」

「彬。」我回答。

「什麼？」

「彬。」

「班？哦，班，嗯，還不算太難唸啦！你看起來是個好孩子。讓我給你一點忠告——不要露出吃驚的樣子。」

「什麼？」

「不要露出吃驚的樣子，」管理員抬起一邊眉毛，提高聲調重複了一遍，「懂不懂？」

「不懂。」

「嗯……這兩個美國女士有一點，嗯，該怎麼說，不尋常。啊，一旦你進了工作室，你就知道我的意思了。」

「工作室？她們是畫家嗎？」

「不，不是，她們一個是作家，另一個，嗯，算是女伴吧！不過，這不是重點！別怕，她們人很好，非常好。」

「然後呢？」

「啊，其實也沒什麼。除了，嗯，除了……哦，稱呼她的全名。連名帶姓，葛楚史坦[2]。知道嗎？稱呼她葛楚史坦，直接把她的姓跟名當成一個詞。」

「就這樣？那麼，我該怎麼稱呼另外那位女士？」

「她叫愛麗斯．B．托克拉斯（Alice B. Toklas），她喜歡人家叫她『托克拉斯小姐』。」

「然後呢？」

「嗯，就這樣。沒有然後了。」

「好，我一個小時以後再來。謝謝你，先生，再見。」

1印度支那（Indochina）：歐洲人對越南、寮國和柬埔寨所在地區的稱呼。

2葛楚．史坦（Gertrude Stein）：二十世紀初極活躍的美國前衛女作家。一九三三年出版《愛麗斯．B．托克拉斯自傳》，全書以愛麗斯的口吻寫成，卻是葛楚的自傳，是現代主義的代表作品之一。

# 3

這是聖堂，而非住家。

門一打開，這個想法立刻隨著鑽進鼻子裡的淡淡薰香浮現在我腦海。刹那間，我的靈魂彷彿出了竅，和身體一同安靜地見證了眞理。我和老爸一樣，都屬於反應遲緩的人。不同的是，他的遲頓源於懦弱怕事，而我則是漫不經心。優柔寡斷的不良遺傳深植在我們血液裡，其他人三兩下就能得到的結論，換到我們頭上，總得花上好長好長的時間才能歸納出結果。我們睜大眼睛，蒐集一切有關資訊，不放過任何蛛絲馬跡，仔細排列整理後，才敢下個決定。不過，一旦我們有了結論，就不會輕易更改。我們對自己信念的堅持，像榴槤的皮一樣又硬又多刺，絕不容許他人挑戰。而我們也毫不避諱地表現如何以自己的信念爲傲，就像榴槤從內部散發出特殊氣味；也不怕別人知道我們是怎麼想的。但看在鄰居兼親戚的眼中，我老爸這種特質居然成了「擇善固執」，一致認爲他的立場堅定，不會見風轉舵，就像一頭沿路拉屎做記號的牛，沒有回頭重來的可能。從我離家的第一晚開始，我就被一個不斷重複的噩夢纏身。在夢中，我全身赤裸，神情悲傷。大太陽下，我站在老家前院，面對裝著老爸屍體的棺材，用恍惚的聲音說：「這個男人得享長壽。在他漫長的數十年生命中，他對圍繞身邊的世界卻只做出了幾個結論。在他品質低劣的一生裡，他堅守這些自以爲是的信念，將一切單純化，將它們像一串珍珠一樣驕傲地掛在脖子上展示，強迫家人確切遵守。」喘口大氣，夢裡的我嚴肅宣告：「這個懦夫終於有勇氣接受死亡的命運。他知道他一死，就不能再爲自己辯解。而我要在這裡告訴大家眞相，讓他名不副實的好名聲隨著他死亡的肉體一起腐爛。」在夢中，這一長串全以純正的法語發音。頭腦清醒時，我當然知道這不切實際；不過在我夢裡，我講得流暢動聽，毫無文法錯誤。

這是聖堂，而非住家。

隨著鑽入鼻子裡愈來愈強的丁香和肉桂味，這個想法益發具體。它將我從時常迷失的過往世界拉回，提醒我這扇位於巴黎百花街公寓的門，就要開了。透過屋內的光線，我可以看到拉開大門的女人有張貓頭鷹似的寬臉。我心裡浮現的第一個想法就是：她有一張「古老」的臉。這不是說她的臉長滿了皺紋或表情呆滯。我在「尼奧比貨船」（Niobe）上的室友阿暴教過我，「古老」的意思應該是「經過好幾個世紀，臉上的特徵毫無改變」。「看著這種人的臉，」他說，「就好像看著一連串他們祖先和子孫的肖像畫，像是兩面對放的鏡子，反射出無窮的影子。」阿暴還告訴我，擁有「古代臉」的人遺傳力特別強，可以抵抗和他人交配後可能帶來的改變，所以千百年來，容貌不變。被控通姦的可憐女子很多都屬於「古代臉」族群，因爲本身遺傳能力太強，導致生下來的孩子長得一點都不像丈夫。平常瘋瘋顚顚的阿暴曾在少數比較正經的時候告訴我，這些女人在社會中往往受到排擠，因爲她們的存在挑戰著傳統的婚姻制度，她們的孩子只長得像母親，彷彿大聲宣告孩子和父親毫不相關。事實上，在少數例子中，他們可能眞的不是名義上父親的小孩。當然，阿暴的用字沒這麼文雅。他的表達方式通常低俗直接，最好的例子就是他百說不厭的莎琳娜個人秀。莎琳娜是個來自蓬迪遮里[1]的混血美人，她一場秀的票價相當於阿暴半個星期的薪水，阿暴卻說値回票價，眞正讓他大開眼界。從此，莎琳娜成了他心目中的女神；她纖細的手指、挑逗的腳趾，全成了阿暴生命中的啓示。他拿這個例子來解釋所有他遇上的事，從怎麼在吃麵時多跟師傅要兩片牛肉，到怎麼服侍英國籍船長、作法和侍奉法籍船長又有什麼不同。不管莎琳娜出現在哪個閒聊的段落，阿暴回味完她精采的表演後，每一次必定給我同樣的忠告：「你要記得，就像我看莎琳娜的表演時領悟到的，**有些事，男人就是做不到！**」接下來，他會把眼睛瞪得大大的，身體挺得直直的，彷彿他正在集中注意力，好仔細品味自己話裡的猥瑣涵義。然後，他會笑得像抽筋一樣，讓整幕戲在他幾不可聞的笑聲中結束。剛認識阿暴時，我問過他，名字代表「暴風雨」的人怎麼會想來當水手？他把頭搖得像波浪鼓一樣，張大了嘴卻沒發出任何聲音。一直到後來和他熟了，我才知道，原來，那是笑。

船慢慢滑入南海的懷抱，潮水吞噬了海岸線，也沖淡我犯下的罪，我開始相信所有的衝突和鬥爭全留在陸地上。它們太苦澀也太複雜，一點也不適合海上的單純生活——我這樣告訴自己。航行期間，阿暴和我發展出特別的默契：就是阿暴所講的，「一切都是眞的」。要照這種劇本演下去不難，因爲船上沒人聽得懂我們講什麼，自然更不會有人反駁，說阿暴「胡說八道」。根據阿暴的消息，大副其實會講幾句越南話，只不過他的越南話是跟一個住在順化古城的女人學來的，聽慣了像浸了水的絲緞般多轉音多起伏的南方腔，只能辨認那種連她裸身坐在床上要求他付前一晚的夜度資時，都還是那麼華麗的嗲聲嗲調。換句話說，我們的大副學的是娼妓階層使用的低級越南話。因此，阿暴和我彷彿在船上有一棟屬於自己的棲身之所，除了我們，沒有別人進得來。我們是它的居民，也是它的建材。舉高雙手，張開掌心，讓印度洋的海風帶著我們，像空氣中的孢子，寂寞地四處飄蕩。我們是它唯一的梁柱，心甘情願將它全部的重量背負在身上。只要兩人在一起，就能互相照應。尼奧比在馬賽靠岸的那天，阿暴領了錢，跳上開往美國的貨船，揮手道別。「只要兩人在一起，就能互相照應。」我喃喃唸著想對他說，而他的船已經出航。

有著一張貓頭鷹寬臉的女人把問題又重複了一遍。我一定是太專心於回憶往事，完全沒聽到她第一次的問話。我到底在這兒站了多久？啞巴似地呆站在這兒，是不是嚇到她了？通常，當我回話遲了（即使在極簡單的應對狀況下），往往都能以微笑聳肩加上一句略帶歉意的「我的法語說得不大好」矇混過去。不過，這天下午，我卻一句話也擠不出來。我的注意力全集中在她上唇微捲的黑鬍鬚，呆呆地看那些鬍子隨她彆扭的法語上上下下，開開闔闔，想著如果有機會讓我的三個兄弟見識到她的鬍子，他們一定羨慕得要死。他們試過好幾次，就算留了好幾天，頂多也只長出一點點鬍渣。女人身上傳出的莊嚴香味把我的注意力從拱型唇毛上拉了回來。說真的，那還真像一條長錯位置的眉毛。她的鼻子彷彿分格板，從前額緩緩隆起，在眼窩處陡升，將左臉和右臉從中對稱剖開。天色已近黃昏，室內原本不亮的光線在她男式便帽般的褐色短髮陪襯下，更顯黯淡。我愣在門口，全然懾於她特殊的容貌。我看到她的眼睛，眼珠子分得很開，眼中閃爍著這個城市特有的秋天光采，靈活得像兩張蓄勢待發、正要撲出的捕蝶網。她的眼波流動，炯炯有神，看著你時似乎有千百對翅膀飛翔展示不同的顏色。我們面對面站著，她耐心等待我答話。「我來應徵廚師」，我想這麼說，但話到嘴邊卻成了「我就是妳們要找的廚師」。她的眼裡閃過一絲讚賞，點點頭，含蓄回應：「當然。」

如今，我在聖堂住的時間比在巴黎其他地方都長。我甚至有自己的鑰匙，可以隨意進出。我有自己的臥室，每天睡得安安穩穩，好夢連連。對公寓的家具和隔間，熟得不能再熟，閉上眼睛走來走去都不是問題。我知道要怎麼走才能在不想被看見時隱身其中；我深知這個家的所有故事，對到訪的客人瞭如指掌。我可以想像，在我加入前，我的女主人們就在這兒等待著我。相信我，百花街二十七號的歲月雖如潮汐，有起有落，但可以確定的是，無論如何，它終究會回到無風無浪的平靜生活。

我來應徵的那天，恰巧是週日下午，托克拉斯小姐必定釘在廚房的時間。厚毛襪加上綁到膝蓋的長皮帶涼鞋，是她在廚房的固定裝扮。她會張開兩腳站穩，削蘋果皮，爲葛楚史坦偶爾發作的思鄉病做準備。托克拉斯小姐在廚房一定站著，非常堅持烹飪是嚴肅的事，而非漫不經心的休閒活動。不過，她痛苦地發現不管她願不願意，烹飪已經慢慢成爲她的娛樂。她用其他女人收藏昔日情書的態度，小心將食譜收藏在硬紙盒裡，提醒自己不要忘了當初對烹飪的熱情。現在，她只在禮拜天才下廚爲葛楚史坦作飯。她們家和大多數巴黎家庭一樣，星期天是廚師的休息日。所以，每個星期的最後一天，托克拉斯小姐在現實的需要和自己的意願下回到廚房，親手將奶油倒入麵粉內，感覺麵糰在指尖的柔軟，貪婪吸取肉桂的香味，燙傷她的舌頭，讓心靈得到撫慰。她們從不在週日外出用餐，不接受任何拿著推薦信上門的客人，不允諾任何想看某幅畫的要求，從不破例。禮拜天晚上，我的兩位女主人會安靜地面對面坐在餐桌旁，享受童年記憶中吃過的美國菜餚。當然，托克拉斯小姐做的菜比眞正的美國菜好吃很多。她是那種懂得在沙拉醬裡摻苦艾酒、在醋瓶裡放玫瑰花瓣的創意廚師。她的菜其實是世界性、綜合性的。最近，女主人們特別熱中重現她們年輕時代吃過的食物，只不過她們都沒注意到，托克拉斯小姐的蘋果派內餡已經從美式的整片蘋果變成了帶蘋果味的蛋乳醬，上面還蓋滿法式奶油；而她的「美式肉塊」不但加了整顆柳橙，甚至還放到白酒裡醃。葛楚史坦認爲即將入口的食物是由她的愛人親手洗、切、揉做出的，這件事非常性感。殘留在托克拉斯小姐指尖的派皮小屑屑，成了點燃葛楚史坦慾望的最佳觸媒。托克拉斯小姐相信這些熱情的夜晚就是自己辛苦烹調的最好獎賞。她像一個渴望彌撒的異教徒，週日的晚餐和魚水之歡，滿足了她的肉體與心靈。

「咪咪啊……門口有人喔！」托克拉斯小姐在廚房忙時，葛楚史坦有時會從印花高背沙發椅上大聲喚她。

這樣的椅子在百花街二十七號有兩張，全放在工作室裡。她們得找師傅來量身訂作，否則找不到既可容納葛楚史坦的大骨架，又可讓小個子的托克拉斯小姐坐得舒服的一套椅子。

「親愛的，我受夠了坐下的時候還會兩腳懸空。像我這種年紀的女人，應該坐得舒舒服服，而不是像個被老師罰坐的頑童。」托克拉斯小姐一定是這樣對葛楚史坦說吧。

「好啦，咪咪，好啦。」葛楚史坦大概也只能表示同意。

因此，即使椅子的價值不菲，爭論還是會就此打住。據我所知，只要托克拉斯小姐的「親愛的」一出口，葛楚史坦通常就舉手投降。

舒服地癱在王位上的葛楚史坦，等了幾秒，就會出聲再喚托克拉斯小姐。「拜託去開個門啦！咪咪，那個人還在敲門哪！」

「可是，親愛的，妳人就坐在工作室耶……」托克拉斯小姐會從廚房水槽旁大聲應她，雖然心裡知道這樣說也沒有任何效果。管他是不是禮拜天，葛楚史坦絕對不會自己去應門。這幾年來，葛楚史坦逐漸對上門拜訪的仰慕者感到不耐煩，除非這些人願意認同她的天分，將她當西方世界裡最明亮的星星崇拜。不過，如果你問我，我覺得她不像一顆星星，反而較像星星組成的星座。她和托克拉斯小姐差不多高，骨架卻大得多，全身的重量集中在兩個地方——乳房和屁股。托克拉斯小姐和我都相信葛楚史坦是個大美人。嗯……當然，一開始我不這麼認爲啦！我想，只有托克拉斯小姐才能感受到一見鍾情的吸引力。葛楚史坦的五官相當寬闊分散，甚至有點粗糙；鼻子和耳朵的比例過大。不過，她對自己的外表很有信心，總是以一副萬人迷的姿態出現，彷彿每個人都想得到她似的。但強烈的自信和散發的性魅力，到頭來眞的征服了身邊的人，讓圍繞在她身邊的觀眾一看到她就覺得深受吸引、手足無措。

從四散在公寓中的照片，看得出以前葛楚史坦習慣將頭髮盤在頭頂，做出一個又鬆又垮的髻。雖然整體來說有欠美觀，卻呈現出十分驚人的誇張效果。我認識葛楚史坦時，她的髮量已明顯減少，三千煩惱絲甚至還沒我的多。我可以想像她造型上的改變一定起源於某天正午，因爲她很少在早上起床。

她可能看著銀壺上自己的倒影，發現再也無法容忍頭上稀疏的髮髻。她大概會想，這個髻破壞了她臉蛋的整體性。「剪掉吧！」她下定決心，告訴托克拉斯小姐。「沒有意思的贅飾，」她可能會這樣解釋，「就像我寫作時用的句號和逗點。」她甚至會舉例說明：「這些沒用的裝飾，猶如費盡力氣去將鄉間小路整平的人。既無聊又沒意義。」她曾告訴托克拉斯小姐，現代世界無限寬廣，毫無限制，所以符合時宜的現代作品也同樣要表現出無窮的可能性——就像走在路上，你可以選擇迷路、緩步慢行，甚至蹲下來撫摸翠綠草地，只要你想做，沒什麼不可以。這點，葛楚史坦非常有說服力，畢竟她是經驗豐富的好駕駛。只不過她有個怪習慣，當車子需要調頭時，她會乾脆將車子開上小路，直到找到一個可以讓她三百六十度迴轉的地方。她說這樣一來，至少她永遠是勇往直前的。

托克拉斯小姐喜歡看著風拂過她的臉。

托克拉斯小姐花了將近兩天幫葛楚史坦剪頭髮。除了停下來吃飯外，幾乎沒休息。她每下一刀，便會停下來欣賞，微笑著說：「哦，看起來很有西班牙風格呢！」這個特殊用語是托克拉斯小姐對任何情況的最高讚美。在她心裡，西班牙是她發現自己靈魂的地方，讓她認識了自己。西班牙是她除了葛楚史坦之外的唯一熱情。她在每個小鎮的某間房子外做下十字記號，好讓葛楚史坦找到她。托克拉斯小姐是她的戀慕，她的愛人，她的信仰。她們初次拜訪亞維拉[2]時，她懇求葛楚史坦長住下來，陪她在修道院曲折的迴廊古牆中漫步。可是葛楚史坦覺得西班牙的土地對托克拉斯小姐有特別的影響力，如果放任她繼續待下去，她可能會成爲另一種狂熱分子。葛楚史坦無法容忍任何人、事、物瓜分托克拉斯小姐對她的熱情。巴黎雖然也是個誘人的城市，可是好歹它是物質性而非精神性的。剪下的頭髮像蕾絲般逐漸在葛楚史坦的肩上形成一件披風，深深感動了托克拉斯小姐的心。她繼續剪著，一刀又一刀，回憶起當年在瓦倫西亞[3]見到僧侶在街上從容優雅地行走。她繼續剪，完全迷失在和葛楚史坦的親密對話中。兩天之後，葛楚史坦的新髮型終於問世，短得不能再短，貼在耳垂上，剪得像狗啃似的。托克拉斯小姐可能本想修出智慧嫻靜的氣質，不幸，剪得太短，連頸後的肌膚都裸露出來。但葛楚史坦仍然將她抱在懷裡，讚美她的創意，在她掌心留下一個又一個感謝的吻。突然間，托克拉斯小姐想起了當年在西班牙布爾格斯[4]的小朋友，錯將葛楚史坦當成主教，要求親吻她的戒指的往事。

托克拉斯小姐會在圍裙上擦擦手，穿過長廊去開工作室的門。而她的「親愛的」會安安穩穩陷坐在高背沙發椅裡，專心閱讀手上的偵探小說。葛楚史坦的閱讀興趣十分廣泛，翻書的速度快得嚇死人，不管是短篇散文、品味低俗的犯罪故事，甚或灑狗血的愛情小說，她全看得津津有味。她尤其喜歡夾帶大量美國方言的故事，她認爲這種寫法表達出的生命力不同凡響，更上層樓。旅居巴黎超過十年，葛楚史坦心裡卻覺得自己和母語文化的距離一天比一天近。去國多年，美語不再是日常瑣碎生活的工具，跟汽油價格、天氣、他人小孩的健康狀況都沒關係，成了只爲她的天分、創作、熱情和投入而存在的語言。在大環境的限制下，注定她「讀美語」的時間比「聽美語」的時間多，她反而學會了去欣賞握在手中的書信傳達出的流暢貼切。那些字彙激起她體內的科學邏輯，讓她想起從前仍是醫學院學生時，解剖動物的興奮感——一刀下去移走內臟，冷眼觀察相繼發生的混亂狀況的心情。

托克拉斯小姐喜歡她指尖沾著新墨水的味道。

葛楚史坦所有手稿的打字及校對工作，全是托克拉斯小姐一手包辦。她認爲葛楚史坦的作品是她的心血結晶，自己和這些手稿的關係絕不該僅只於看過和機械式的打字。她珍惜她的愛人在紙上慎重寫下的每一個字。她能清楚記得創作過程中的每一次中場休息，她和愛人分享的親密關係。往往在兩人都得到滿足後，文章才會繼續發展。她能辨認出每一回停筆，即使是停在寫了一半的句子。托克拉斯小姐剛搬進百花街二十七號時，負責爲葛楚史坦打字校對的另有其人，但托克拉斯小姐立刻體驗到其中的危機。她不喜歡看到陌生人的白手套像兩條白蛇蛻下的皮，大大方方躺在桌上；不喜歡聽見不熟的人理直氣壯地敲著工作室的打字鍵。她老覺得別人打字的紙上，墨水味中夾雜著刺鼻的汗味。她馬上決定她必須終結這個令人不舒服的情況，從此一手攬下大大小小雜務，讓葛楚史坦不論在工作或生活上都少不了她。她就像這座聖堂的守護神，像工作室的實心大門一樣堅固可靠。她是葛楚史坦的首席衛士，國王御膳的測毒宮女，可爲稚兒犧牲性命的母雞。托克拉斯小姐有力的手腕一甩，將工作室的門打得老開，盯著我的臉，簡單明瞭地說：

「我是愛麗斯・B・托克拉斯，你叫什麼名字？」

---

1 蓬迪遮里（Pondicherry）：深受法國文化影響的印度南部小鎮。
2 亞維拉（Avila）：西班牙中部古城，以十一世紀城牆聞名。
3 瓦倫西亞（Valencia）：西班牙東部城市。
4 布爾格斯（Burgos）：西班牙中部城市。

# 4

「纖兵」，葛楚史坦總是這樣聲調愉快地叫我，在發音不準的名字上又加上一個據她說最能貼切描述我外表特徵的字。可是我問了半天，她卻不肯告訴我那個字到底是什麼意思。我的女主人並非心腸惡毒，但她頑皮的個性卻一直改不了。「嗨，哈囉，纖兵！」只要看到我，她一定面帶微笑，以美國方式熱情問候我，然後頭也不回地繼續往前走，留下我愣在原地，再次懷疑這個「纖」到底是什麼意思。

矮？嗯，這大概是最合理的答案。

「笨蛋。」我老爸出來攪局。

英俊？我大膽猜測，是這樣當然更好。

我從歷任僱主那兒得到的綽號千奇百怪。到目前爲止，沒有任何老闆能正確地叫出我的名字。我敢發誓我毫不誇大。各式各樣的錯誤發音令我歎爲觀止，而葛楚史坦的創作不過是恰巧有點押韻罷了。每次她叫我，我一定接著重複一次。即使只是在我的腦子裡，但想聽到我眞正名字的慾望，卻是怎麼甩也甩不掉的習慣。我將錯置的音節歸位，重新調整音調。然而，不管怎麼說，有另一個人叫喚我的名字，注意我，感覺受到肯定與依賴，大大沖淡了我的孤獨寂寞。

「纖兵」，葛楚史坦問我，「你**怎麼定義**『愛』？」

女主人以我新取的美國名字做爲問題的開端，至於句子的涵義，她只得耐心以法文一一爲我解釋。她畢竟沒什麼選擇，因爲這是我們唯一的共通語言。雖然葛楚史坦是個大作家，不過，相信我，她的法文講得實在不怎麼樣。她的語調全錯，聽起來像一隻鞋咚咚咚掉下樓梯，一點韻律也沒有。她講得愈急，聲音就不由自主愈來愈大，發音也變得更離譜。她毫不介意講法語時帶著扁平的美國腔，反而覺得是必要的裝飾，就像她喜歡的一個馬賽克拼花胸針，只要出門一定戴在身上。每天，她用紅繩帶拉著「籃子」在社區內散步，必定操著她那口美式法語，自在地和所有鄰居打招呼。葛楚史坦只帶「籃子」出門，從不帶另外那隻吉娃娃「皮皮」去散步。「皮皮」的短腳只要沾到泥土或石頭，馬上就成了一隻瘋狗，先是全身發抖，然後頻頻放屁。牠的體型比乳鴿大不了多少，放出的屁卻多得驚人。葛楚史坦比較喜歡那隻大得像山羊的貴賓狗。她覺得帶著穿斗篷的「籃子」在街上走，非常拉風。大尺寸的一人一狗神氣地在左岸閒逛，和沿路的店主或其他狗主人聊天寒暄，彷彿非正式的美國親善大使。巴黎多的是養小型犬的老人，那堆被強拉出門的狗都只有「皮皮」那麼大，一年四季沒有一天不是一副邊走邊抖的可憐樣。每次見到葛楚史坦帶著「籃子」散步的畫面，總叫我心生感慨。那隻和我單獨在家時總是趾高氣揚的純種狗，一到了外面街上，馬上變了樣，舌頭懶洋洋垂下來，到處東嗅西嗅，隨地撒尿。可是，葛楚史坦簡直把牠寵上了天。我得先聲明，我這麼說絕非因爲嫉妒！這些狗兒和主人之間的親密關係，對我來說比外國話還難懂。不過，大概就像阿明曾經說的，「養著動物卻不殺來吃，這種事只有眞正的有錢人才負擔得起」。

葛楚史坦非常知道如何善用愛狗人對狗的注意力。她利用這個天賦及披著衣服的嫩粉色「籃子」，交了不少朋友。連依格昆尼特大街（boulevard Edgar-Quinet）以壞脾氣出名的肉店老闆，都讓她輕鬆搞定。這可不是容易的事！老屠夫總是瞪著一隻玻璃眼珠，排著展示櫃內的屍體，凶得嚇死人。她用同樣方法讓在凱伊特街（rue de la Gaîté）賣迷迭香和紫羅蘭的吉普賽女孩算她便宜一點。她用簡單法語稱讚女孩的長睫毛，「籃子」則撲上去舔女孩的手，殷勤地在她裙下鑽來鑽去。女主人這樣做的原因很簡單，因爲她的法語能力和我一樣有限，無法掌控它，也無法精確表達，不得不盡量使用短句。葛楚史坦發現，在法語世界裡，她只能依賴簡單的句子，所以她想辦法以親切的神情和溫暖的語調來彌補。她雖然說得不好，但姿態優雅無比。聽她講法語，內心總覺得非常舒服。粗糙、顚簸，卻不願妥協，令人激賞，讓我覺得找到了同伴。我總覺得我們兩人可以只用一個詞加上眼神，達到完全溝通的效果。我深信這是我們之間的共通點。

葛楚史坦時常對我怎麼詮釋法語一事表達高度興趣。我使用獨特的「否定法」和「重複法」來達到目的，令她印象深刻，震驚於居然有人能以單純的元素和架構在一個全外語的環境中活下去。在我們合作的演出中，她既是編劇，也是觀眾。不用說，她當然極度熱愛這一系列「談話秀」。我還記得上工的第一天，我和托克拉斯小姐在廚房討論下週菜單時，葛楚史坦晃了進來。

後來我才知道，葛楚史坦從不踏入廚房一步。她一定是發現我有娛樂她的潛能，所以那天才特地晃進來。我還記得，當天下午，我想問托克拉斯小姐有沒有足夠預算，讓我爲週末宴會買兩顆鳳梨。我想告訴她，我打算將第一顆鳳梨切成圓形薄片，和青蔥、牛肉一起煮，鳳梨的糖汁會在熬煮的過程中滲出，讓這道我媽媽的拿手越南菜的變種，帶著難以辨認的淡淡香味，一吃就上癮。我還想告訴她，我要將第二顆鳳梨先切成一口大小，浸在櫻桃白蘭地中入味，擺在漂亮的盤子上做底，再放上可口的柑橘冰沙，周圍用鮮奶油擠花裝飾成象牙色的玫瑰。說實在，我太急於表現，想讓新主人對我的廚藝刮目相看。我還想告訴她，不只這樣，玫瑰花上還會點綴艷麗的紫色蜜餞、水晶般的碎冰糖。

「主人，我想買一個，嗯……不是梨子的梨子。」

托克拉斯小姐看著我，面無表情，顯然聽不懂我說什麼。

是的，開口那一刻，我搜遍腦海，卻完全想不起法語的鳳梨要怎麼講。我腦子裡的字彙有它們自己的意識，我一點控制權也沒有，它們高興就待著，不高興就走掉，常留下我尷尬呆站，張著口，不知該說什麼。獨處時，幾乎所有認得的字都乖乖待著；一旦需要和其他人溝通，它們全惡作劇似地逃逸無蹤。這種事也不是第一次了，所以，至少現在，我發展出一套不得已的應對之道：學會用「身體語言」輔助。於是，我將雙手放在頭上，手掌貼著頭皮，手指往天空張開成扇形，慢慢重複剛才的問題。我放大頭上的「皇冠」，站直身體，在我的兩位新女主人面前，努力把「不是梨子的梨子」具體化。我記得葛楚史坦馬上對我報以微笑。我想，從那時開始，這位女主人就對我的法語詮釋產生了極大興趣。她會將我說過的話占為己有，等待時機分析拆解，看看還能演變出什麼出人意料的有趣結果。

自此之後，葛楚史坦養成了測試我解釋技巧的嗜好。一開始，她對我將食物、動物、家庭用品重新命名的想像力讚賞不已。不過，她對母語之外的語言全抱著不求甚解的態度，所以她得先用英文列出她想測驗我的單字，查閱托克拉斯小姐的英法字典，找到法文同義字，再去找出抽象或實體的東西來讓我解釋。這是葛楚史坦晚餐後的餘興節目，她開始閱讀之前半小時的休閒活動。托克拉斯小姐總是拿著針線活和我們坐在一起。不過，最近情況有點改變。葛楚史坦慢慢認為，倒著做，也許遊戲會進行得更有效率。她現在相信以前的作法並不妥當，就像一幅肖像畫已經完成，藝術家才到處找模特兒一樣不切實際。百花街二十七號公寓堆滿各式各樣收集品，再方便不過。鈕釦、貝殼、裝飾用玻璃球、馬蹄鐵的釘子、火柴盒、菸灰缸（蒐集靈感來自托克拉斯小姐。聽她說話就知道她有吸菸的習慣），在屋子裡隨手可得。這些東西可能依功用放在一起，可能依取得年分，甚至可能依當時心情隨意擺放。托克拉斯小姐搬進百花街時，葛楚史坦的收藏品已相當可觀。不必任何人說，托克拉斯小姐就知道那些對葛楚史坦很重要。她不會質疑為什麼要將日常生活裡的瑣碎物品當作寶，因為葛楚史坦的手碰過，那些物品在她心中立刻成了價值不菲的寶物。她是真心這樣想。

一旦晚飯撤下，餐盤洗淨後，我就會被喚進工作室。我在這兒住了四年，一直認為公寓裡的東西都讓葛楚史坦拿來問過了。舉例來說，上星期是我今年內第三次告訴葛楚史坦：「籃子」是

「一隻不是朋友的狗」，而「皮皮」根本是「一隻不算狗的狗」。

「纖兵，你怎麼定義『愛』？」

哎，我聽到問題馬上想：具體的東西問完了，現在只好轉向抽象概念。葛楚史坦大概像以前我遇到的「收藏家」一樣，想要看我從前的傷口。熟悉的苦味從喉嚨深處湧出。我指著一張咖啡桌，上頭藍白相間的碗裡擺著待熟的榲桲[1]。然後，我對著她們搖搖頭，一言不發地離開房間。

上百顆球莖擠在放滿鵝卵石的淺水缸裡，長出短短的根，用力支撐向天空伸展的花苞，在太陽下綻放出潔白如紙的白色水仙。天氣雖然還很冷，屋內的窗戶卻從不密閉，因爲帶著甜味的水仙氣味熏得每個人掉眼淚。比較照不到陽光的角落則放著大大小小不同尺寸的盆子，插滿茶色的乾燥繡球花。因爲缺少水的重量，只要強風一吹，這些乾燥花的盆子便搖晃碰撞，磅噹作響。梅雨季時，花瓣常會順著有些發霉的牆壁掉落地面。我選擇保留這些美麗的記憶，其他的則不願想起。

我選擇忘了你第一次到百花街二十七號來時，不過是幾百個拿著介紹信、滿臉誠意的年輕新進作家之一。你站在工作室前，和一個背對我的男人談天。我端著放滿細糖蛋糕的拖盤，走向或站或坐、以葛楚史坦爲中心的訪客。每個人都想表現出最好的一面，吸引葛楚史坦的注意。在多年的「隱形練習」之後，我立刻發覺有人凝視著我。這種因長期流浪養成的第六感，形成了苦味在舌根發酵。檢查是否該爲茶壺加水時，被注目的感覺更加強烈。那是你凝望我嘴唇的眼神啊！

我抬起頭，看見你站在一面大鏡子旁。鏡裡反射出你瘦而結實的身軀，一雙深邃明亮的眼睛。我抬起頭，看見自己的倒影就在你身旁。剎那間，我以爲自己又上了船，整個世界隨我的脈搏跳動，輕輕搖晃起來。剎那間，我以爲我又上了船。

我選擇忘了你輕聲對托克拉斯小姐說，你正在找一個廚子。你陪我的女主人走進廚房，大力讚美她的咖啡桌布置得多麼精緻細心，蛋糕既好吃又好看。忍冬玫瑰和毛洋槐也是你最喜歡的盆花，你臉不紅氣不喘地撒謊。傾身向前，你滿懷心機對她訴說，你有朋友來玩，你想爲他們開個宴會，卻找不到人幫忙。我眞希望能給你一點忠告；我眞不希望我們之間的故事，居然是由你親密有禮地在我女主人耳邊呢喃來拉開序幕。

托克拉斯小姐欣賞你乾淨動人的嗓音，彷彿聽到了天使的音籟。她覺得你的聲音令她想起她透過西班牙修道院那蜂巢似的圍牆所驚鴻一瞥的美少年。彬彬有禮的外表下隱約透露不馴的野性。她的眼光在你的西裝領口徘徊。嗯，美式俐落的剪裁，她的目光露出讚許。沒有任何不必要的花俏裝飾。她甚至喜歡你使用的月桂萊姆古龍水。就像法國男人，她心想，進門前就告訴別人他來了，離去後還留下繞梁餘韻。我的女主人一口一口吸進你的味道，對你的好感也隨之增加。而你將這一切看在眼裡。

那天晚上，托克拉斯小姐問我，星期天休假時，我做些什麼？我在她們家服務超過四年，這是她們第一次問起我不在她們身邊時怎麼過。我有些不舒服，心想：星期天屬於我，我高興怎麼過就怎麼過。

「沒做什麼。」我回答。

「沒做什麼。」托克拉斯小姐微笑著重複我的話。

主人，妳在愚弄我嗎？我心想。

「爲什麼問？」我回問她。

「你記不記得今天下午跟我進廚房的那個年輕人？」

記不記得？哼，如果我運氣不錯，我大概連晚上睡覺都會夢見了。怎麼會不記得？

「記得。」我簡短回答。

「這個星期天，他需要一個廚師幫忙。」

嗯，我正是他要找的廚師了，我心想。

「喔。」我應了一聲，眼睛連眨都沒眨一下。

接下來，托克拉斯小姐耐心解釋你既年輕又單身，不會干涉我怎麼設計菜單，我可以全權做主。是美國人，不過她保證工資絕對不低，甚至會因這是臨時通知再加好幾成。她將你的名片交給我，告訴我第二天下午二點十五分，到你家去找你談談。

「我有沒有告訴你，他對你今天做的蛋糕讚不絕口？實際上，他用的形容詞是『卓越出眾』呢！」托克拉斯小姐又加了一句，心知肚明以我的個性一定會爲了這樣的讚美暈陶陶，像嗜甜的螞蟻緊咬著她如蜜般的虛僞不放。

不抱希望，自然也就不會猜疑。低頭看手裡的名片，想到的只有買一雙好靴子過冬的外快。襯衫袖口已經磨破，彷彿一個告密者，大聲宣布我買的是二手貨。手套的情況也好不到哪兒去，戴上時，冰冷的指端仍不斷探頭出來張望世界。不過，我對鞋子往往一擲千金，非常講究。柔軟的皮革，精細的手工，出色的外形，合腳的鞋型，乾淨得發亮。擦鞋是我每晚必做的功課，一定要擦到光可鑑人才停手，即使汗流浹背也不例外。但是，現在這雙鞋既髒又舊，顯然回天乏術。第二天我提早十五分鐘到名片上的地址，卻發現沒人在家。

我在奧德翁街（rue de l'Odéon）十二號的門廊席地而坐，著迷地看著來來往往的人潮。我想在這方面，我已全然法國化了，沒有什麼可以比觀察川流不息的陌生人帶來更多樂趣。每一張逐漸接近而後離去的臉孔都引起我高度興趣。我相信我一輩子都不會了解這群巴黎人在他們美麗的藍色天空下到底想表達些什麼，不過我也不想和任何人說話就是了。看著他們的穿著舉止，連我都能大致猜到他們的背景：三角關係，前頭兩個親密地抱在一起，後頭那個躲躲藏藏地跟蹤，顧不了自尊卻還不想撕破臉；學生，四、五人組成樂團，每個人都眼帶紅絲，不是熬夜唸書，就是前一晚喝多了；詩人，即使靈感來了，還是喜歡獨行，穿著破爛的長外套，低頭追尋地上的影子，還得小心裝出一副有氣質的樣子，免得別人看不見他的才氣，將他當成了流浪漢。

你從對街的另一頭走來，一手抱著兩本書，另一隻手的手指上，一個綁著紅線的白紙盒隨你的步伐晃來晃去。是甜點吧？我猜測。我的視線落在你發皺的外套衣領和微亂的鬈髮上。我想要再次嘗到那種以為自己又上了船的昏眩感，那種整個世界隨著脈搏跳動、輕輕搖晃起來的昏眩感。

你的頭髮看起來非常乾淨，似乎才剛洗過。光從這一點就能知道你是不是注重衛生的人。你將頭髮左分，嗯，和我的偏好一樣。你的領帶收進毛衣的V字領口，只露出小小的結。不錯，我也覺得柔軟的毛衣比硬邦邦的鈕子背心好看多了。你的大衣看起來滿暖和，想來換我穿應該也不錯。而你的手……你的手？你的手套哪兒去了？噢，像你這樣的手總是溫溫暖暖，不會冰涼太久。你咖啡色的眼眸帶著淺紅微光，彷彿一股提神劑，喚醒我昏昏欲睡的大腦。

「你要跟我進來呢？還是我們就站在門廊面談？」

你的法語發音毫無瑕疵，但刻意說得很慢，不但表達清楚，甚至韻味十足。我微微張開嘴，忍不住想將你說過的每一個字放進肚子裡再三品嘗。不過，「面談」兩個字猶如在我臉上重重打了一巴掌，提醒我，不過是個僕役，居然敢幻想自己是個夠格的男人，傻瓜般地對這麼高尚的先生存有慾念。我起身隨你走進屋子。陽光透過布滿灰塵的天窗玻璃，將玄關劃分成一格一格。我跟著你爬了四層樓，每往上走一步，心就往下沈一點，慢慢降到一個熟悉而悲傷的世界，一個完全被孤獨吞噬的世界。

葛楚史坦，成熟的榲桲要有飛翔的金絲雀翅膀一樣的黃色。當它散發出青蘋果的香味，甚至令人聯想到珊瑚玫瑰時，它就熟了。但是，葛楚史坦，成熟的榲桲還硬如石塊，除非用小火持續煮上好幾個小時，再倒入蜂蜜水，燉到水分消失，褐色果肉吸了熱氣，慢慢變成柳橙般的顏色。

不像妳很少見的日出陽光那麼耀眼的橘黃色，更像是在樹上熟成的木瓜色，一種可以放進嘴裡品味的顏色。葛楚史坦，讓我回答妳的問題吧！愛不該像是擺放在藍白瓷碗裡的待熟榅桲，看得，摸不得。

1 榅桲（Quince）：熱帶地區居民多採未熟果生食或醃漬。成熟果實帶蘋果香氣，果汁多，汁呈淡黃色，味甜而酸。

# 5

我最後一次見到阿明大哥，是在總督府後門。我還記得往閃閃發亮的廚房望去，只見天花板的風扇還轉個不停，奮力將熱空氣從窗戶趕出來。當時已是半夜兩點，廚房仍開伙。布雷瑞特大廚將四個可用的煤炭烤箱全部點燃，幾十條表面割紋的細長麵糰塞在爐子裡，是第二天宴會上要吃的法國麵包。除了司機房間還透出一點點微光，屋子其他部分早已一片漆黑。

好幾年前，我剛到總督府當差時，阿明告訴我，司機其實是富商的長子。從巴黎留學回來後，眼睜睜看著他父親將財產換成鴉片，一口一口吸掉了。他自己則迷上賭博，賠上了家裡給的車。現在，毋需開雷諾汽車載先生夫人外出時，他會花上好幾個小時，寫詩歌頌夫人的祕書，一個有輕微鬥雞眼的法越混血兒。大哥一口氣將這件事告訴我，沒有停頓，也沒換氣。他告訴我其他總督府僱員（總共十五名）的生平背景時，速度也是這麼快。他透露這些消息給我，是覺得他有照顧我的責任，而非喜歡在背後談論他人是非。他知道我得先明白背後的因緣，才能在總督府生存下去。知道這些背景可以幫我避免權位比我大的僕役因人格缺陷所設下的陷阱。他告訴我要將每個故事牢記在心，和這些人應對之前，懂得三思而後行。在總督府做事，如果先生夫人不喜歡你，你得小心一點；可是，如果其他僕人不喜歡你，你絕對待不到第二天早上。想想看，如果有一天，我和阿明得和其他十三個人對立，情況會變得多麼棘手啊！他好心地暗示我，如果有事，他會站在我這邊，不過，當然是要我好好記住，千萬別給他添麻煩。基本上，阿明並不喜歡談論廚房之外的事，他寧願將心力都放在教導我烹飪上。當「偉大的二廚阿明」準備好教我時，往往有幾個徵兆：首先，他會拿出口袋裡的手帕，將手指擦乾淨；然後仰起頭來，望著天花板的風扇；接著，嘴裡開始唸出每天早餐抹在在先生要吃的麵包上的布列塔尼罐頭奶油有哪些優點，夫人喜歡的則是裝在厚重玻璃瓶、貼著法國美女名字標籤的手工李子醬。「蜜拉貝爾」（Mirabelle），阿明讓我看著果醬罐，發音清楚地重複一次。我還記得老強布克斯過世、年輕的布雷瑞特繼承他的職位時，阿明告訴我，這些法國廚師都是世襲的；追溯回去，家族祖先當廚師的歷史常常超過百年。他也承認這種方式可能比較好。大陸皇宮飯店的主廚就因爲偷偷在菜裡加上越南土產香料和青菜而被開除。他說他是普羅旺斯來的，不過，有人說他其實是法國外派高官和越南裁縫偷情的產物。他甚至大膽到在冰沙裡加山竹和菠蘿蜜。「宴會主人氣得快瘋了，要求飯店解僱在廚房做菜的『土著』，不然就要送他去坐牢，結果發現大廚居然是個看起來手無縛雞之力的『普羅旺斯人』，著實嚇了一大跳。但他還是生氣地威脅要讓全中南半島上最時髦的飯店關門大吉，所以飯店二話不說，開除了主廚。」阿明又一次在最短時間內，教會我該記得的教訓。

阿明相信，如果他能在這兒省三分鐘、那兒省五分鐘，總有一天，他會省下足夠時間，讓生命重來一次。即使那時我還小，也知道很多阿明省下來的時間都浪費在我埋頭大睡，而他卻握著手帕、睜著眼睛的失眠夜晚。但是，在廚房裡，「偉大的二廚阿明」是老師，我只有聽話的分。阿明大哥遺傳了老爸的聲音，讓我們其他三兄弟羨慕不已。如果閉上眼睛，聽到的彷彿就是老爸低沈的嗓音呼喚著我。他的音色比老爸更乾淨單純，像是一片沒有污染、沒有浮游生物殘骸、沒有落葉、沒有漂流木的海洋。透過阿明的嘴唇，過濾後的老爸聲音說著：「我相信你。」在總督府的廚房，我聽到大哥用老爸的聲音這麼說，心中無比安慰。因爲我深深明白，除此之外，我不可能聽到老爸親口肯定我做的任何事。

「白痴，喂，白痴，去把我的檳榔盒拿來。」

老爸對著我講話，不過，也可能是叫我們兄弟之中任何一個。我們學會走路的同時，就習慣我們共用的名字──「白痴」。老爸對我們一視同仁，除非立下什麼特別功績，讓他覺得你有可能成爲他想要你成爲的人物，才有被另眼相看的資格。

二哥在鐵路局當車掌，目前還在二等車廂服務，希望很快能升上頭等艙。法國人很聰明，在鄉下地方鋪設不少鐵路，藉此控制越南的經濟命脈。二哥阿宏的工作並不愉快，每天都得任由那些法國太太欺凌。即使她們的丈夫不過是政府裡的低等僱員，她們仍抱著極大的虛榮心，趾高氣揚，和老公一起「巡視」他們的殖民地，徹底忘了自己原來是什麼樣的人，當然也忘了他們得千里迢迢飄洋過海之後，才能勉強從下等人升級。

三哥在報館做事，負責清理印刷版，將用過的硬字一個個拆下來，空出來爲第二天的新聞做準備。字塊摸起來還暖暖的、仍沾著墨泥的時候，趕快用刷子把C和Y的缺口清乾淨。他拿在手中的，是最新的橡膠出口價格，雖然瘧疾和痢疾猖獗，延誤了收成，卻仍然有利可圖。他拿在手中的，是民族主義狂熱者策動的莽撞暗殺，他們甚至連總督府大門都沒碰到就被捕了——至少，他們吹響了希望的號角。不過，這些阿東都看不到。他只看見了O像隻獅子張開大口，T有如樹枝往外延伸，還有彎來扭去的S。阿東對自己微笑，想著還好報社裡的熱氣沒像他朋友警告的那麼糟，想著還好只要用杯溫熱的茶，手上的墨水味就能除盡，想著還好當他出門約會時，記得把黑指甲藏在口袋裡。

不用說，「偉大的二廚阿明」自然是我們家的榮耀。老爸說阿明應該在龍年出生才對，卻沒發現這種說法有漏洞。世界上哪兒有穿著圍裙的龍？對他而言，阿明的圍裙是上天賜下潔白華麗的身分地位的象徵。至於雞油的污點、洋蔥的惡臭、內臟的血漬、鮮魚的腥味，在他看來不過是成功的裝飾品。他常想，也許阿明是長子，因而繼承了自己全部的聰明、天分和野心。家裡有年齡和他相仿的客人來訪時，老爸總會找機會講到阿明，告訴客人因爲他是第一個孩子，所以盡情吸收了他媽媽子宮裡的養分。我彷彿還能看到客人尷尬地舔舔嘴唇，彷彿還能聽見他們不知如何應對的乾笑，想著我媽生阿明那年才十四歲，精力就被吸乾，從此不成人形。更糟的是，我到現在還能清楚記得老爸的一言一語：

「你們看看站在那兒的小白痴。還好她生下他之後就再也生不出來了。不然，下一個肯定是賠錢的女兒。」老爸說完，惡狠狠地從嘴裡吐出一口紅汁。只要他醒著，嘴裡一定嚼著檳榔。檳榔切片夾著石灰膏，被他口中的熱氣融化，每隔幾分鐘就吐出一口淡紅汁液。這一次，他失去準頭，沒吐進罐子裡。我跳起來抓了一條抹布，馬上把地板擦乾淨。這就是他叫我待在身邊的原因。他用下巴對著我，完全不把我和母親當人看。客人的笑聲明顯轉高轉大。那年，我六歲。獨自和一堆喝醉酒的大人待在同一個房間。我抬頭看著老爸，他正朝著我的方向吐出更多檳榔汁。還帶著體溫的紅色汁液一半進了黃銅盆，一半濺在我的赤腳上。我才六歲，抬頭仰望著他。我對他微笑，因為我只是個孩子，根本聽不懂他到底說了什麼。

我最後一次看到阿明是在總督府的後花園，他和最壯的幾個手下正努力將蛋白打泡，將白糖鏟入大銅碗。工作檯就在廚房門外幾步之遙。阿明知道，像今天這樣的夜晚，在戶外做事會比在裡頭舒服得多。當微風吹過，頭上搖晃的樹葉會像風扇一樣帶來涼意。像今天這樣的夜晚，要以廚房天花板的風扇對抗烤箱持續發出的熱氣，根本無濟於事。我大哥知道，如果待在屋裡打蛋，蛋白沒發前就會烘得熟透。他就看過新來的法國廚師出過這種糗。剛來不久的廚師根本搞不清楚越南廚房熱氣的威力。裝著蛋白的大碗斜放，金屬製的打蛋器規律地敲擊在碗上。加入白糖前，得把蛋白打得濃稠厚實，呈現壓散的牛腦般顏色。和廚房相較，花園算是沙漠裡的綠洲，不過比起打蛋的最佳溫度還是太高。想在這麼熱的狀況下將蛋白打得又鬆又發，根本不可能。然而，阿明有自己的辦法。他在打蛋的大碗下放了托盤，裡頭裝滿碎冰塊。我們眼睜睜看著值錢的冰塊變得愈來愈小，終究消失在空氣中。除了打蛋的呼呼聲外，世界一片寂靜。汗珠從他們的脖子、臂膀、手掌流下，滴進大碗裡。汗水的鹽分就像消失的碎冰，成了烹調材料裡的一部分。

夫人的生日宴會請了六十二位客人。一百二十四個滴上十字焦糖的蛋白酥皮捲，成雙地浮在冰涼的蛋蜜乳上，放入水晶盤裡，呈給客人。阿明說，這是上任大廚老強布克斯的精心傑作。新來的布雷瑞特大廚一定會同意他將這個傳統保存得很好。阿明還說，雖然作法和漂浮布丁有出入，「但雞蛋更添美味」。他和布雷瑞特大廚都不願批評老強布克斯的作法。「畢竟，再怎麼說，沒人比他對夫人的命令更不以為然了」，阿明解釋。

夫人老是把「做得和法國一模一樣！」掛在嘴上，時時拿這個口號來為難老強布克斯。「總督府有責任維護法國的尊貴和驕傲。所有在府邸的東西，都應該做得和法國一模一樣！」夫人這麼命令大家。她忘了在法國時只有三個傭人，而不是現在的十五個。「做得和法國一模一樣」是夫人說話時的句點，是每一個命令的結尾。連資格最老的園丁助理都能捲著已不太靈活的舌頭，提高聲調，模仿她喊這個口號的樣子。每天下午，夫人換上白球衣去俱樂部打網球後，我們全會學她喊這句好用的口號。它適用於所有的抱怨，宣洩了我們的怒氣，滿足我們的憤慨。夫人將這句話廣泛使用，我們就以找出更多用途為樂。我們一邊笑著，一邊打掃衣櫥，開玩笑說：「哦！做得和法國一模一樣！」拂去窗簾上的灰塵時，再說一次：「哦！做得和法國一模一樣！」在夫人為了追逐一顆球而弄得滿身大汗回來前，在屋子裡的每個角落都聽得到這句口號。當然，夫人回來後，「做得和法國一模一樣」又重回她口中，再次成為她的專利。不過，這句話也不是萬靈丹，至少在夫人質疑爲什麼牛奶和法國的不一樣時，人們就理直氣壯告訴她了。「在這種熱帶地方，奶只要一離開牛的乳房就開始變酸！」

「想想看，我居然住在一個只知道母奶味道的蠻荒地方。」司機有天聽到夫人在車裡口述要寄給她妹妹的信。「在我們來之前，」夫人繼續說，「這些中南半島土著講的『牛奶』，居然是用水沖泡乾掉的黃豆粉。」夫人知道她這樣寫會讓妹妹搖頭慶幸自己沒嫁個野心這麼大的男人。夫人又抱怨了一些管理十五個傭人是多麼困難之類的事，才結束這封信。她的祕書回府後，會仔細用總督府正式信紙打字才寄出去。司機解釋，這樣做，夫人的妹妹才不會花太多時間去想那些沒什麼道理的偏見。

夫人對老強布克斯大廚下了清楚的指令。她的蛋乳汁（crème anglaise）裡，用白糖、蛋黃醬、牛奶做成的浮雪要另找材料。生日宴上的蛋白酥皮捲還是要漂浮在「雪」上，但「雪」裡不可以有越南人的牛奶。「這純粹是爲了安全考量，」她說，「我聽說有些民族主義狂熱分子餵當地的牛吃一種毒草。喝下足夠的量，會讓原本健康的女人不孕。」她這樣說時，她和老強布克斯大廚想的「女人」當然都是法國女人。夫人主動提供這個消息，把它和偉大的母國扯上關係，自然是警告強布克斯大廚不要搞砸任務。現在全看他了。他成了夫人及收到邀請函的有頭有臉的眾夫人的保衛戰士。他得在這個赤道國家，在牛奶拿進來就快蒸發的廚房，想出辦法解決難題。老強布克斯必須發明一種新的「雪」，來滿足夫人的要求。

「所以，他用蛋蜜汁來取代蛋乳汁！」阿明再次以驚奇的語氣告訴我老強布克斯的機智。每一年，只要我們開始通宵準備夫人的生日宴會，阿明就會把這個故事和蛋蜜汁的配方再拿出來講一遍。「用最小的火，將蛋黃和白糖拌勻，加入不甜的白酒。」大哥在星空下的臨時廚房反覆告訴我烹調步驟。可惜內容是這樣了無新意，即使心知肚明這是他教我的最後一回。

「不幸」及「絕望」與老爸的命運形影不離，既像走路用的枴杖，又像事親至孝的兒子。當然，這裡的兒子指的是別家的兒子，而非他自己不成材的那群。老爸的事業基礎建立在無處可去、滿懷悲傷的可憐靈魂上。他將這些人送到救世主耶穌的懷抱，或是配角聖母馬利亞的身邊。只有許下禁慾誓言的男人才有資格呼喚她。當他們誠心感動上天時，她便會在夜裡化成幻影出現，擁抱他們疲憊的心靈，將他們的頭緊抱胸前，撫去所有悲痛。老爸對聖母才沒有那種耐心。他從一開始就覺得對她禱告是浪費時間。從他被領進西貢的聖母院，神父教他跪下，將臉轉向教堂大門，讓他受洗開始，他就這樣想。從他成爲天主教徒的那一刻開始，他就覺得聖母是個多餘的裝飾，只是耶穌故事裡一個不重要的龍套。

即使地處熱帶，大教堂中的陰冷還是會讓小男孩不由自主顫抖。雖然越南只有乾季雨季這兩種季節，但天氣變冷時，還是會凍死人。這時，耶穌的屋子是最好的去處。垂著厚重窗簾的告解室、切割整齊的石地板、高掛在十字架上流血的大理石耶穌像、金光閃閃的聖杯，這一切將寒氣阻擋在教堂之外。在聖母院裡，還不是老爸的小男孩發著抖，從唱詩班升爲祭壇助手，再升爲神學院學生，戰戰兢兢走著神父爲他選好的路。但在正式受職儀式的前一天，他突然宣布前一晚聖母顯靈，告訴他，他必須娶妻。神父皆當場愣住，不知該如何反應。很多神父甚至想著爲什麼聖母不對他們下達同樣的指示？大家都知道這個年輕人說謊，但又無法找到他話裡的破綻。他要的不是女人，而是妻子。畢竟，他大可先當神父，再去找女人。神父養情婦早就不是新聞，很多神父的紅粉知己還不只一個呢！禁慾的誓言讓他們更容易接近女人、追求女人。親近她們的靈魂，也親近了她們的肉體。心情還不錯時，我會告訴自己，他要一個妻子是因爲想要擁有屬於他的東西。說得更白一點，他要擁有自己的財產，而且在理想的情況下，這個財產每九個月還會再增值。神父個個低頭默默離開，說從來沒聽過這樣的事，也不知道該如何處理。

年輕人委託的媒人婆告訴他用不著擔心。雖然他沒錢、沒財產、沒家族後盾，但找個老婆還不是問題。媒人婆告訴他，身爲男人就是最大的資產，其他的只是會投胎的人的附加玩意兒罷了。「重點是，」媒人婆接著說，「找到一個比你更不值錢的女人就行了。」換句話說，她得爲年輕人找個一貧如洗的新娘。可悲的是，合適的人選居然還不只一個。年輕人脫離了神父的掌握，不再穿法衣、十字架、大披肩、主教冠，但他還是在教堂附近的市郊找了小房子住，距離近到連教堂敲鐘都聽得一清二楚。選擇這個地點全是爲了未來生意上的需要，他必須和窮人比鄰而居。赤貧太過分，就不用了。他要找的對象是週六發的薪水挨不到下週日的那種窮，一種根深柢固、難以翻身的窮。他還需要找到能夠合作、品性不大高尙的上帝侍者。他很快就在一座木造小教堂裡和同是越南籍的神父達成共識。只要他帶新人來受洗，神父就付他佣金。本名傅尼的文森神父同意了，連細節都懶得問一聲。畢竟，他也厭倦了一個人孤零零守著教堂，望彌撒時一個信徒都沒有，只有偶爾來訪的神學院學生撐場面的情況。

年輕人並非天才，甚至連聰明都稱不上。但他卻有相當奇特的洞察力：有賭博的地方，就有信仰。這個體認是上帝給他的最佳禮物。他設計了一套方法，加快賭徒和信仰相遇的速度。他開放自己的家，讓人深夜聚賭，然後在清晨舉行禱告會。賭徒贏錢時會禱告好運持續，而最近受洗的人總是運氣特別順，至少會再贏個兩三回。如此一來，魚就算穩穩上鉤。賭徒輸錢還是會禱告祈求轉運。雖然賭博有輸有贏，但對年輕人來說，他不但能從賭金得到固定比例的抽頭，還能得到文森神父的佣金，所以在他眼裡，他永遠大贏，而天主教教會則跟著小贏。我常懷疑如果文森神父知道眞相會不會當場昏倒，或至少羞愧臉紅？不過，他聰明得很，什麼都不問。也是啦！當地區主教因他教區內受洗的人穩定增加而大力稱讚時，當其他神父都因他傳教的效果宏大、讓教徒數目一日多過一日而嫉妒時，有什麼必要去挖掘問題，給自己找麻煩？

時光流動。慢慢地，文森神父的信徒逐漸由教堂裡的木椅移到教堂外的墓園，連文森神父都不得不注意到殘酷的事實。「一旦懂得前來尋找救贖，沒多久，救贖就會找到他們」成了他在葬禮致詞時最常掛在嘴上的一句話。一年一年過去，文森神父注意到老去的年輕人再也沒辦法像以前一樣爲他的教堂帶來那麼多新信徒。他本來還樂觀認爲年輕一代開始娶妻生子後，新增的人口應該能爲他的教堂帶來一些新血。不過，到最後他終於不得不相信，老爸的方法只能用在和他年齡相近的人身上，對年輕一代不管用。「你必須知道顧客要些什麼。」老爸聳聳肩，告訴神父，試著用花言巧語打動他。文森神父卻只是吸了一大口氣，將臉轉開。

我最後一次見到阿明大哥時，他閉上眼，沈重地告訴我他什麼都知道了。他看到我的傻笑、身上的抓痕、張開的嘴巴、手下握住的白床單。他的頭垂得低低，告訴我，我小時候他能救我，但這一次，他救不了我。這個動作證實了我一向的猜疑：阿明看到小動物就會心軟。殺雞後將雞抓好，讓雞血滴到碗裡，這樣簡單的動作他都做不來。他只了解他選擇的人生，而十四年前他在老爸家看到的景象，不管他是否願意，都成了一把鋒利的刀，重重割在他心上，讓他的身體抖個不停。

帶著體溫的紅色汁液濺在我的赤腳上的那天，阿明說服老爸，再過幾年，他就能幫我在總督府廚房找到一個差事。「即使是錢最少的打雜小弟，一天也有兩頓飯可吃。將來還有晉升為廚師的機會。不過，競爭很激烈。」他告訴老爸，「現在一堆想被僱用的小孩等在後門，每個人都能說上幾句法語。不但有廚房的工作經驗，還多少和府裡的傭人攀親帶故。所以，我們也不能落後太多。

「他應該先去幫媽做生意，學點做菜的粗淺技巧。當然，媽的廚房根本不能和總督府相提並論。」阿明看到老爸露出感興趣的眼神，趕緊加上一句。「但至少他可以學學怎麼拿菜刀，怎麼切菜，怎麼削皮，怎麼煮食。進一步的技巧等他來總督府工作，我自然會教他。媽可以先訓練他，讓他有點基礎。」阿明提議，暗暗希望媽媽沒躲在門後偷聽，暗暗希望媽聽到了不會傷心。

事實是，大哥知道不管媽媽賣了多少個荷葉蒸飯糰，老爸絕不容許有人在他面前稱之為「生意」。在他眼裡，只有他做的事才有資格叫做「生意」。阿明從來也不敢說什麼，雖然每個人都知道我們能有飯吃，靠的全是媽媽在廚房勞動、出門叫賣所賺的錢。老爸賺的只夠打平他的酒錢。「沒辦法啊，」他辯解，「這是必要的生意開銷。」

「至於法語，我會教他到足夠通過先生夫人的面試，不過，也是得現在就開始。每天他幫完媽媽，就到總督府來找我。我會趁休息時教他幾個字。再說，讓他看看眞正的大廚房是怎麼作業的，對他只有好處。」

一抹微笑出現在老爸臉上，像一排迅速冒出頭的氣泡。他再一次爲他的長子感到驕傲。老爸心想，「偉大的二廚阿明」懂得像個男人般思考，知道怎麼利用賠錢貨來獲利。其實他是對的。阿明已經懂得像個男人一樣思考，知道怎麼隱藏他再也無法承受的傷痛。阿明的一席話讓大家四處找人，最後他們在老爸根本不踏進的房間找到我，那個屋子裡唯一鋪著泥土地面的房間。「對她來說，已經太好了。」我記得老爸曾經瞄著我媽這樣說過。語氣就像吐痰般輕蔑。

我最後一次見到大哥時，他語氣疲憊地告訴我：「我想盡辦法給了你一切。而你輕易地全浪費了。」在他的話裡彷彿預見了我接下來的命運：一輩子綁在廚房裡，或是隨海漂流的未來。

我們倆都是老爸養大的。阿明和我一樣，老想著在生命裡追尋更多。和我不同的是，他在總督府廚房的黑暗角落裡找到了努力的方向。阿明大哥，你究竟以爲你找到了什麼？覬覦布雷瑞特大廚的地位和夫人祕書的愛情嗎？你想要的是她瘦小的身軀、裹著她毫無血色手腕的內衣蕾絲，還是期待會爲你帶來事業好處的交歡？噢，親愛的大哥，我沒有浪費你爲我安排的人生。我只是拿去換了更想要的東西：布雷瑞特大廚順著我的一根根肋骨數下來的吻，落在我背上的唇，和我手指交纏的頭髮，讓我身體拱起的快感，還有他將我們兩人帶入天堂時，我忍不住吶喊出的「喔……是……天啊」。

我最後一次見到阿明，彎彎的新月正巧掛在他背後的星空上。他語帶哽咽，問我：「現在，我要怎麼做才能救得了你？」他重複自己的問題。兩人四眼相對，卻不知道該怎麼回答。那是我最後一次見到大哥，那是他對我說的最後一句話。

# 6

尼奧比貨船從西貢航行到馬賽的途中，阿暴告訴我一個幾代都以編籃子爲生的水手的故事。那水手的祖先一開始種的是水稻，但早已長在那兒的水草不願讓位，稻苗都長不起來。他們試了三年，不得不放棄。環顧四周，他們不由得悲從中來，覺得自己一定被詛咒了，否則，怎麼鄰居的田全是綠油油的稻穀，他們家的田卻什麼都種不出來。又餓又絕望，他們只能誠心向上天祈禱，希望天神指引一條明路。一天，家族裡天生眼盲的長輩出人意料地宣布她看到了神明的指示。她說，從現在開始，他們應該收割田裡的水草，將莖曬乾，用來編織籃子。阿暴說，她甚至教大家怎麼做。編的手法複雜精巧，完成的籃子堅固到裝水都不會漏。鄰居見到，大爲驚奇，覺得這樣的籃子相當好用，樂得拿白米來以物易物。從此，這家人再也不用餓肚子了。事實上，在這個後來跑去當水手的男孩出生時，編籃子成了他們家所知道的唯一謀生方法。

男孩長到十五歲時，他告訴家裡的人，想到鄰村旅行。家人問他原因，他回答：「沒有特別的原因，只是想去看看。」因爲那天是男孩的生日，他又是長子，所以家人準備了四天的糧食，送他出發。八天以後，男孩回到被水草紫色花朵包圍的家中，宣布他想搬到鄰村定居。家裡人問他打算怎麼謀生，男孩說他會拔些水草帶過去，開始自己的籃子生意。四天的路程不算遠，而他又是長子，長輩就答應了。第二天，男孩拿著籃子，裝了一些田裡拔下的水草，揹在肩上，帶著雄心壯志離開了家。

「你猜得到他搬到鄰村後，發生了什麼事嗎？」阿暴問我。

「他忘了怎麼編籃子。」我回答。

「才不是！你白痴啊！不會有人因爲搬家，就忘了怎麼編籃子這種從小學會的事情吧。」

「噢！」

阿暴的用字通常很粗魯，不過我不放在心上，因爲他的人不是這樣，我知道他人其實不錯，不是故意的。聽起來難以置信，但是，你得相信我，我很了解他。畢竟，我們一起睡在一間小艙房裡，每天我聽著他打呼當催眠曲。我最有資格評論阿暴的爲人。

「再猜！」他招呼我。

「你就直接說了吧！」

「沒有水草了。」

「什麼？」

「沒、有、水、草、了！」他慢慢重複，彷彿說得慢就提供了比較多資訊。

據阿暴的說法，那家人的水草在別的地方種不活，即使土質、溼度、含水量都適合，還是種不活。男孩把從家裡的田拔下的水草仔細種回土裡，小心照顧，可是，全死了。他只得種起當地的水草。田裡很快長滿茂盛的水草。問題在於，他收割水草曬乾、開始編織時，草在他手裡斷成一段一段。在我的想像裡，大概和煮得過熟的麵條差不多吧？第二年該植苗時，男孩帶著家裡拔下的水草到另一個村子找了一小塊地，再次試種。還是不成功。於是他又試種當地的水草。這一次，水草雖然沒在編織的時候碎成一段段，但是只要他一編好放在地上，籃子立刻全散了。從此，男孩一年換一個村落，逐漸往越南海岸接近，卻發現沒有任何地方種得活他家田裡的水草。他心力交瘁地抵達南岸，已經沒有任何村莊可以讓他再試，於是，他上了船，成了水手。

「我相信，一定有別的地方種得活我家的水草！」男孩在船上不斷對阿暴傾訴。

「我告訴他，到荷蘭去試試。」阿暴說，顯然自豪於能爲故事下一個這麼實在的結論。我想，這句話才是阿暴告訴我這個故事的眞正理由吧！不管故事裡出現了什麼樣的人物，阿暴的故事永遠是以他爲英雄來結尾。

我到巴黎後，常常在失業時想起他。不幸的是，這種時候還眞不少。我說的是那個編籃子的男孩，不是阿暴（嗯，我也滿常想起阿暴就是了）。對我而言，那男孩的生命不只和我的差異極大，甚至可說是明顯的對照。我對故事裡的水草不能遷徙感到震驚，居然一定得種在他家的田裡，吸取那塊土地的養分才能存活。但這不是我一再想起籃子故事的原因。我不斷想起他，是因爲我想知道阿暴沒說出口的部分。究竟在水草紫色花朵包圍的那棟房子裡，發生了什麼事，讓他這麼想離開？「沒有特別的原因，只是想去看看。」聽起來像是阿暴隨口編出來，好把難以解釋的部分簡單帶過。我能想像男孩想看看外面世界的慾望。鄰村的距離很近，說得過去；鄰村的鄰村也還可以。但是，要讓一個人下定決心上船，投入海洋的懷抱，絕不是「想看看外面世界」的慾望可以解釋的，絕對是沒有選擇下的選擇。

頭一次聽到編籃子男孩的故事那年，我二十歲，除了不時暈船外，身體十分健康。我的內心充滿了性慾和驕傲，程度不下於哥哥們在我這年紀時展現出的目空一切。不過，我後來學會所有的事都要看時間場合。以驕傲爲例，就絕對不能在工作時表現出來。「偉大的二廚阿明」再三告誡我們，先生夫人對僕人的態度極端敏感，你的眉毛抬得太高，嘴角不屑地微微下彎，甚至只是深吸一口氣、抬高肩膀三公分，在你知道之前，先生夫人就已經像有什麼動物在他們床下跑似地馬上發現了。一旦走到這個地步，丟掉飯碗是免不了的，所以，爲什麼不在事情發生前，將教訓銘記在心，省得將來後悔莫及。我想，在先生夫人的眼中，開除是最合理的處置。他們認爲訓練僕傭就像訓練動物，像訓練一隻狗。如果我們學不會某樣他們要我們學的動作，那麼，我們就是無用的廢物。而我們的手腳如果還是依照自由意識行動，就表示我們無法在第一時間回應主人的要求，無法百分之百順從主人的指令。每位先生夫人都知道驕傲是危險的，就像嘴巴出現一圈白沫一樣不可容忍。所以，如果你是越南人，是一家之主或長子，家裡才是你該展現驕傲態度的場合。除此之外，帶著你的驕傲到街上去吧！昂首闊步地走在掛滿女人內衣的風化區，和其他的年輕男人一起展示上過髮油的光亮頭髮。講到這兒，就不能不提到「性」了。是啊，性。如果不是爲了性，誰會想在本來就油膩的頭上再抹上一層髮油？誰會想把她們的內衣褲晾在炙熱的西貢陽光下？

就像老爸說的，二哥阿宏和三哥阿東絕對算不上聰明，但他們的俊美顯而易見，用不著老爸那張只會污衊的嘴來肯定。年輕女孩、我們的媽媽、鄰居從老到幼的女人，天天讚美他們的容貌。在兩人日常的招呼寒暄裡，女人風騷的性暗示已經不是新聞。阿宏和阿東從小就長得很漂亮，不過隨著年齡增長，他們的外表也從女孩般的美麗漸漸蛻變爲男性魅力，而他們彷彿捏得出水的好皮膚，卻依然如昔。相信我，這兩個小夥子從來不必像其他人一樣費心去找做愛的機會。我們一起到風化區閒逛時，女孩全擠到窗口想吸引他們的注意力，趕忙在他們經過前，掛出重得把晾衣繩都壓彎的滴水內衣褲。哥哥們當然注意到她們透明的內衣褲，滴到他們手臂上的水珠，還有太陽一曬就從他們身上蒸發的水氣。阿宏和阿東將所有的畫面收藏在心裡。入了夜，他們利用這些女孩子的形影，想像她們在身上又抓又咬，來撫平自己的慾望。在共用的臥室裡，我聽得一清二楚。反正大家都明白，他們依靠想像過日子的時間，應該也不會太久了。

從一開始，讓我夜裡不能成眠的原因，並不像其他青少年那麼清楚。是的，我同樣注意到風化區裡高掛的女性內衣，這些就算是瞎子也會注意，但我的反應卻與其他人大不相同。當我閉上眼睛，浮現的不是她們的胴體，而是強烈、顫抖的慾望。直到現在我才能了解，那種反應是在預言我未來的生命、我選擇的路。它的滋味是陽光下最後一顆熟透的蜜桃和自己手指上鹹味的綜合，既甜又苦。時光流逝，漸漸長大的我對慾望也看得更清楚。我的慾望長出了臉孔和身體，問題是，在我的想像裡，它酷似阿宏和阿東。我不會稱它為詛咒，因為它真的不是。詛咒是，無時無刻感到只生我不養我的老爸或先生夫人的手，緊緊掐在我脖子上的窒息感；詛咒是，編草籃的男孩面臨的窘境，他永不停止的尋覓，或者他堅決相信世上有另一塊地方可以取代他家裡田地的土壤。

頭一次聽到編籃子男孩的故事那年，我二十歲，正在戀愛。我說的戀愛，指的是痛苦投入的戀愛；除了腦袋之外，什麼都用上了的戀愛；一種回想起來覺得只有腦子燒壞的二十歲男孩才會去談的戀愛。眞要形容，其實比較像痙攣，而不像發燒。身體無時無刻不在顫抖，讓我不能思考，也不想思考，連正常說話都成了難事。語言能力變得不再重要，情緒找到了更好的表達管道。那時，我已在總督府服務了七年，而他不過來了一個月。可是他是大廚，而且是血統純正的法國人。這兩件事讓他在我心中的地位崇高無比，在我短短二十年的生命裡，我從沒接觸過這麼尊貴的人物。「哇！這麼年輕就有這麼大的權力。」他抵達總督府那天，到處都聽到這句話。「濫用權力！浪費！」宅邸的僕人私下議論，「一定很快就露出眞面目。」然而，布雷瑞特大廚以令人吃驚的嚴肅態度彌補了過於年輕的缺點。如果他既矮又胖，我們很有可能叫他「拿破崙」。布雷瑞特大廚對他的外表和他的態度一樣重視。眾人都不得不承認，他可以代表法國的英俊男人。司機說，他那一頭栗色鬈髮得上好幾種不同的捲子，才能做出不時滑落的效果；眉宇間拱起的髮線，額頭上散亂的瀏海，都叫人印象深刻。他的眼睛是藍色的，卻帶著黑色閃光，漂亮得令人不敢凝視。司機形容得好，「眼白的部分，就像最純淨的牛奶」。宅邸的傭人常聚在一起討論他。雖然一提到他的名字都免不了加上兩句髒話，可是每個人都掩飾不了自己對他外形上的渴望。老園丁助手想要他的年輕，司機希望有他的身高。表達得最明顯的是夫人的祕書，她想要布雷瑞特大廚所能提供的一切。而我自然是從他一進門就看他不順眼。再怎麼說，就是因爲他，我的親大哥阿明可能一輩子都只能當二廚了。

布雷瑞特大廚抵達的那天，阿明孤單地坐在廚房角落，雙手放在腿上，看著他史無前例以越南人身分統治了兩星期的廚房。他無事可做。湯鍋煎鍋已刷了又刷，乾淨得閃閃發亮；食物庫也掃得一塵不染。二廚摘下了大廚專用的白帽，送去清洗上漿。大哥沒戴帽、失望地坐在廚房一角的畫面，給我上了一堂他絕不想教我的課。這個在家志得意滿、眾人稱讚的男人，在總督府的地位無足輕重。說白一點，比無足輕重更糟，不過是尋常傭人中的一個。我相信宅子裡其他僕役全記得大哥當時臉上的表情，唯獨我只記得他一雙空空的手，輕得彷彿關門帶起的微小氣流就能將那雙手從他腿上吹走。那雙手呈現的悲傷是如此巨大深沈，帶給他的不只是衝擊，簡直強烈到將他整個人淹沒。這是我學到的教訓。一直到現在，我還常看著自己的手，想起這一幕。我以爲它該是故事的結束，或者，根本連故事都稱不上，但布雷瑞特大廚卻謹慎起了一個不會引人注意的開頭，引出後面一連串的事。而我，對自己站在命運的轉彎處，毫無所知。

「布雷瑞特要你陪他上菜市場。」阿明（我開始在心裡偷偷改稱爲**偉大的、還是二廚的阿明**）告訴我。

「爲什麼是我？」我問他。

「他要你帶路，必要時充當翻譯。」

「翻譯？你說我會講法語啊？」

「我說你正在學。用不著擔心，你知道的法文字比布雷瑞特大廚知道的越南字多得多。這樣就夠格當翻譯了。」

「噢。」

「記得，不要在他面前說謊。」

「什麼意思？我才不會……」

「我知道。我的意思是，如果你不知道某個法文字是什麼意思，就說你不知道。不要假裝知道。他們到最後都有辦法猜出來，到時候就會變得很火大。」

「噢。」

「我是認眞的。別想和那傢伙開玩笑。記得一定要畢恭畢敬地稱呼他『布雷瑞特大廚』。別忘了你所做的一切也會影響我。」

阿明的考慮向來周詳，只不過總是了無新意。家裡人特別喜歡用這種口氣說話；這番話聽起來就像出自老爸的嘴，不同的只是他的版本的開頭和結尾一定會加幾句髒話當語助詞。不管怎麼說，一想到我的莽撞可能害到大哥，我立刻渾身不舒服。

「慢一點，慢一點，布雷瑞特大廚，拜託，講慢一點。我的法文沒那麼好。」

他抿著唇，嘴角上揚，美麗的唇形畫出漂亮的弧度，泛出微笑。一開始，我以爲那是個假笑，嘲諷似的奸笑，但在賣苦瓜的女人和賣洋蔥大蒜的盲人攤位間，我見到了那個弧度和嘴唇。

「你……幾……歲？」

「十九，快二十了，布雷瑞特大廚。」

他再度泛起微笑。這一次，我完全受他的魅力擄獲。他藍色的眼珠裡有黑色的閃光，早晨的陽光將那雙眼睥深深印在我心底。在賣山竹的雙胞胎姐妹和賣自家青菜的阿婆攤子之間，我問了他同樣的問題。

「二十六。」他回答。

「噢。」

「明天，你帶我去魚市場看看。」

「好，明天，魚市場，我帶你去。」

我們在市場裡，如簽了契約般約定。

「鰨魚？」布雷瑞特問。

「對，鰨魚。」我翻譯。

「鯰魚？」

「對，鯰魚。」

「鯊魚？」

「對，鯊魚。」

如今回想整個過程，清清楚楚是漸進式的引誘。而當時的我，什麼都沒想到。這種事怎麼可能發生呢？但是，布雷瑞特很有耐心，一步一步慢慢來。再怎麼說，他是烹飪專家。而廚師都知道，肉要煮得嫩，文火慢燉比大火快炒的效果好得多。一開始，我們每天早上五點半在總督府後門見面，走到中央市場時，攤位才差不多剛擺好。一星期過去後，市場裡的小販都知道他的大名，連賣洋蔥大蒜的盲人也不例外。我告訴布雷瑞特，那個盲人賣洋蔥大蒜是有原因的，因爲洋蔥大蒜的氣味強烈，即使他看不見，但只要有人偷拿，他一聞就知道。我想，一點點謊話成就了一個好故事，布雷瑞特看著我，似乎相當同意我的推測。市場小販也全知道他的職位。他是布雷瑞特大廚，總督府的總廚師，對他們來說，是個大人物，比眞正的總督更有影響力。他們想得到他兩週一次的大量雞蛋訂單；爲他保留無蟲的上等番茄，幫他留下和手指一樣粗的黃瓜。他們願意爲他特地種菠菜，或是拔掉山區菜園裡的青蔥，改種他想要的韭菜。他們知道他不殺價，所以總是報上最樂觀的價錢；他要不就買了，要不就走開，也不會給人難看。對小販來說，對他報價猶如賭博，賭贏的人得到足以溫飽一星期的好利潤。至於我，他們以前當然見過我，但一直到現在才有人仔細正眼打量我，想知道我到底站在越南人這邊，還是站在法國人那邊；想看看我會不會是背棄同胞、好幫法國先生省下幾文錢的那種走狗；想看看我選擇的是他們的血緣，還是法國人的錢。喔，謝謝，不用了，我才沒笨到選邊站呢！三星期後，布雷瑞特叫我五點就和他碰面。

我還記得我當時想：在微亮的晨光中，什麼都變漂亮了，連賣山竹的雙胞胎姐妹看起來都很美麗。我們提早了半小時，在朦朧月光下，在城市還沈睡著的街道散步。兩人的親密感油然而生，像張網子，罩住了我。每星期，他將見面的時間提早半小時，製造更多在銀色月光下獨處的時間，直到他有了一個夜晚。一步一步，距離隨之縮短。他不費吹灰之力，讓我感覺碰觸他的身體是那麼自然。

像阿暴那樣的人一定認爲眞正的故事是從這兒拉開序幕。我不知道如何描述我們之間的性愛。美好的性難以形容，沒有開始，沒有結束。揉捏、刺激、搔癢、親吻……皆令人著迷；讓我深陷其中，無法自拔，明知危險仍要繼續。是一場讓我勇往直前的賭博，讓我成了老爸的名言「有賭博的地方，就有信仰」的活生生見證。向來，即便老爸講的話有道理，我也下意識一定反抗，因爲他的話往往帶著批判的諷刺和譴責。然而眞理就像一條緊緊纏繞身子的繩索，將人拉到河邊，一把推入，還不鬆開。是的，老爸是對的，但事情卻不如他所想。我心中確實有信仰，就像那個編籃子的男孩一樣，在故事一開始，我就相信自己是對的。頭一次聽到男孩的故事，我唯一看到的共同點只有這個。那個時候我還沒想到，他究竟爲什麼不能回家？不能回到那棟美麗紫色花朵包圍的、自己的家？

# 7

大多數先生夫人都不願去想他們的廚子也是人，也有生理需要，有分泌物，也有排泄物。我們不像他們想的，從頭到腳乾乾淨淨，時時刻刻呈現無菌狀況。我們的身體和專業技巧一起到他們家服務，而身體將遇到的寄生蟲和細菌也順便帶進門。我見過好幾個從不洗手的大廚。對，從來不洗，即使將手放到好幾個不同的鍋子，拿起來像小豬吃奶般吸吮得嘖嘖作響、弄得滿手口水後，還是不洗手。我也見過好幾個糕點師傅，將挖完耳垢後的小指頭若無其事地插回麵糰裡，繼續揉麵。如果你問我，這些人是習慣不好或故意違規，那就要看他們和主人的關係如何才能回答了。我在這方面的表現一向尚可。當然，不是說我完全沒想過。說到底，對一個廚子而言，這種報復的快感既方便又直接。醃肉的時候、煮湯的時候、製作冰沙的時候，只要我願意，就能加點料進去，平緩心中的不悅。但這不過是事後想想罷了。我從沒對任何主人做過這樣不道德的事，也不願意把自己的人格浪費在這種事情上。我通常只在工作忙完的深夜、異常寒冷的低溫來襲或陷入週期性情緒低潮時，報復的慾望才會抬頭。不過，通常只持續幾分鐘就消失了，直到下一次我再想起。我想辯解，這慾念會自動浮現，我完全無能控制。然而，事實是，我每次都得從頭計劃、研究可能的作法，評估之後才告訴自己不該這樣做。我試著想像眞做了會帶來什麼樣的滿足和喜悅，可惜的是，我知道我不會眞有這種感覺。然而計劃「犯規」的過程卻讓我明白自己還活著，還有想法和情緒。對我來說，這就夠了。我想說這舉動背後還有更深沈的感情糾結，不過，事情就是這麼單純。

大多數的先生夫人從不留意傭人的狀況，只是下意識覺得戴白手套就代表乾淨整潔。相信我，根本不是那回事。先生夫人眞該看看那層貼身白布下隱藏了什麼：魚鱗般的皮膚癬、褐色的老人斑、露出粉紅嫩肉和赤紅疤痕的燙傷、流著小山泉似的膿的肉瘤。我常想，即使先生夫人眞的看到了，大概也不會放在心上吧？餐盤上的食物占據了他們全部的注意力；至於準備食物、端上餐桌的手，在他們心中反而無足輕重。這是個常見的錯誤，也是個致命的疏忽。如果知道後果有多嚴重，一定不會如此大意。據阿明說，全世界最講究這點的是中國人，在這件事上，連以飲食出名的法國人也只能甘拜下風。

我剛開始在總督府工作時，阿明告訴我，以前中國太后身邊都設有「試吃官」，就坐在專門吃太后吐出的痰的小哈巴狗旁邊。太后用膳前，食物全分成一小盤一小盤，端到試吃官面前先吃過，沒有異樣，才呈給太后。根據阿明的說法，試吃官必須擁有超級靈敏的味覺，要能嚐出牡蠣裡沒去淨的沙，也要吃得出河鱒的皮烤得有點焦。他們一吃，就曉得這盤蔬菜在種植時太陽曬得不夠、這盤肉靠近骨頭的地方還帶血絲。「想想看，」阿明說，「當第一個吃的人。」聽他講這個故事，我不禁覺得試吃官的工作眞是令人羨慕！隨著阿明慣有的快速語調，我開始想像那些死了好久的中國人品嚐過哪些佳餚。當他講到苦瓜和一百片鹽水醃過的鴨舌頭做出的清蒸菜，我彷彿見到一大片的綠色和灰色，彷彿吃到了那盤清貧與奢華綜合的美味。阿明藉此教會我廚師生涯裡最重要的一課：要當個好廚師，就要有豐富的想像力。只要閉上眼睛，我就要有辦法去看到、去吃到根本不存在的菜餚。我得利用舌頭，自己想出、畫出它的味道。而慢慢地，一步一步地，我發現我眞的有這種能力。

至於每隔幾個月就有試吃官殉職的事，當然不包括在阿明的故事裡。一具具由無色無味的毒藥害死的屍體，軟綿綿地從皇宮裡抬出來，連同象牙筷、太后的表揚金牌一起埋進黃土。聽過司機的版本後，我才知道，原來試吃官隨時得準備因口腹之慾而犧牲生命。司機告訴我，太后需要的不是美食鑑賞家，而是能爲她擋住毒藥、代她死去的溫暖肉體。至於這些人對食物是否有不同凡響的品味，則一點關係都沒有。事實上，這全是太后身邊侍奉官的主意。司機說，侍奉官決定了試吃官都要對食物有絕不妥協的熱情，認爲這樣選出的試吃官面對著可能是他們在世上最後一口食物的情況下，會將味覺的靈敏度發揮到最高。皇家舉行宴會時，試吃官必須連續吃喝好幾天，甚至好幾星期。他們心裡無不希望，如果要死，也是因他們想吃的某樣食物而死。只不過，連這麼微小的希望，上天都很少應允。

我想，這即是故事的教訓，只不過經過司機詮釋，我才恍然大悟。廚師和殺人犯的區別只在一線之間，而這條線，應該被做我們這行的奉若圭臬。眞的，兩者唯一的差別在於：前者是爲烹飪而殺生，後者是為殺生而烹飪。不管哪一種，殺生都免不了。一刀割在長滿毛的頸子上，動物快斷氣時的可怕又絕望的叫聲，不過是無數例子中的一個。學會如何取走生命，同時保留屍身完整、漂亮，是我學徒生涯的第一個課題。它其實是非常優雅的技巧，只有不懂的人才會惡意稱它為「屠殺」。相信我，這兩個字太粗俗、太污穢，完全不能表示出我們登峰造極、諧和流暢的動作。

「不幸的是，你的指尖看得跟你的眼睛一樣清楚。」托克拉斯小姐說，「來，壓這裡。」她也不管我聽懂了沒，邊說邊指著脖子上正確的位置，飛快把頭轉開。鴿子在我的手下蠢動，我可以感覺到牠的脈搏在我手指下用力突跳。

「用力點，阿兵，你這樣牠會很難過。」

她怎麼知道？我在心裡嘀咕。

她還是不敢看過來。她降低聲音，改以勸誘的語氣說：「穩著點，不要抖。繼續壓。用力點，對，再用力點。」

聽起來眞像我媽在說話啊！內容當然不一樣，但綜合了溫柔和督促的口吻，出奇相似。我媽不再生育後，有時也兼差接生。我常聽見她在產婦精疲力竭時，用同樣的口氣對產婦說：「做得很好！等一下會更容易，相信我。」

托克拉斯小姐頭也不回地走出廚房，留下我和另外五隻待宰的鴿子獨處。她一開始教我殺鴿子的時候，也用了「相信我」這三個字。「如果切斷牠的頭，就浪費那些血了。照我的方法做，保證烤出來的乳鴿豐潤多汁，形狀完整美觀。」托克拉斯小姐一定看到我滿臉問號，所以特地加上「相信我」，才繼續說：「如果是大一點的鳥，你得餵牠喝幾匙酒，把牠灌醉。白蘭地啊、雪利酒都行。根據我的經驗，白蘭地拿來對付鴨子，效果最好。不但可以讓牠們死得痛快點，還可以增加鴨肉的口感。阿兵，簡單說，這樣會讓你的工作容易很多。」

「你得……」是托克拉斯小姐教我做每一道菜的開頭。用這種方式開始，這句話當然成了百發百中的預言。「好吃極了！」則是她教學的結尾。雖然這樣的說法聽起來不像執行步驟，而像武斷陳述，不過，我知道她的意思其實是「這道菜要好吃，就該這麼做！學著點兒」。托克拉斯小姐不相信人有與生俱來的鑑賞能力，總覺得一定要經過學習才會知道什麼叫完美。她和前一任廚師相處後，更堅定了她的想法。公寓管理員告訴我，來過的廚師可真不少！托克拉斯小姐大概厭倦了要常常教導那些遲鈍的廚師。而我相信，其中有好幾個應該是在托克拉斯小姐教他們怎麼悶死鴿子時就決定辭職。她堅持，只要是能從巴黎市場買到的活禽，就該用這種方法處理。雖然我承認烹調出來的菜餚的確倍加美味，但悶死鴿子的過程實在令人毛骨悚然。

我割過很多頸子。殺生對我來說不是問題。在我握住第一隻家禽的脖子、對準線條往下割之前，早已看過我媽殺了幾百隻雞。我媽從不割斷動物的脖子。不過，她的理由和托克拉斯小姐的不一樣，純粹是站在經濟觀點。媽媽會先用刀子割出一個傷口，深度剛好讓血流出來。如果切入的角度拿捏得準，噴出來的血就會成弧形，一滴不漏降落在等待的空碗裡。下手時的猶豫會讓切口不齊，導致血花四濺，反而讓可憐的動物在臨死前承擔不必要的痛苦。而且，很現實的，晚上喝的雞血湯會少掉不少料。猶豫對死亡和饑餓都沒幫助，這點倒是和托克拉斯小姐的主張一致。速度和決斷力，缺一不可。她眞心相信，行爲殘忍和目標仁慈可以相容並存。事實上，這個觀念根本是她的座右銘，而且我可以告訴你，她對很多事都採用這態度，可不單單用在烹飪上。我對手拿菜刀、「優雅行刑」結束動物生命，一點問題都沒有。阿明教我的時候，用的是「最終行刑」，不過，我覺得「優雅行刑」更能貼切形容眞實狀況。即使我的法文一向沒學好，至少我體會到許多看似高深的形容詞其實照字面解釋反而最傳神。這是法國人的一貫作風：找個好看的矯飾，將輕蔑和殘酷隱藏起來，免得一開口，眞相就跳出來嚇人。請相信我，拿刀子時，優雅絕對必要。只要看一眼廚師拿刀的方式，我就知道他受的是家庭訓練或正式烹飪教育。受家庭訓練的廚師用刀時，想盡辦法不浪費任何食材，姿勢卻粗魯如戰士，和商業廚房呈現出的流暢截然不同。我開始在總督府工作時，阿明告訴我，我得重新學習所有技巧。「在專業廚房裡，刀子是極爲珍貴的物品。」他說最好的刀子全放在專屬的刀鞘裡，高高鎖起，只有大廚才有開櫃的鑰匙。每把刀只用在一種地方：削骨、去皮、肢解關節、切片，諸如此類。阿明說，師傅正是依照不同用途，來決定每把刀的形狀和厚度。「大廚知道什麼時候該用哪一把刀，你以後也會曉得。」他承諾我。他的話讓我異常吃驚。這也難怪，我媽已經教會我怎樣切、剁，而我則理所當然以爲只要不把手指頭切下放進菜裡一起煮，就是一項了不起的成就。我們用的是一陣子沒用就會生鏽的刀子，用生鐵打的，天天用就愈來愈鈍。媽媽的磨刀石總得隨侍在旁，有需要時立刻上陣。「這樣就讓刀鋒重生了」，媽跟我解釋。用刀子殺或用手殺，感覺大不相同。有刀在手，鋒利的刀鋒才是眞正的劊子手。它沒有感情，自然也不會覺得取走一條生命有什麼了不起。但用手指殺生就不同了。一開始，可以清楚感覺到血液在靜脈動脈中跳動，結束時也會明白感受生命的消失。更糟的是，甚至可以察覺生物不再掙扎，體溫漸漸下降。托克拉斯小姐是對的。我的指尖看得跟眼睛一樣清楚，而這眞是一件不幸的事！

我在前面告訴過你，我常想像自己「犯規」，這樣會讓我明白自己還活著，可是，接下來我卻將話題跳到爲了準備餐點，我殺了多少無辜的生命，還有我殺牠們的過程。我不是故意混淆，反正我也不怕什麼人知道。我曉得，不管我藏了什麼或乾脆明擺出來，都沒人留意，因而到了百花街一個月後，托克拉斯小姐把我拉到一旁詢問時，我眞的嚇了一大跳。

「阿兵，你喝酒了嗎？」那時，「新」女主人問我。

「沒。」

「你確定？」

「確定。」

「我們給你的時間是不是不夠？葛楚史坦和我不介意晚個十五分鐘開飯。」

「好的。」我點頭。雖然托克拉斯小姐和我心知肚明，這句話根本不是眞的。

托克拉斯小姐與我對視，彎腰過來拉住我的雙手。聽到托克拉斯小姐的腳步聲走來，我立刻動手洗早餐的碗盤，所以她拉起我的手時，手上的水全滴到地板上，而手上的肥皂泡泡則迅速消失在她溫暖的雙手裡。

「葛楚史坦和我吃到一種味道……」

「噢，不……」我脫口而出。

她擱下了我在慌亂中常使用的老掉牙藉口：瓶子破了、牛排有問題、攪拌用的湯匙沒洗之類的。連我自己都不知道我會說出什麼，直到那句不經大腦的話，毫無說服力地又慢慢傳回我耳朵裡。「下一次，阿兵，你得在傷口上綁繃帶，知道嗎？」

「是的。」我承諾。

她仍握著我的手，脈搏的跳動隨著體溫傳送過來。她似乎對我的回答感到滿意，於是鬆開了我的手。我將手藏在身後。她則在乾抹布上擦了擦手，從裙子右邊的口袋拿出一小團紗布，說：「這應該夠了。」

「應該夠了。」我重複她的話，表示贊成。

雖然她的語氣聽起來像陳述句，不過，我了解它其實是個執行步驟，甚至可以說是警告。我知道她和葛楚史坦想什麼。她們一定以爲我喝得醉醺醺，連酒瓶都握不住，做起事來馬馬虎虎，才會在廚房切菜時用刀傷了自己，於是她們就吃到了血腥味。她們一定是如此推斷。

從那之後，我們又在一起生活了好幾年。我發現，女主人們的看法，有時對，有時錯。這個事實讓我的心情舒坦不少，和她們相處也比較自在。從一開始我就這麼覺得。看到百花街二十七號居然是兩位女主人而沒有男主人時，我連眼睛都沒眨一下；雖然我從管理員那兒隱約曉得，葛楚史坦扮演的就是男主人的角色。不管怎麼說，我的兩位女主人舉止優雅，是不爭的事實。她們倆**都**深愛葛楚史坦。不只這樣，她們**都**和葛楚史坦相戀。托克拉斯小姐對一切與她親愛的有關的事都過分寵愛，而她的親愛的也縱容她如此大驚小怪。葛楚史坦以人們的注意力爲生，托克拉斯小姐則想盡辦法確定她的親愛的時時刻刻不受忽視。托克拉斯小姐的回報，即是葛楚史坦視她爲唯一戀人。沒有人可以否認這是非常寶貴的承諾。想親吻就能親吻一事，猶如奇跡，雖然是透過沒掩上的門窺見到，仍令我感動不已。

我承認一開始十分好奇。我毫不懷疑她們之間存在的愛情，但我很想知道，她們做愛的方式是否和一般人一樣。答案是：一樣，不過又不大一樣。葛楚史坦就像貪心的十五歲少年，托克拉斯小姐則設下頑皮的陷阱，讓她追求。別忘了，我認識兩位女主人時，她們已年過五十。托克拉斯小姐的捉迷藏只用眼睛來玩。她們默默用眼神交流，前進、後退，發令、順從，靠近、放棄。接下來的事，我雖沒親眼見過，倒是聽得很清楚。每一晚，我都聽見那異常強烈又熱情的聲波，幾乎穿牆而過。女主人們的閨房生活則非常「規律」。住進百花街二十七號後，我再也不會肢體冰冷地躺在床上試著入睡。當然，我得承認這其實和她們裝了電熱器的關係較大，和她們每天做愛的關係較小。屋子裡的電熱器雖溫暖，卻有種不好聞的味道，和很多我在一起過的男人一樣。很好笑，很悲哀，卻是不爭的眞實。我的孤獨則需要比女主人們的做愛聲和電熱器還多的熱能，才有機會融化。我想，要在心裡點燃一把火，畢竟不是那麼容易。異常寒冷的低溫來襲或陷入情緒低潮時，想「犯規」的慾望就會抬頭。我不記得後來幾次怎麼發生，但對第一次切到手的情況，倒是銘記在心。

那年，我九歲。正忙著將手上的青蔥切成一個個小小的圓形。綠色的蔥身緊貼刀鋒，我一隻手壓住蔥白，飛快往前推送。還有五把就切完了。手、臉、頭髮，全是刺鼻的蔥味；媽媽站在我身後，哼著一條沒有頭尾的旋律。我以爲這不過是另一個尋常的日子，另一個尋常的工作。我切過不少蔥花，老是覺得切過青蔥內部滑膩的薄膜時，刀子會變得滑手。我握緊待切的蔥，在大拇指上施力，想將菜刀固定好。媽媽正把一小塊肥豬肉放入油鍋，炸出的豬油待會兒就要讓平平無奇的青蔥變身成令人垂涎的美食。她邊做事邊哼歌，剎那間，我聽見悅耳的鳥鳴。我抬起頭，想找出聲音的來源，然後，生平第一次，菜刀切進手指。刀鋒割穿皮膚，我昏眩了一下，才慢慢恢復視力。嚥下一口口水，身體到這時才有痛的反應，彷彿飄蕩在一片紅色的海洋裡。我迅速用襯衫裹住手，還曉得要分神看一下血是否滴進放置蔥花的碗，讓整碗蔥花都不能用了。還好沒有，我稍微放了心。然而沒多久，我再也感覺不到平時慣有的飢餓，只覺得全身被一種前所未見的強烈痛楚籠罩。宛如那片紅色的海洋起了漩渦，不但變深，而且變熱，我只能眼睜睜看著，一點辦法都沒有。我止不住血。帶著腥味的暗紅液體從傷口不停流出。媽媽抬起頭來，看到我染得通紅的襯衫；看到我呆立在那兒，低頭看著包在襯衫裡的手，染血的面積愈來愈大。她脫掉上衣，用力紮在我的傷口上。她望向客廳的神主桌，找著老爸允許她放在祭壇上那個滿是蒼蠅屍體和廚房灰燼的淺碗。她叫我坐下，把全身的重量壓在那隻手上。她走向神主桌，從碗裡拿出一個小小的萊姆。那是媽媽用來供奉外祖父母的祭品，雖然她從十四歲後就再也沒見過他們。「我知道往生者不想要萊姆當祭品，」她每天向他們道歉，「柳丁當然好得多。甜的東西可以單獨吃，酸的東西則要配上鹽和辣椒，不過，我實在沒別的選擇。」她將萊姆放在桌上，邊轉邊壓。每壓一次，裡頭的果肉就碎開一點。她壓了好幾回，直到確定裡頭的果肉全開，果皮內充滿了汁才停手。她俐落切開變軟的萊姆，攏起兩個半邊，緊握在右手掌心，走向我。她鬆開綁在我手上的上衣，看見它血跡斑斑。她知道那是洗不掉的，血會永遠留在她的衣服上。我看著手指的傷口，這個疤痕將跟著我一輩子，成爲我再熟悉不過的朋友。她坐下，讓我單薄的背抵住她的身體，一隻手捉住我受傷的手，另一隻手用力將萊姆汁擠在我的手指上。「好痛！好痛！」我放聲大叫。她對著我的傷口吹氣，哼起歌來安撫我。雖然她的菜刀上全是鐵鏽，不過，我的手還是痊癒了。

萊姆汁將傷口周圍染成白色。血慢慢止住，只剩一圈白色的皮翻豎在一大片暗紅色的傷口邊緣。我低頭看著，訝異於疼痛程度的劇減。我還記得我伸出另一隻顫抖的手，輕輕撫摸傷口，只剩下一種類似搔癢的感覺。初學做菜時，我喜歡鋒利的刀子，總是抵著磨刀石用力磨啊磨，磨到刀子和石頭撞擊出火花才停手。現在我知道銳利刀鋒有多危險，它可能會切進我的肉裡，得花上好久才能痊癒。傷口愈深，那種說不出的苦只能以痛徹心扉來形容。但是，在我的回憶裡，手上的傷疤和慈愛的母親卻永遠連在一起。我看著從九歲起跟著我的疤痕，告訴自己：「嗯，它讓我想起了你。」

# 8

二十四顆熟到皮已爆開的無花果，
一瓶不甜的陳年葡萄酒，
一隻鴨，
十二小時。

我在心裡列出一張食材清單。即將爲你烹調的晚餐，不知你打算與誰共享。來面談時，以爲會有不少客人。不過，你的法語講得很清楚；我也看得出來，你在頂樓的公寓空間頂多只能宴請三個人。我原本想像應該是六到八位年輕英俊男子的晚宴，也許我還在葛楚史坦的週六茶會上見過其中幾個。我老覺得他們不過是一群圍著葛楚史坦轉的傻小子。當然，我對他們特別留神。畢竟，他們可說是我工作上的額外紅利。如果我知道每星期都可以見到這麼多俊俏男人，當初就算沒薪水，我也會求女主人們賞我這個工作。我知道錢不代表一切，尤其我從出生以來就未能擺脫貧窮，從沒擁有任何值錢的東西，對這句話的體會自然更深。不過，性慾是另一回事。在這點上，我的女主人提供了十分穩定的來源。葛楚史坦和托克拉斯小姐最喜歡的人是自己和對方，之後就是年輕的美國男士。我從未想過外表如此不起眼的兩名中年婦人居然可以吸引這麼多優秀男士的眼光，而且不盡然是蒼白的文藝青年，不少客人身材挺拔，肩膀寬闊，年輕的三角肌在量身訂做的手工西裝下呼之欲出。他們的手顯然強壯到可以摧毀所有擋在面前的障礙物，但是處身在高尚講究的環境時，卻又溫文有禮，體貼周到。另一些客人則稚氣未脫，粉嫩的嘴唇還帶著孩童似的嘛角，喝茶的樣子猶如親吻杯沿，怎不令我想入非非。

無花果和陳年葡萄酒一起放入大陶罐，套句我大哥的話，「讓它們認識彼此」。不過，這道菜卻不是阿明教我的。事實上，他連新鮮的無花果長什麼樣子都沒見過。他沒在馬賽的市場閒逛過，邊走邊數口袋裡還有幾毛錢。他從不知道，居然有個城市，無花果、柳丁、棗子比麵包還便宜。他不曉得一直吃酸甜的東西會讓人有多餓，會多想吃一塊肉，好平息持續的腸胃騷動。他沒試過將一大把柳丁皮丟進海裡再悄悄舔一口鹽的滋味。他沒有被陌生人看上一眼就尾隨回旅館房間、在全然的黑暗中出賣肉體的經驗。當然，他也沒吃過一頓要價二十法郎的晚餐，雖然那道無花果紅酒燉鴨肉遠近馳名，但我還是覺得太貴。雖然我像個鄉巴佬，吃了和我的個子差不多等量的麵包，把盤子吃得像舔過那麼乾淨，可是我依舊認爲這種價錢簡直是搶劫。我走出餐廳，才發現前一夜的工資僅剩五法郎，不禁頹然坐在地上，後悔剛才的衝動行事。爲了充飢，我不得不淘空口袋裡的資產；爲了活下去，我不得不訓練自己靈肉分離；爲了餵養肉體，我只得讓靈魂挨餓。

「挖東牆補西牆」，老爸從喀喀作響的喉嚨裡吐出這句話，像一隻老母雞，而且是一隻號稱自己有宗教信仰的老母雞。當他的年紀愈來愈大，不知為什麼，他變得愈來愈像個女人——或者，比較正確的說法應該是，他愈來愈不像個男人。他的皮膚鬆弛變皺，搖來晃去掛在骨架上，宛如消氣的布娃娃。他把稀疏的白髮在頸部梳成髻。劇烈的咳嗽來襲時，他會緊捉自己的胸部，像個喘不過氣來的年輕女孩。他找出從前的玫瑰念珠，仿照別人戴新鮮花圈的樣子掛在胸前。「你還是那個不折不扣的傻瓜，跟你媽生你那天相比，完全沒有長進。如果是你大哥，就會用那二十五法郎去買一套好西裝，找個旅館過一晚。而且，如果是他，早就找到眞正的工作了。」老爸在我耳邊不懷好意地提醒。衰老和死亡，人生裡的兩件大事，完全沒改變老爸對我的觀感，想來眞是悲哀。

「你知道個屁？」我試著反抗。要不要我詳細告訴你，我們是怎麼在酒吧勾搭上的？你想知道在他塞錢進我褲袋，把我從旅館房間掃地出門之前，我們做了什麼事嗎？我相信這一席話應該會將你送回六呎之下。對你來說，那才是唯一安全的地方，也是我的羞恥心唯一找不到你的地方。

十二小時應該足夠讓雙方認識得夠清楚了。那時，無花果會因吸滿陳年葡萄酒而漲得飽滿結實，陳年葡萄酒上也會泛著一層從無花果溢出的油亮蜜汁。專為這道菜設計的沙鍋，經過多年使用，應該呈現一種誘人的黝黑。我聽說只能用清水洗這種沙鍋，連肥皀都不能用。如此，洗乾淨的鍋子仍保留先前累積的味道，再做這道菜時，才會愈來愈香。泡過無花果的陳年葡萄酒倒入沙鍋，淹過鴨肉。將沙鍋放入高溫烤箱，每隔十分鐘，舀幾匙因鴨油流出、果糖變黏而愈來愈稠的葡萄酒淋在肉上。酒乾掉前，倒入無花果，稍微蒸發。等味道出來，就可以拿出烤箱。

拌過奶油的米飯加入切碎的銀綠色鼠尾草調勻，是無花果紅酒燉鴨肉的最佳拍檔。「是的，極好的選擇。」我相信阿明如果在這兒，一定會大表同意，就像每次我學什麼學得很好時，他從不吝惜給予肯定。阿明教過我，在法國，不管做得多好，米飯絕對只能是配角。「記住，飯不能單獨當一道菜，而且他們不喜歡吃沒加料調味的白飯。」他警告我。奶油湯汁、藏紅花和豌豆、洋蔥、松露白醬，全在法國人偶爾才吃的米飯料理裡占有一席之地。在我眼裡，這些東西其實破壞了米飯的原味，但不知爲什麼，法國人卻趨之若鶩。有添加物的米飯放不了太久就會變酸腐敗，只用清水煮出的白飯卻可以放上好幾天呢！晚餐剩下的飯成了第二天的早餐，早餐剩下的飯則在午餐繼續吃。不過，這種事少有，因爲隨著太陽升起，我們常是飢腸轆轆，根本不讓早餐有任何剩下的機會。就像阿明會說的，「用不著重複我的話，張開你的嘴去嚐，去學」。很少人像我這麼清楚米的多變多樣。飯鍋如果沒加蓋，最外層出現的會是咬勁十足的鍋巴，內層卻出乎意料地柔軟可口，猶如一個外表剛強的人有著一顆看不出來、細膩體貼的心。如果剩下的飯量不多，我會等放涼後拿個盤子蓋住鍋口，只要那夜的溼度夠，第二天早上就能順利煮出一大鍋粥。將鍋子加滿水，小火煮到飯粒漲開，變成兩半，分量不足的問題立刻迎刃而解。一碗乾飯，少說能煮成四碗稀飯。雖然吃到肚子裡，胃腸立刻知道眞相，但至少看在眼裡，總覺得自己多吃了不少。

我將所有技巧牢記在心。以加了月桂葉和檸檬的清雞湯拉開晚宴序幕，以點綴柳橙花香的杏仁舒芙蕾（soufflé）收場，再完美不過。嗯……水果塔會不會更好？杏子水果塔吃起來應該不錯，不過，現在不是產季，只能用乾物做了。梨子水果塔應該更合適。你說過，希望吃得簡單大方，尤其不要花俏的甜點。事實上，你只說了這句話就決定僱用我。你交給我一個信封（大概是錢吧），從抽屜裡拿出兩把鑰匙，告訴我週日早上你不在家，叫我自己開門進去，別忘了晚餐在八點前一定要開始。「麻煩你計劃計劃。」你拉開門，引我出去。如果我有你那麼好聽的聲音，我才不會養成你那種簡潔有力的說話習慣。我可能會逮到機會就講個不停。爲什麼不呢？如果我有像火一樣溫暖的聲音——不是剛生火時那種劈劈啪啪的雜音，而是火已經燒了一陣子，安靜暖和地呈現出琥珀般顏色，彷彿將木頭融化的沈穩聲音，我一定會好好利用。我會從街上就嚷著你的名字，讓它像心跳般敲在你門上，聽它像一首歌在空氣中迴旋。如果我有你那樣悅耳的聲音，我絕不停口。

簡單？多奇怪的要求啊。尤其套用在甜點上。什麼樣的人不想在餐後來客豐潤可口的甜食？甜點絕對不該是個隨便的句號，不管接下來的活動多麼單純。甜點送給客人的訊息，借用阿暴的話，該像莎琳娜個人秀收尾時送出的一樣。

當布幕緩緩垂下，舞臺上的表演仍然持續。莎琳娜的舞動依舊精采，挑逗人心。

布幕緩緩垂下。

觀眾如痴如醉，彷彿催了眠，渴望看到更多。

布幕緩緩垂下。

突然間，莎琳娜消失無蹤。但她是在引誘觀眾，而非斬釘截鐵向觀眾道別。她暗示著即將上演的安可曲必然更加迷人。

於是，觀眾報以足夠掀掉屋頂的熱烈掌聲，期待能再見她一眼。

簡單？也許你想要的是不用廚師在場的甜點，我做好後留給你在適當時機輕鬆上桌的甜點。那麼，需要立刻吃掉的舒芙蕾馬上出局。它就像個有主張的愛人，非得小心伺候不可。水果塔單純一些，開明直接，不需照料，就像美國男孩一樣。我可以做好，和一小碗鮮奶油一起留在廚房料理臺上。等到鴨子上桌後，我就悄悄離開，讓你和你的客人獨處，到時你們要喝咖啡或烈酒，就請自便。我的離去表示你的私人親密派對才要開始。只要你們願意，這一夜不需再受教養的拘束。刀子、叉子、湯匙全拋到一邊吧！用雙手撕開已燉得爛熟的鴨肉，我保證輕輕一拉，關節就會應聲而開。那會是多麼挑情的畫面，與平常作爲不同的放肆行徑，相信會讓你沈醉其中。包著子的無花果肉將滑膩地撫摸你們的指尖，吸引你們的注意力，讓你無法抗拒地拉起他的手品嘗。這個浪漫的夜會由你們的手指拉開序幕，燃燒的熱情則會讓你們雙膝發軟。

我自欺的功力，在世上無人能及。我只選擇自己想聽的話入耳。反正我也沒有別的路可走。難道要我老實承認，已經二十六歲的自己還一心盼望，有一天，白馬王子會來搭救嗎？還期待我們會在煙霧瀰漫的湖上相遇，在他看見我之前就深深愛上我的聲音嗎？還是要我坦白說，我等著他將我從日復一日的辛苦勞動裡解救出來，帶我回他富麗堂皇的別宮享福？我的腦袋裡被媽媽灌滿了這種幻想。我從六歲到十二歲，每天跟在媽媽身邊幫忙，將糯米和沒人要的過熟香蕉炒在一起，再用芭蕉葉包成粽子。當時，媽媽講的故事是我每天的精神糧食。媽媽教我將芭蕉葉切成三份，浸在水裡保持柔軟。葉脈吸飽了水後，在大火的蒸烤下才不會乾透。我還清楚記得炊煮時規律的節奏，不時回憶，當作睡前的搖籃曲。

媽媽的右手從裝滿水的籃子拿出一片帶著香味的芭蕉葉，抖一抖，讓水滴滑落。左手舀起一大碗浸了整晚水的生米。她從碗裡抓起一把米，慢慢張開手指，讓乳白色的洗米水漏光後，才將米放進葉片中央。我彎腰拿起擱置在旁的香蕉，筆直剖開，好讓表面大一些，讓甜汁能盡量滲進飯裡。每一瓣香蕉上都布滿了兩條黑色子狀斑點，可以明顯看出品種。「子的顏色愈黑，」媽媽教我，「表示香蕉愈熟。」她又將手伸進碗裡抓起另一把米，把香蕉完全蓋住，然後兩手併起交握；放開手，芭蕉粽子已成型。她將包好的粽子推向我，我用一條細草繩俐落綁好，放進蒸籠，大功告成。

媽媽的工作總是遵循同一套步驟，但媽媽的故事卻天馬行空，沒有規則，自由發展，充滿無窮的可能，在各式各樣的經歷後才找到一個好結局。每個故事的女主角都不一樣。有時是佃農的女兒，在田裡辛苦插秧耕作；有時是宮裡的傭人，出身卑微卻有良好的品格和美麗的臉孔；有時則是捕魚人家的女兒，坐在岸邊補破網，想和哥哥們一起出海，卻老是被拒絕。故事的結局卻只有一種。永遠有座富麗堂皇的別宮，一個最聰明、最優秀、最溫柔的白馬王子，而他英俊的臉孔則不是媽媽想要強調的重點。我的年紀愈來愈大，對她簡短的描述也愈來愈覺得不足，於是我開始問起白馬王子的種種細節。我頭一次這樣做時才十一歲。媽媽對我的問題報以微笑，輕聲叫我：「你就是我的小白馬王子啊！」我正在綁粽子的手因此停了下來。

「什麼？我是白馬王子？」我重複她的話，忍受著心中幻象破滅的震撼。我坐在媽媽旁邊，綁了無數個粽子，聽了上百個故事。從頭到尾，我都想像是自己的聲音飄過煙霧瀰漫的湖，是自己得到白馬王子的解救，和他一起返回富麗堂皇的別宮享福。在我的腦海裡，我是佃農的孩子、是宮裡的傭人、是捕魚人家的子女。只不過在我的版本裡，我理所當然地把「她」轉成了「他」，而故事裡的白馬王子則維持原形，還是個聰明溫柔的男人。在我的想像裡，他遠比媽媽敘述的還要英俊一百倍。如果媽媽知道我在白馬王子的憧憬中得到慰藉，知道我幻想的對象是個男人，她大概會抿緊嘴，什麼都不說了。爲了繼續聽故事，爲了讓媽媽的聲音繼續在廚房迴響，我從沒告訴她我眞正的想法。我沒告訴她，在我的版本裡，我是個在寂靜湖邊打水漂的廚房小廝，專心聆聽著平滑石片掠過湖水發出的悅耳歌聲。有一天，我抛出的石子一個接著一個降落在來湖邊散步的白馬王子的腳邊。一開始，他沈浸在水天一色的美景裡，完全沒注意到在身邊著陸的小石頭。隨著時間過去，石塊在平坦的小路上愈堆愈多，終於吸引了他的目光。白馬王子回過神來，蹲下，撿起一片石子。正當他想順手投向水面，卻發現石片上刻著一個小字。好奇心驅使下，他撿起更多小石子，一一檢查。每一片上頭，毫無例外，淺淺刻著一個不同的字。學富五車的白馬王子自然認得出來，那是一首打散的詩，主題是愛情。他覺得整件事既是挑戰又十分有趣，於是利用撿來的石頭組成了另一首回應的詩，依著順序丟向石頭的來處。當然，湖上照例是煙霧瀰漫。再怎麼說，古典場景還是浪漫的必備要素。我從媽媽的故事裡學到，霧氣給了兩個本來不可能發展的愛人相遇的機會，讓原來不會在大太陽下出現的事物上岸流連。在我的版本裡，湖上的霧終年不散。在一首又一首刻在石子上的詩掠過湖面的同時，白馬王子漸漸愛上已經長大成人的廚房小廝。而最後，嗯……最後，我總是爲故事編寫了同樣的結局。

眼睛還沒睜開，我已知曉。床的另一邊空空蕩蕩，讓室內的溫度陡然下降。深深吸一口氣，找尋你可能還在的蛛絲馬跡——有沒有仍留在壺中保溫的咖啡香？肥皀、刮鬍膏的清香？還是赤裸背部的體味？我在床上翻身，側耳傾聽——有沒有洗澡的聲響？熱冷各有韻律的淙淙水聲？翻閱報紙的沙沙聲？還是另一個人在房內的呼吸聲？沒有，沒有，屋子裡安靜空曠，什麼聲音味道都沒有。我張開眼睛，環顧四周。十二月的陽光透過灰色的窗簾，曖曖昧昧照亮了室內。桌上橫躺兩只酒瓶，彷彿因爲喝下自己肚子裡的佳釀而不勝酒力。一盤黃褐色的梨子，一半已經吃過，清楚留下食用者的齒印。層層疊疊的燭淚還黏在桌上，成了前晚蠟燭的唯一殘跡。

我會忘掉昨晚根本沒有客人來吃飯。我會忘掉我們從彼此的唇中飲酒來慶祝週日。我會忘掉我們之間交纏的歡愉和綿綿細語。昨晚，是兩情相悅，我告訴自己。各取所需，共享魚水之歡，熱情的程度一致，不相上下。

老爸，你別想趁虛而入。我再也不要聽你說教。想來實在心酸，爲什麼我自然而然就會等著挨罵，好像事情本來就該如此。

我站起身來，穿好衣褲，感覺腳趾慢慢陷入床邊的厚地毯內。我套上襪子，綁好鞋帶。用手指耙了兩下頭髮，抓起一顆梨子，打算在趕回主人家的路上邊走邊吃。沒想到，穿上外套，卻發現前胸口袋鼓鼓的。拿出一看，都是錢。

「哇，哇，哇，看來我從頭到尾都是對的嘛！妓男上了船也可以當廚師。你這個可憐的下三濫。我早就知道你會一事無成，只不過，我沒想過你居然可以下賤到這種地步。這是頭一次我必須承認，你可眞是大大超過了我的預期啊！先是我的偉大的二廚長子，現在是當妓男的你。」已經死了好久的老爸，彷彿有預言能力般，證實了我最大的恐懼。

曲折的樓梯充滿揚起的灰塵和蹬音。星期一，我睡掉了大半個工作天，什麼事都沒做。我飛快走過店門全開的石板人行道，將你住的奧德翁街拋在腦後。我走得這麼急，引起路上行人訝異注目。多莽撞的速度，多沒教養的行爲。我幾乎可以聽到他們心裡的譴責。哦，對不起，但是我遲到了。我沒有辦法再多浪費一分鐘。反正巴黎的街道對我從來不友善，我爲什麼要管其他人怎麼想。十二月的陽光也許早已不耐煩地移到建築物的另一側。那側的光線看起來比剛剛的明亮得多。哎，我幹啥去注意這種事？不過是虛擲更多的時間而已。一條賣東西的大街有什麼好看？我還是趕緊往盧森堡公園的方向走才是正經。兩位女主人一定很生氣了。今天誰要幫她們做早餐？托克拉斯小姐和葛楚史坦都喜歡以一大壺咖啡和一盤切得方方正正的玉米蛋糕來拉開一天的序幕。在托克拉斯小姐的調教下，從前沒見過的美式玉米蛋糕如今已成了我的拿手點心。當她們要去例行的週一兜風時，誰幫她們準備野餐籃？沒有包著油紙的雞肉三明治、蘋果內餡的酥皮小點心，她們要吃什麼？轉進拉斯帕依大道，我才放慢腳步，讓跳個不停的心臟好好鬆口氣。終於，我又回到熟悉的環境。昨天的脫軌演出，在此刻，已經模糊得像不眞切的夢。

# 9

入住百花街二十七號之前，我在這兒度過許多個週一。報紙上沒有招聘廣告，沒有面談可試，在公園裡又搶不到曬得到太陽的椅子時，一定可以在這兒找到我。很多夜晚，月亮剛升起不久，一、兩杯黃湯下肚後，我也會不知不覺在此現身。我會目測水面距離，搜尋河裡的沙洲、暗礁、岩塊。可是什麼都找不到，只看到反射在河面上的月光粼粼。「你不回家，在這兒等什麼？」我會聽見一個男聲問我，而我總是回答：「等你的問題，還有你想知道答案的好奇心。」然後，我會看到你的嘴角浮現一抹笑容。我張開眼睛，這一夜，暫時與這座橋分別。

遇見橋上的男人，是在一九二七年。我不記得月分了，可能是春末，或者初秋？我只記得相遇的那天，畫面有如懷舊片的場景，彷彿「現在」罷了工，堅持非由「過去」上場代班不可。塞納河上煙霧瀰漫，河水沖刷岸邊，緩和這個城市的稜角。灰暗的天色低垂，讓巴黎的顏色盡失，連巴黎人最自豪的古蹟地標全黯淡無光。環在男人脖子上的紅圍巾看來猶如生了鏽的線圈。女孩帽子上垂下的粉紅面紗則在霧氣的吞噬下消失無蹤。這樣的天氣，小火慢燉的菜餚最合我的女主人的胃口。她們尤其喜歡各式內臟做的燉菜：紅燒小牛腎、清燉胰臟、煨羊肝之類的。她們總認爲沒什麼比吃埋在動物體內暖暖的內臟更能溫暖身軀。不過，遇見橋上的男人後，我得再等漫長的兩年多，才會遇上我的女主人。入住百花街二十七號後，這是我第一次回到橋上，雙手扶著欄杆，俯視河面。畢竟，現在我的週一已經屬於兩位美國女士，而在一個社交活動頻繁的家裡，我必須不斷應付各種飲食需求，沒有太多機會可以偷懶。揉好的派皮對折成方形，仔細貼合在圓形的派盤上，一大碗有時加糖、有時不加的鮮奶油，三種口味的蛋乳，新鮮的果醬，裝飾剛採下的花朵或巧克力片，這些都是做甜食的必備材料。它們日復一日進了別人的嘴，占滿我的時間。請相信我，我的心裡十二萬分願意回到日常的生活軌道裡，埋頭製作出一個又一個派和蛋糕。但在這個已經浪費了半天的星期一，拉斯帕依大道卻緊緊抓住了我。我總覺得巴黎的街道全有自己的生命，自己的主張。它們比我更了解，此時此刻，我該上哪兒去，或是，該見什麼人。

「先生，請問我認識你嗎？」

「讓我們假裝以前就見過，就能馬上叫對方『阿平』了。」他回答，將目光從塞納河上移回，和我四目相對。

他身上的廉價黑西裝不但明顯過大，而且布料粗糙，樣式過時（這是說，如果這種樣式眞的流行過的話）。假使我無法從他剛才的談話肯定他打哪兒來，這件西裝無疑也是他身爲越南人的最好證明。

「『阿平』？喔，對，可以啊！」我說，立刻從法語換成兩人說得更流利的越南話。「那麼，朋友，告訴我。你是迷路了，還是在想事情？根據我的經驗，一個人會獨自站在橋上，不是迷路就是有心事。」

「我是迷路了，還是在想事情？嗯，朋友，這個問題可眞哲學呢！」橋上的男人回答我，「我相信，我的答案是……我在想關於迷路的心事。」

「眞是非常哲學的答案。」我說。

他露出微笑，臉上的皮膚緊縮，讓顴骨看來更加明顯。我彷彿可以見到他皮膚下的肌肉，尖瘦的下巴因此略爲豐滿，看起來和不笑時截然不同。別以爲這會讓他顯老，事實上，他根本看不出年紀。我第一次走過他身邊時，已注意到這點；轉身回頭走向他時，發現他其實長得十分俊俏。

「你還是學生吧？」我問他。

「錯了。」

「喔。」

「再猜。」他說。

哦……他想和我玩個小遊戲。哎，爲什麼對我有吸引力的男人都喜歡玩遊戲呢？「朋友，老實說，我眞不知要從何猜起，」我說，「不過，至少我知道，你不是有錢的大富翁。」

「不錯啊！很準，來，再猜。」

「我猜你大概好幾年沒吃過乳酪和鮮奶油了。肉可能還吃得起，但絕不是有油的上等肉。嗯，一定是要咀嚼很久才吞得下去，像肉乾一樣的硬肉吧？你大概是那種得做得要死才能養活自己的苦命人。」

「嗯，不錯，不錯，猜得很好，朋友。換我來猜吧！我想，你一定是個廚師。」

我微笑，不置可否。

「廚師有自己專用的語言，」他解釋，「他們講的話，不是從大腦來的，而是從這兒來的。」

他邊說邊指著自己乾癟的肚子。

「那麼，你一定也是廚師嘍？」

「嗯，曾經是。」

「讓我猜猜……糕點師傅，對不對？瘦子往往對糕點很拿手。」

「哇，眞厲害！」他用欣賞的眼光看著我，「對，我以前是專門做『派』的師傅。」

「什麼？」

「『派』，英文字，就像法語裡的『塔』。」

「喔。」

「五星級大飯店裡做『派』的助理廚師，直接歸大廚管。」他舉手敬了個軍禮，立正站妥。

「在巴黎嗎？」

「不是，在別的城市。」

「噢，當然啦，對不起。請原料我腦筋轉得比較慢。一個吃『派』的地方，當然是講英文的。你那時的薪水一定不錯吧！」我說，開始用另一種目光打量他。嗯，一個有積蓄的男人。

「薪水不錯？如果你覺得錢就能補償血汗，那麼，他們眞的付我很高的價錢……」

「朋友，」我插嘴，「我聽不懂你的意思。」我知道實話往往最省時。既然我不曉得和這個橋上的男人到底能共度多少時間，我決定採取一切老實說的態度。

「對不起，」他說，「不知怎麼搞的，我腦袋裡的哲學家，今天話特別多。我只是想說，甜點部二十四小時熱得要死，眞不是人待的地方。每個人只好在前額綁上頭巾，不然流的汗會把甜派都變成鹹派了。在那兒工作的時候，我的體重不斷減輕，一度懷疑自己會不會消失在空氣裡。我甚至連蒸發的那幕都想好了。『阿霸上哪兒去了？』奧古斯都大廚會這樣問，另一個助理廚師會指著地上的一灘水，回答說『在那兒』。然後，像舞臺一樣，燈光逐漸轉暗。」

「喔，阿霸，這實在是……」

「阿霸不是我的名字，」他糾正我，「只不過，其他人都這樣叫我。」

「喔。」

「你呢？朋友，你又在那兒工作？」

「我哪兒都待過。」我回答，心想爲什麼我說實話的時候，聽起來總像是敷衍的謊話？

「對，我也在那兒待過。」他說。

「那兒？」

「哪兒都待過。」

「喔，當然。我告訴過你，我的反應比較慢。」

他笑了起來，我也跟著笑了。

「哪兒都待過，嗯……我覺得你只是想套我話而已。」我開玩笑，「你不只是個廚師，對吧？你該提示我，正確答案不只一個。這樣實在太不公平了。」

「你是可以這樣說。不過，換個角度來看，如果正確答案不只一個，那麼，我的朋友，相對的，你猜到的機率也就提高了啊！對你不是完全沒好處……」

「啊哈！你是個老師。」

「是，我曾經是個老師。」

「不如這樣吧！朋友，我們來玩天主教告解的遊戲。讓你先來。」

他又笑了起來。

狀況不錯，我想。

「正確答案很多呢！」他開始說，「我原本就打算把今天一整天全花在橋上。不過，難道你沒有什麼地方要去嗎？」

「沒有，現在沒有。通常，我會把時間花在盧森堡公園裡的長椅上。所幸它的嫉妒心不強，不介意和其他人分享我的注意力。」

「我當過廚房打雜的小弟、水手、洗碗工、鏟雪工、燒炭工、園丁、做派廚師、攝影修片師、專攻中國假畫的畫家、街頭日用零工，還有，我最喜歡的一項，寫信人。」

「在哪兒有人付錢給你寫信啊？」

「在一艘船上。很久以前的事了。不過，幫他們寫信，我可不收錢。所以，我猜你可以在我的履歷上再加一項『慈善義工』。」

「喔……」

嗯……我想，我之前應該聽過這件事。

「我幫一個水手找到正確描述印度洋天空顏色的字，他覺得相當詩意，於是逢人就說。沒多久，我便成了『拉圖什特威爾號』（Latouche Tréville）上的公定寫信人了。」

「什麼？」

「我說，我就成了公定……」

「不是，你說船名叫什麼？」

「『拉圖什格威里號』（Latouche Grandville）。不過，那是很久以前的事了，我不是很確定。」

爲什麼剛認識就開始說謊？我心想。

「能有多久？朋友，你看起來不超過二十五歲。」我說。

「你在法國待太久了。」他搖著頭回答，「失去判斷越南人年紀的能力了。」

「讓我再試一次。」我說，「有個叫阿暴的水手教過我，看法國人的年齡要用減法。如果一個法國人看起來像二十五，那實際大概是十五歲。反過來說，我們越南人則該用加法。所以，你應該不超過三十五。」

「我三十七了，」他說，「如果我猜得不錯，你今年二十四歲。」

跟阿暴聊莎琳娜個人秀的空檔，他曾告訴我，他在「拉圖什特威爾號」上遇到一個越南廚房小廝。拉圖什特威爾號是阿暴上尼奧比貨船前服務的貨輪。據阿暴說，那個廚房小廝因爲三件事而在船上廣受歡迎。第一，他幫其他越南水手寫信回家。在大多數人只會寫自己名字的情況下，他的讀寫能力無人能及。「而且，還不收錢呢！」阿暴強調。想想看，因爲太年輕、沒有商業頭腦，那人損失了多少錢啊！這才是阿暴沒說出來的重點。第二，他有種特殊的能力，能準確猜出任何人的年齡。阿暴說，他不只能猜到某個人幾歲，有時甚至能猜到某人是哪個月出生的。第三，有一晚，廚房小廝沒在慣例的寫信時間出現，於是阿暴上甲板找他，發現他坐在地板上，一邊堆著待削的綠色蘆筍，另一邊則是他已削成白色的殘骸。「他連蘆筍頭都切了下來，」阿暴說，「我告訴他，『被大廚看到前，趕快把東西全扔進海裡，不然大廚一定會剝掉你一層皮。法國人有多重視蘆筍，你該知道吧』。」

廚房小廝搖了搖頭，拒絕阿暴的提議。

「喔，那你顯然不知道蘆筍對法國人有多重要。」阿暴笑著說。

廚房小廝抬起頭望著阿暴，眼眶含淚。

阿暴的故事涵義絕不深奧，他喜歡讓重點顯然易見，清楚明白。講難聽一點，就是直言不誨，毫無修飾。他講拉圖什特威爾號越南廚房小廝的故事時，直接就當它是個笑話，表達的要點就是強調那人的愚蠢。不過，說實在的，整件事一點也不好笑。有時阿暴講完，也笑不出來。阿暴說，小廝名叫「阿霸」。我知道橋上的男人說過這不是他的眞名。當然不是。在這種場合搭訕怎麼會用眞名？只不過，我心底還是希望有人會是例外。我提起阿暴的名字時，還特意望向他，結果他的眼睛連眨都沒眨一下，沒有任何情緒起伏，什麼都沒有。他只是用一種像得道高僧或喝飽奶的嬰兒那樣無所求的眼神回望我，表情冷靜安詳。話說回來，和尚和嬰兒眞是極端不同的兩種生物。出家人生活清貧，托缽乞食，吃得怎樣對他們根本無關緊要。嬰兒就不同，他們的一生才剛開始，對好東西有無盡的渴望。如今我回想起橋上的男人，心裡總有揮之不去的疑惑。多數時候，我覺得他是個與眾不同的思想家，但有時我又覺得，其實他不過是個隨處可見的普通人。

「我在二十二歲時離開越南。」他將目光轉回塞納河上，緩緩說著。「之後，再也沒回去過了。」他的聲音惆悵，一字一字彷彿在水面跳躍。

在這種情況下，除了沈默以對，實在不知道該如何回應。時間伴隨著悲傷，脫離運行的常軌，停滯不動，形成一股漩渦，將兩個並肩站在橋上卻又毫無關連的男人籠罩包圍。深吸一口氣，感到時間再度慢慢動了起來。兩人的手放在橋欄杆上，臉朝著冷得還無法游泳的河。我心想，眞是可惜！不能將身體浸泡其中的河水，比只能看不能吃的水果還要糟糕。

「我一直很喜歡橋。」他突然再度開口，彷彿聽到了我對塞納河的抱怨，想用橋梁的存在來安慰我。「朋友，你呢？」

而我這次的沈默則明白告訴他，即使在這樣的場合，問這種問題還是太奇怪了。

「橋不屬於任何人，」他繼續說，「因爲它一定要屬於橋端的兩方。建橋之前，河流兩邊的人得先達成協議，否則只是浪費木頭、水泥等建材。每座橋都一樣，都是一座和解的紀念碑。」

「你應該把『哲學家』加在你的工作履歷裡才對。」我說。

「對不起，我今天感慨特別多。好幾年沒來巴黎，忘了這個城市會對我產生什麼影響……」

「聽起來像是讀書人說的話。」我說。

「什麼？讀書人？啊，聽在你耳裡，我一定像個老學究。」他笑著回答。

「有點像。」我點頭附和。

「多說點你自己的事吧！我想多了解你。你怎麼會到這兒來？」橋上的男人問我。

「和你一樣啊！」

「眞的？」他眼睛一亮，問我。

他眼中的亮光像天空裡的煙火，我心想。

「對啊！我也是搭船來的。」

他大笑，對於我曲解他的問題所說的俏皮話，顯然十分欣賞。

發展得非常好，我告訴自己。

「沒錯，我們都是搭船來的。所以，我想，我應該問的是，你爲什麼還留在巴黎？」

「我在越南已經沒有家了。」

「喔，這樣啊！」他邊搖頭邊說，顯然同情我的孑然一身。

「那你呢？又爲什麼留在這兒？」我問他。

「我只是過客，來觀光的。你知道這個城市對待觀光客的態度……彷彿是寄人籬下的窮親戚，受大家容忍，卻不受歡迎。」

「這城市到現在還是這麼待我，」我說，「而我在這兒住了一年多了。」爲什麼我碰到的男人都說他們是來玩的？一次就好，我眞想遇到一個承認他也住在巴黎的人。最好是在巴黎有個固定地址，而且能和我長久發展的男人。

「一年不算久啦，朋友。我在這兒住過四年多呢！」橋上的男人說。

「希望」是很有趣的東西，有時甚至可用「狡詐」來形容。不過，我需要更精確的資訊。太模糊的字眼幫不上什麼忙。如果能捉到特定的日期、時間、地點，往往就能事半功倍。

「住在哪兒？」我問。

「一個小房間裡。」他微笑回答。

「告訴我街名，我可以馬上講出正確位置：在左岸或右岸，在哪一區。」

「你大概會知道我第二個住的地方。不過，沒人曉得我第一個住處的位置。」

「試試看啊！」

「好吧！從簡單的開始猜，戈伯蘭大道（rue des Gobelins）。」

「太容易了。在十三區，環境還不算太壞。」

「嗯……好，我們來看看你知不知道我剛來的時候住在哪裡。」

「要不要加點刺激啊？這樣吧，如果我猜對了，你請我喝杯酒。正確答案只有一個吧？」

「朋友，如果你猜得到，不只一杯酒，請你吃晚飯都行。」他說。

哦，上帝啊！如果你眞的存在，請你一定要讓我知道那條街的位置。

「康伯恩死巷（impasse Compoint）。」

「啊哈！我知道這條街，在第七區。只有三四間房子的小巷，對吧！不過，我還以爲那兒全是倉庫，根本沒人住在裡頭。」

「厲害，朋友，眞厲害。也許我不用再告訴你任何關於自己的事，讓你來告訴我可能還更準些。」

「我只是對街道地點很熟而已。愈窮的地方，我愈清楚。很抱歉要這麼說，但是，康伯恩死巷的治安算是整個市區裡最糟的了。」

「沒錯，現在我相信你是眞知道，而不是矇對的。」

橋上的男人遵守諾言，建議我們到笛卡兒街（rue Descartes）的餐館吃飯。「我認識那兒的大廚。」他說。

「你怎麼會認識他？」

「在某個城市裡認識的。」

「講英文的城市？」

「美國的城市。」

喔，美式餐廳。端上來的大概是一大片厚牛排，配上一大杯鮮奶之類的吧？但我們站在餐廳門外時，大紅燈籠明明白白告訴我，這可不是美式餐廳。「噢……」我嘆了一口氣，「我沒想到居然是中餐廳。」哎……任選三種蔬菜，每種都便宜常見，全淹在濃稠的太白粉勾芡裡，我失望地想。

「朋友，既然我答應要請你吃晚飯，就會請你好好吃一頓，」他說，輕輕將左手搭在我肩膀上。他用右手拉開門，我們一起走了進去。裡頭完全不像中餐館的裝潢，讓我傻眼。沒有大紅喜字，沒有鍍金花葉，沒有發亮的浮雕龍，沒有胖嘟嘟的彌勒佛，法國人以爲中國餐廳一定要有的裝飾品，這兒一樣都沒有。難怪沒什麼客人，我心想。沒了那些「東方味」的裝飾，根本無法區隔這家中餐廳和街上的法式小吃店有什麼不同。看，坐在櫃檯後的，甚至是個漂亮的法國妞。哼，那個位置倒方便她從一開始就對我們視而不見。

「小姐，麻煩妳，兩個人。」橋上的男人以一種帶著權威的法語口音說。

「你高興坐哪兒就坐哪兒。」她不耐煩地揮揮手，沒打算多理我們。

「謝謝。」橋上的男人突然改用越南話向她道謝。

櫃檯後的女孩將眼睛從書上移開，第一次正眼看我們。棕色眼珠裡的瞳孔是流沙般的黃褐色。像夫人祕書眼睛的顏色。「不客氣，先生。」她輕聲回答，即使餐廳裡除了我們，沒有其他人在。

我們有十二張桌子可選。每張都蓋著雪白的桌巾，放著銀製的刀叉、亞洲人才用的瓷湯匙。這大概是唯一看得出來這兒是中餐廳的地方。我們挑了張桌子坐下，互相瞄了對方一眼，兩人都沒講話。好像正在從事什麼祕密行動似的。不過，我們兩個這種孩子氣的行爲，說明了不管是我還是他，可能都有好長一段時間沒上過餐廳吃飯了。

「大廚是美國人啊？那他怎麼學會煮中國菜的？」

「他不是美國人。我沒說過他是，不是嗎？至於你的第二個問題，我相信是他媽媽教的。我們都是從媽媽那兒學會怎麼做菜的，你應該也是吧？」

「喔……」

「聽著，朋友。這兒的大廚個性害羞。他或許會走出廚房看一看，不過大概不會走到桌邊和我們閒聊。不要因爲這樣，就覺得他沒有禮貌，好嗎？」

櫃檯小姐兼服務生遞過菜單，告訴我們如果有什麼我們想吃但菜單上找不到的，跟她說一聲就好。大廚願意嘗試滿足每個客人的要求。她說這些話時，眼睛看著我，不過我可以輕易看出她的注意力全放在橋上的男人身上。小姐，我知道他長得很帥，可是我相信今晚他夠忙了。

「請轉告大廚，我想點一份帶殼椒鹽蝦。我朋友也要一份。」他的法語口音道地，絲毫聽不出做過廚房小廝這種低下的工作。

年輕女孩點頭，說：「好的。」轉身走向簾布遮掩住的廚房入口。

「朋友，」我小聲說著，「蝦子很貴耶！」

「唯一能讓我心甘情願掏出錢的就是美食。」他傾身叫我別擔心，「話說回來，這兒的大廚不會收我一分錢。」他靠回椅背，輕鬆地說。刹那間，我可以感到肩膀上爲錢憂慮的緊張感全數去盡，身體也隨之放鬆。

通往廚房的簾布拉開。櫃檯小姐端著一個大得似乎擠不過門口的托盤出現，側身移動，有驚無險地進到餐室，輕輕鬆鬆往我們走來。我不會用「優雅」來形容她的動作，因爲這種姿勢絕非與生俱來，而是經年累月練習的結果。我望向橋上的男人，發現他正以欣賞的眼光看著。他讚歎的對象應該是那個大托盤，而不是那具曲線玲瓏的身體吧。托盤上堆滿了帶頭帶殼的粉紅色鮮蝦，蝦頭裡，紅色的蝦膏鮮艷欲滴，說明了這些全是高價而稀少的雌蝦。蝦子旁還有兩盤青菜。一盤是蔥薑扁豆，另一盤則是熱騰騰的豆瓣菜。堆得最高的白飯還冒著煙。一瓶放在邊邊的酒平衡了托盤，還沒開過的軟木塞說明了它的等級比一般餐酒高尚多了。

吃飯的時候，我們幾乎沒怎麼說話，只是專心品嚐。桌上沒擺筷子，我們也沒要求。盛宴上桌後，有什麼必要去講究餐具這種微不足道的細節？

「羊肚菌嗎？」

他點點頭。

「嗯，羊肚菌。」我重複一次。沒想到居然加了這麼罕見的食材。森林的精華悄悄藏在扁豆裡，直到濃郁的香氣再也遮掩不住它的存在，我們才曉得仔細翻看，用叉子小心放入口中。

「奶油？」

他又點點頭。

帶殼椒鹽蝦上淋了炒得微焦的奶油！嘴巴裡塞滿食物，我只能安靜地佩服大廚的巧思。就像阿明教過我的，奶油炒黃後，留在火上久一點，就會產生一種近似烘焙榛果的微妙甜味。今天居然有幸重溫這個久未想起的技巧。

「水田芥？」

他吃到一半，停下咀嚼，狐疑地看著我，顯然被我的問題嚇了一跳。我之前的兩個問題其實比較不像問題，而像是尋求確認，展現了一個長期待在廚房的料理人的靈敏味覺。而現在問的這個問題，不但一點都不專業，甚至連在廚房打雜的小弟都不會這樣問。吃起來帶點苦味的水田芥，哪個越南人不是從小吃到大？即使閉著眼睛，吃上一口也該知道了。我當然曉得作法，就是大火熱油鍋，加一點鹽，馬上起鍋嘛。再煮久一點，菜馬上老得難以下嚥，連吞都吞不下去。

「鹽？」我繼續問，總算到達我問題的核心。

他點點頭，說：「這兒的大廚用鹽花（fleur de sel）來做這道菜。」

我看他一眼，搖搖頭，想告訴他，我不懂他用的那個法語。不幸的是，我嘴巴裡仍舊塞滿食物，無法開口。

「鹽花，」他翻譯成越南話，「想成是一首詩吧。『花』，就像植物在陽光下盛開一樣。」

「現在，你又成了詩人？我對詩可是一竅不通。」我又起一大口水田芥塞進嘴裡，享受鹽花的

「花瓣」在我味蕾上慢慢開放的新鮮感。

「其實，就是海鹽。」他試著解釋。

我瞄了他一眼，想告訴他「別把我當傻瓜」。雖然我喝了半瓶酒，雖然我肚子裡的食物比過去幾個月的任何時候都多，不表示我就失去了思考能力。我當然知道這不是陸上取得的鹽，否則，我會嚐到刺激的嗆味，而不會有回甘的效果。

然而，他選擇忽略我責怪的眼神，繼續耐心解釋，說明如果從遠處看去，鹽田其實和稻田沒什麼兩樣。「只不過，泡在水裡一格一格的板子裡，長的是海鹽，而非稻米。」我閉上眼，想像著一堆一堆才剛從大海出生的粗鹽。「海水受到陽光曝曬後，水氣蒸發，留下的就是海鹽。就好像我們死後，受到陽光曝曬，只留下骨頭的道理是一樣的。」我張開眼睛，覺得他看起來異常陌生。

後來我才發現，大多數法國人的廚房都用海鹽。它的味道是活的，先釋放出精純的鹹味，加深，回甘，然後消失。就像情人留在唇上的吻。

年輕女孩回到餐桌，收走空盤。從食物送來後，我頭一次抬起頭來環顧四周。餐館裡還是沒人，可是此刻我卻不覺得冷清。一種隱密的空曠，適合兩人獨處的孤單，就像法國人說的「頭對頭」（tête-à-tête）。雖然我一直不明白頭和這種聚會有什麼關係。手牽手，或者嘴對嘴，不是更有道理嗎？

「這不算中國菜。」我說。

「我沒說過是中國菜啊！」

「你是沒說過。可是這也不是美式食物，也不像……」

「嘿，我可沒說過是哪一種料理哦……」他打斷我的話。

「那麼，你要怎麼形容？」

「第一，這兒的大廚也是越南人。他本來和我一樣，以爲自己總有一天會成爲作家或學者，可是環遊世界後，他找到了更踏實的方向。他在笛卡兒街當廚子，不過，只要他想，隨時可以出發再去旅行。他將遊歷過的各地料理都融入他的菜餚，成了旅途的紀念品。」

原是唇上的輕啄，成了兩舌交纏的深吻。放在肩上的手，慢慢往下移動，在臀部停下。他還沒出口的笑聲成了我口中的嗚咽。這種轉變難有規則可循，難以判斷，難以分割。時間在此失去了衡量的標準，沒有相對的數字，沒有移動的秒針；是長是短無人知曉，彷彿漂浮在宇宙中，再也不關心今夕何夕。在這個回憶起來最美的城市裡，時間凍結了，今夜的星空特別明亮，黎明彷彿永不會來。過滿的胃，讓我們走了好久，才從笛卡兒街慢慢晃到盧森堡公園。兩人腳步蹣跚，似乎不習慣身體一下子增加了這麼多重量。期待的感覺在我耳中鳴響，聲音大得如同海風吹向緊繃的風帆，又像燃燒中的大火突然有空氣灌入而更加熾烈。雖然他僅在我身邊一臂之遙，傳入耳中的語句卻不成調，反而像某種振動，蒙上一層布似的，悶悶的。當我們終於開口，呼吸裡的肉桂味道在涼爽的夜風中清楚可聞。自從年輕的櫃檯小姐走到我們桌前說「請等一下」之後，兩人從此陷入沈默。

噢，糟了，帳單要來了，我想。

她的身影消失在廚房簾布後沒多久，再次端著灑滿核果的派出現。烤熱的肉桂香環繞著我們，濃郁得難以忽略。「蘋果派。」她解釋，端正地擺在我們桌子中央。「大廚的一點心意，」她說，直直看著橋上的男人，「他很遺憾你今晚就要離開巴黎了。再見，先生。」

我望向廚房的簾布。自始至終都沒打開。我回頭看那個年輕女孩，只見她已經退回櫃檯，又是餐廳入門的招牌。我看向橋上的男人，他仍坐在原先的位子上。這次的戀情，甚至連一整晚都不到，我心想。「盧森堡公園有個安靜的地方。」我建議，他露出學究般的微笑點頭。

即使我們試著將時間緊握手中，藏入口袋，掛在牆上，盯緊它，看牢它，仍然無法阻止它一點一點逝去。避不開，躲不掉，等到我們終於不得不正視，離他啓程的時間只剩幾分鐘了。短得不夠再做任何事，只能等，等到時間歸於零。

「我送你到車站吧！」

他搖頭反對。「車站不適合說再見。」

我獨自回到相遇的那座橋。

永遠都是這樣，孤孤單單。

# 10

「喝醉後就睡著了。」我對女主人們招供，「他給我一瓶蘭姆酒當小費，我喝光了，結果睡在公園裡。」我流利撒謊。否則，眞不知該怎麼解釋昨日的不見人影？如果我只是晚個兩三小時，也許混一下也就過了，可是我卻消失了整整二十四小時。她們付了錢買斷的二十四小時，說什麼也不會二話不說，不聞不問。她們很生氣，不過不是對我，而是對你。你居然敢給我那樣危險的誘惑品。雖然兩位女主人喝紅白酒像喝水一樣，卻一向認爲烈酒應該列爲藥用，或者僅拿來塗在蛋糕上增加風味，其他的用法全不適當。葛楚史坦說你的作法太低級。托克拉斯小姐則說，如果葛楚史坦不反對的話，其實只要一通電話就沒事了。「我現在就打電話給他，跟他說下週六的茶會他不用來了。」托克拉斯小姐安撫我，「別擔心今天的晚餐，阿兵，隨便做個烘蛋就行了。烘蛋太麻煩，還是煎個荷包蛋就好。」她努力套用法國廚師的行規，對我釋出善意。她知道，舒芙蕾最耗時，最難做；烘蛋需要技巧，長久練習後才能拿捏得好，第二難；水煮第三；煎蛋最後，第四名。實際上，煎蛋連料理都算不上。如果有人膽敢在宴客時端上這道菜，客人大概會覺得深受侮辱。一盤煎蛋表達出主人說不出口的心情，告訴客人他不受歡迎，以後也不用期望再來作客。這幾年來，許多上門的藝術家和作家不知分寸，來拜訪時當眞空著肚子來，惹得托克拉斯小姐十分不高興。「百花街二十七號不是軍隊裡的福利社。」幾個匈牙利大胃王三番兩次堅持來對葛楚史坦表示敬意，且抵達的時間愈來愈晚，可疑地移到吃飯前才來時，托克拉斯小姐忍不住對葛楚史坦抱怨。「葛楚史坦現在不在家。事實上，她要我轉告你們，請你們不要再來打擾。」托克拉斯小姐殘忍地告訴門外的匈牙利年輕人，迅速而快樂地和他們的大胃口說再見。葛楚史坦坐在工作室陰暗的一角，看著托克拉斯小姐趕人，心情有些悲傷。不過，今晚吃飯的只有我的兩位女主人，就像法國人說的，純粹的家庭晚餐。一盤煎蛋加上一籃麵包，放在自家的餐桌上，完全沒有侮不侮辱的問題，反而是親密的表徵。它是和外界不相關的食物，是受僱的廚子絕沒膽子單獨端上的食物。家人或朋友可以提供這樣簡單的餐點，僕人則絕對不行。女主人們的好意，我完全明白。我站在托克拉斯小姐和葛楚史坦之間，陷入了托克拉斯小姐一時想把我當成自己人的感情衝動。雖然這種情況幾乎都是在不知不覺中發生，一旦在家中出現，我立刻感覺得到。在所有服務過的家庭裡，對這一點我從未失手。在某些家庭裡，「自己人」的圈子擴展得相當大，不只先生、夫人、兒子、女兒，甚至連籃子和皮皮之類的寵物都包括在內，全一起睡在屋裡。有時甚至連保母都被當成自己人。不過，我也見過僅容一人的地方。想到這兒，老爸的房子立刻浮現腦海。然而我相信世界上還是有不少這類環境存在。面對女主人的好意，我不禁想哭，想把這一刻永久保存在心底。可是，我的良心卻不讓我這麼做。她們不尋常的寬容、預料外的仁慈，讓我的罪惡感油然而生。在我意識到以前，「我才是低劣小人」便已脫口而出。雖然我還沒搞清楚「低劣小人」是什麼意思。「他沒給我酒，」我撒謊，「蘭姆酒是我自己買的。」我再撒謊。

「你是白痴還是智障啊？」老爸在我耳邊叫囂，「這城市裡的天字第一號大傻瓜表示了對你的信任，而你居然就這樣搞砸了。這兩個女巫從此不會再相信你了。爲了自救而撒謊是理所當然的事，但是爲了救別人而撒謊？你的腦袋哪裡不正常啊？」

閉嘴，老傢伙！這件事和你一點關係都沒有。我的女主人們也和你一點關係都沒有。這裡是我的家，不准你踏進這屋子一步！

我試著保衛自己的領土。雖然我知道已經徹徹底底輸了這場戰爭。原本女主人們眼中的溫暖剎時褪去，我心中泛起死亡般的寒意。我明白，我在她們心中的評價，一落千丈。

「阿兵，不要對我們說謊。葛楚史坦和我不容許我們的屋子裡有這種不誠實的行爲。」托克拉斯小姐警告我。她的憤怒顯而易見，雖經控制，語調仍然顫抖。這讓我知道，雖然她們沒趕我出門，但我已再次被摒除在「自家人」的圈圈外。

我心中沒有一點希望，只有滿腹懷疑。一口袋的鈔票和一張空空的床，不管在哪兒，代表的全是同樣的意思。你可以走了。你在這兒的工作已經完成了。外套上裝載的羞辱讓我沒勇氣穿上，即使今天異常寒冷。迎面而來的水氣讓我不禁想著，爲什麼人類要住在離水這麼近的地方？從肉店走回百花街的路上，我幾乎凍死街頭。兩杯法國白蘭地（真得感謝托克拉斯小姐堅持只有最好的材料才能入菜）進了我的肚子，還是無法驅盡寒氣。此時下起的雪雨更讓早已泥濘一片的巴黎花容失色。我透過廚房窗戶往外看了一眼，嘆口氣，還是屈服了。回到房間，把外套從衣架上拿下。在我內心，溫暖的誘惑從未停息。鈔票的重量立刻從外套傳到手上。他將錢捲成一卷，不是對折，不是亂塞一氣。即使如此，傷害不減。讓我覺得自己主動、多餘，更糟的是，它將原本燙好的摺線全破壞殆盡。我不情不願穿上外套，準備出門和惡劣的天氣搏鬥。虛榮心總會指使我去做一些我寧願不要做的事。也許我眞是個傻瓜，我心想，但不表示我就得看起來像個傻瓜。我用手撫平左胸前突兀的凸痕，試了好幾次，完全沒用。我終於下定決心。一個有夢想的傻瓜，我嘲笑自己，伸手把錢取出。捲得整整齊齊的鈔票用一條短短的紅線綁著。嗯……倒是相當注重細節。拉開紅線，看著鈔票在我手心展開。一張小紙條從鈔票裡飄了出來，落到地面。我大吃一驚。是什麼？收據？抗議？威脅？投訴？我做了什麼蠢事，活該受到這樣的對待？我跪了下來，兩隻膝蓋不停顫抖，撿起那張小紙片，上頭的法文字顯然刻意選過，簡單易懂到連我都沒有誤解的可能：「下週日的晚餐，你和我是唯一的客人。」

我立刻抬起頭往前看，彷彿聽見有人喚著我的名字。

剎那間，我以爲自己又上了船。我以爲自己又上了船。但這一次，遇到的不再是波濤洶湧的無情海浪，而是藍寶石般風平浪靜的燦爛海面。從現在橫跨到週日，一片清澈寧靜的藍。

阿暴曾經兩度愼重其事地勸我，我應該一抵達法國港口就改掉自己的名字。一次是在我上船的第一天，另一次是在我們離船前的最後一晚。他說，如果想爲自己取個好聽響亮、英雄般的名字，再也沒有比這個還好的機會了。他吹牛說自己至少改了七次名字。每次他離開越南航向南海時，就會幫自己換一個。爲什麼你要一再重返故鄉？我想知道，卻從沒問出口。我知道阿暴的答案只會讓我悲傷，因爲他勢必會列舉出一長串他有而我沒有的人情牽掛。我一直覺得，備受忽視最適合我這樣的人。嗯……也許不該說是一直覺得，不過，從我有記憶開始，聽到的盡是「總是、廢物、沒用、永遠」之類指責的字眼。搞到後來，只要一聽到這些字，我馬上反射性地想到老爸。遇見長相和他相似的人，更會讓我嚇得手足無措。我已經不記得不覺得自己沒用是什麼滋味。已經忘了這些字眼和感覺，其實也是我慢慢累積，聚沙成塔後才形成的。當我回想往事，幾乎無法保持客觀，因爲這兒只有我一個人。在我重組記憶，添加了許多不合理的想像時，也不會有人跳出來糾正我，指責我「喂！事情才不是這樣」。沒有對證，回憶中的「事實」不再是事實，成了各種陳述、猜測和解釋的綜合體。當然，老爸仍會不時跳出，指著我的鼻頭大聲咆哮。不過，既然他一生都是個騙子，我又何必把他的話放在心上。在自己的世界裡，我改造事實來安撫自己。駁斥他人一向令人不快，但在這兒，我卻非常樂意收回剛才說過的話——我並非從生下來就這樣想。我心底很清楚這是眞的，因爲到現在我都還記得，是在哪一天、哪一刻，我開始覺得我這種人理所當然應當受到忽視。

那天，媽媽和我決定繞遠路回家。我大到可以陪媽媽上市場做生意後，我們偶爾會在回家前，花時間在外頭閒逛。尤其是生意好，芭蕉粽子早早銷售一空時，我們更會這麼做。「你今天想繞路回家嗎？」她會問我。「繞路回家」成了我們母子間的暗語，表示回到老爸的房子前，多逛兩條額外的街。這兩條街上小店林立，媽媽總是抬頭挺胸地帶著我走過其中。那時，我以爲媽媽的腰帶裡塞滿了銅錢，所以她才會如此驕傲；因爲她想要什麼，就可以買什麼。於是我挺起肩膀，抬高下巴，模仿媽媽的樣子，展現出我驕傲的姿態。每家店門口擺著鋪了桌布的檯子，五顏六色引人的商品一直往屋裡延伸，彷彿叫喚著路過的客人。面對這些商品，我幾乎沒什麼慾望。因爲我一直相信，只要媽媽願意，她可以買下所有東西。我推測一定是沒什麼值得買的，不然，爲什麼媽媽從不停下腳步？有一天，事情還是發生了。你得記著，那時我還是個孩子，不是聖人。我們經過一家藝品店，門口擺了好多色彩鮮豔的木雕，見到之後，我釘在原地，再也不肯走了。這就是值得買的東西，我在心裡告訴自己。「媽，媽，你看。阿宏、阿東，還有我。」我指著一個基座上排成一列的三隻木雕小猴子，興奮尖叫。我還記得有多麼喜歡牠們臉上生動的表情，特別是眼稍流露出的狡黠。阿明大哥自然被排除在外，高高在上的大哥怎麼可以像猴子？沒看見老爸習慣性以白痴、傻瓜、笨蛋稱呼兒子時，也只用在後面三個身上，從來不敢這樣叫阿明。「我是用手摀著嘴的那隻，阿宏是摀著耳朵的那隻，阿東……阿東就是摀著眼睛的那隻。」我開心地邊笑邊說，爲自己這麼聰明感到驕傲。「妳呢？媽媽？妳覺得妳像哪一隻？」媽媽放開我的手，雙手交叉疊在胸前。我抬起頭來，看見悲傷爬上了媽媽的臉，她眼眶泛紅，嘴角抽搐。我抬起頭來，看見媽媽毫無裝飾的臉，不僅我每晚親吻、道晚安的前額是空的，連耳垂上也是什麼都沒有。

媽媽嫁過來時，佩戴著一副翠玉耳環。不過，那是很久以前的事了。她還記得金針先在火上烤過、穿過耳垂的痛；記得湧出的血慢慢涼了，包在耳洞四周；記得翠玉的溫潤撫平了傷口。軟軟的肉。軟軟的肉。她有形狀漂亮對稱的耳朵。人人讚美她的溫柔，說她有顆慈悲的心。但是，那是很久以前的事了。婚後，她的溫柔只意謂更多肉體上受到的痛苦。人家告訴她，玉是活的，會呼吸。會和她一起變老，一起經歷歲月的焠鍊。如果只是放在盒子裡，它會維持原來雲霧般的綠色。戴在身上，顏色卻會愈來愈深。原本白色的細紋，經年累月佩戴後，會逐漸消失。到了老年，玉的光澤豐潤會達到極至。人家告訴她，那是件她可以盼望的美事。我出生那天，老爸取走了媽媽的翠玉耳環。「她會活下來，但她再也不能生了。」接生婆告訴他。捏在掌心的翠玉抑制了他心中的怒火，緩和了娶到一個劣質品的憤慨。而我，她最小的兒子，從沒見過那對翠玉耳環，看到的只是兩個小小的空耳洞。

悲傷在毫無準備時襲捲而來，眼睛、耳朵、嘴巴、內心，全盛載滿滿的哀愁。不要說，不要看，不要聽，不要感覺。痛苦會減輕，傷悲會褪去。那一天，那一刻，我開始覺得，受到忽視對我這種人是理所當然最好的對待。

「就個人來說，我喜歡帶點幽默感的名字。」出船的第一晚，阿暴這樣告訴我。

「可是，我喜歡我現在的名字啊……」

「我沒叫你眞的改名，笨蛋。新名字不是爲你取的，是爲他們取的。反正越南話聽在他們耳朵裡，全都一樣。你大可取些好玩的名字，像是：我瘋了、帥哥、我愛你……」他開始列出他取的名字，講到第三個時，我們已經笑得上氣不接下氣，無法繼續。分睡上下鋪的兩人分別翻身，換個姿勢。調整呼吸的同時，阿暴告訴我，白人永遠搞不清楚哪個是名哪個是姓，所以往往連名帶姓叫我們。接下來，阿暴舉了例子，說明這如何讓生活變得有趣。「想想看，他們罵你的時候會怎麼說？『嘿，我瘋了，要是你敢再遲到，我就把你扔下船去餵魚。聽懂了沒？我瘋了。』或是，『死過來這邊，帥哥，你說這樣的甲板叫洗乾淨了？』」他頓了一下，繼續說：「我呢，覺得這個最棒了：『我愛你！把這些箱子搬過去！我愛你，一隻猴子都做得比你好。』」最後，他下了個結論：「即使一樣挨罵，但日子可好過多了。」

那時的笑聲有如奇跡，拯救了我苦澀的靈魂和肉體，讓我暫時忘了海上的風浪和內心的焦慮。天空和海面變得像瀝青一般黑，暈船的感覺緊緊從腳踝捉著我，隨著海浪起伏，用力撞擊我的頭。阿暴一定是聽到了我要死不活的呻吟聲，而他知道躺在床上哀鳴完全沒有幫助。我的身體得先忘了它在陸上的習慣，才能在海上存活下來。肉體拒絕接受，頑固抵抗，甚至假造出暈船的症狀，好說服我相信這一切都是大海的錯。後來我才學會，在搖晃的海洋裡，人的聲音是最強力的安定力量。我相信阿暴沒聽過這個說法，但他明白痛苦要自己找到出路才能消除，他那晚一夜沒睡，對我說個不停，直到黎明。

阿暴告訴我，他以前待過的船至少可搭載七百人，比現在這艘大得多。在尼奧比貨船之前，他待過的最後一條船叫拉圖什特威爾號，主跑西貢、馬賽航線。本來他不會考慮像尼奧比貨船這麼小的船，但他身無分文，知道在海上身無分文可比在陸上身無分文好得多。至少三餐有著落，除了買點紙菸、買瓶琴酒之外，也沒什麼地方可以花錢。而且，船上也沒有女人。嗯……應該說，至少沒有用錢就可以買到的女人。「這就省了很多銀子。」阿暴再三強調。那是我在海上度過的第一晚，在我眼中，尼奧比貨船雖不豪華，看起來也沒他形容的那麼破爛。於是，我問他，爲什麼拉圖什特威爾號會比尼奧比貨船好呢？「實在不能比，在那艘船上，連大廚都有專門侍候他的廚子。」阿暴回答，從上鋪跳下來傾身看著我。

連大廚都有專門侍候他的廚子？那跟你又有什麼關係？我想問，但沒問出口。他的體溫靠近我的身體，讓船艙內的溫度產生變化，導致我一時說不出話來。「考慮一下，『帥哥』這名字很適合你。不然，用『俊小子』也可以。」

要離開尼奧比貨船時，我心裡有一長串想問阿暴卻沒問出口的問題。和他在一起的時間，我學到，即使問了，他給的答案不是風馬牛不相及，就是根本牛頭不對馬嘴。我告訴自己，那是一種拒絕讓別人探索內心感情的策略。如果有什麼問題我眞想知道，最好的辦法還是自己找答案。譬如說，我猜他之所以堅持拉圖什特威爾號比較好，是因爲他喜歡那種貼近奢華的感覺。他喜歡看到、聞到有錢的味道。喜歡待洗的床單有上等質料的柔軟觸感，帶著他一輩子也見不到的上流社會女人剛沐浴過的薰衣草芬芳。也喜歡半夜三點揮汗如雨刷著甲板時，濃厚的香水和雪茄仍然在空氣中跳舞。能貼近那些豪華奢侈的東西，對他是種享受。雖然再怎麼說，他也不過就是個低下的僕傭。然而，就像所有的傭人一樣，他還是從別人的財富和歡聚中得到了慰藉。即使沒有一樣屬於自己。

# II

今早的頂樓公寓寒冷異常。你一定是整夜未歸，直到日出前才匆忙趕回，再扔一塊木頭進火爐。不明白當初你怎麼會想買個好笑的鐵製中空佛像擺在公寓裡。事實上，蒸汽式暖氣才是你的最愛，大大的管線轟隆隆響個不停。爲了它，你每個月還得多交好多房租。每次看到這個新發明，我總在想，爲什麼如此摩登的機械會發出不相襯的古老音效，彷彿一隻受困的野獸，掙扎著想逃出管子。和你不同，我喜歡燒木柴的火爐多些。看著爐子裡的熊熊火焰，我才能眞正打從心頭暖和起來。我親吻你道早安，你的雙頰、眼睛、鬢角，最後才吻上你的唇。我將身體壓上你，好讓你知道我的嘴唇有多渴望你的吻，有多想碰觸你光滑的肌膚。我喚著你的名字，「馬克史·拉替磨」，不正確的發音引得你輕聲笑了起來。再試一次，「馬可思·拉提摩」，這次對了。你俯身吻我，做爲我努力的獎賞。這個吻持續到我們擁抱著滾倒在地才停下。四隻手胡亂摸索彼此胸前的衣釦，慌張拉開身上的布料，裸裎相對的肉體讓我心安。火光從鐵鑄中空佛像透出，烤得皮膚暖洋洋。你告訴我，上週五在西堤島上的花市遠遠看到我，西裝前襟別了一小朵白花，臉色茫然像是迷路的孩子。當我終於明白你說什麼，我感動得毛孔豎立。長久以來，我以爲自己早已習慣孤獨，卻在此時明瞭內心深處仍想要他人關懷。在這一刻，我相信巴黎和我之間的關係已經改變。有人在這個城市看見我，在乎我。你的話證明了我的存在，我不再是沒人關心的過客。你在城市裡見過我的記憶，就像白紙印上黑墨一樣明顯。將來，你亦會繼續在城市裡看見我，見證我在巴黎的生活。從此，我不再是無關緊要的流浪者，我的存在有了意義。

「甜蜜的週日。」我在你耳邊呢喃，重複你教我的第一句英語。雖然在尼奧比貨船上，阿暴也教過我幾句英文，但他教的和你大不相同。他列了一串他認爲我需要知道的簡單會話。「雖然我還會講很多其他的，不過這些就夠你應付大部分場合了。」他志得意滿地告訴我，教我「請、謝謝、哈囉、再見、啤酒、威士忌、琴酒、有人偷了你的錢、我沒和你的女人睡過、我不幹了」。而你，我親愛的週日情人，則用另一種更實用的方式教導我。你教我豐富的感官形容詞，教我屬於兩人的祕密。從你那兒，我懂得原來英文裡單單一個「請」字，也能當成「我可以做嗎」一般的疑問句，以單純的「可以」來回應。另外，「請」也可以當動詞，只要說「請」，我可以跟著你在公寓裡的任何房間內走來走去。啊！我親愛的週日情人。一星期裡，只有這一天能見到你。兩個月過去了，我們僅僅八天共度。不過，我們在這短短八天內發展出一套固定流程。週日早上七點以前，我一定抵達你頂樓的公寓，在那兒待到第二天凌晨三、四點，才起身返回百花街二十七號。一開始只是想小心一點。如果再因爲睡過頭而惹毛女主人們，我就倒大楣了。這樣的安排想必合你的心意。你從未要求我留到天亮，從未問我習慣睡床的哪一邊。是的，我們有一套固定的流程。我們會花上好長的時間，像兩個還在母親子宮內的胎兒，蜷身躺在一起，互相取暖，互相依偎。在長長的沈默之後，總是你先開口說話。我知道你覺得自己有義務打破沈寂。你和我說話的口吻，彷彿對著一個三歲兒童，盡量使用簡單字句，去除非必要的語助詞。我明白你為我著想，儘管這樣講話讓你結結巴巴，但為了讓我聽懂，你還是努力堅持。有時，你張開嘴，想說什麼，卻什麼都沒說又閉上嘴。你知道你想講的話我一定聽不懂，會引起我的自卑，加深你我之間的鴻溝。

今晚，我們會再次清醒地躺在一起，發展屬於自己的私密語言。就像過去幾個週日做過的，試圖在這一小塊兩人都懂的疆域裡，挖掘出更多共通處。你的法語聽起來無精打采，始終擺脫不了美國南方特有的口音。同樣是英文，和我的女主人說的可眞是大不相同。我的法語發音清楚，但零零落落，像一堆隨便拼湊的破銅爛鐵，雜亂無章，歪七扭八。我們會將腦海裡的單字全掏出來，撿拾對雙方都有意義的那幾個——然而，就像我們一起度過的夜晚，算起來實在少得可憐。我們會用一兩個字，試著將自身的故事告訴對方，然而故事總成了另一次纏綿，幾乎沒有例外。而你就像我的女主人，已不想嘗試正確叫出我的名字。你叫我「畢」，就像字母裡那個「B」。你解釋，是英文發音的「B」，而不是法語發音的「B」。每次你一叫我的名字，我馬上就想到蜂巢和一隻嗡嗡叫的蜜蜂。你說，這樣的叫法代表了我就是繞著你飛的小蜜蜂，為了香甜如蜜的戀情遠道飛來。我想，是比「纖兵」好多了，但我多麼希望你喚的是我眞正的名字。

我開始想，一星期六天，我和法語奮戰，為什麼到了甜蜜的週日，我反而要和它對抗得更激烈？爲什麼我不略過法語，直接和你的感情及行動溝通？我可以只將你說的話語當媒介，不用深究，不求甚解，就像一條流動的河，掬在手心的水，清澈澄淨。於是，我要求你別再用法語，改說你的母語吧！你回答我，如果有一天，讓你回到那個苔蘚像髮絲一樣掛滿樹木、吸血蚊子才是夜間統治者的故鄉時，你大概眞的會說個不停。你會連續講上好幾個小時，用的字彙歷史悠久如盤根錯節的巨大木蘭樹。你告訴我，你是南方人，但不屬於南方上流社會。你父親雖是大地主，可惜你繼承的只有他的血緣。你出生之前，你母親便以終生收入爲代價，買斷了冠上你父親姓氏的機會，認爲當他的愛人遠比當他孩子的媽來得更長久。而你母親和你一樣，也是私生子。她無法忍受別人在背後指指點點，選擇浪跡異鄉。不過你和她不同。你輕撫我的眼睫毛對我說。流在你體內的血，應該是你人生的鑰匙，而非枷鎖。你告訴我，一個不必繼承父親姓氏的南方人是幸福的，反而免除了許多原本不得不從的義務責任。更何況，你還有母親留下的財產。你邊笑邊說——雖然你不願承認，但笑聲聽起來刺耳又苦澀。母親的錢爲你鋪路，你才能到這個城市來。那些錢先供你到北方唸大學。你纖細的手指劃過我的肩胛骨，解釋在美國北方比較不常見到黑人，所以大多數人看不出你是黑白混血兒。你本來想說那是你父親的錢，但想了一會兒後發現，事實上，那筆錢其實眞正屬於你母親。那是她正大光明賺來的。正大光明，你重複著，在我臉上移動的鬈髮讓我不得不閉上眼睛。親愛的週日情人，繼續說，不要停。我起身打算準備兩人的晚餐。如果你想，你可以在應該換氣時呼喚我的名，我會轉頭凝視你，讓你知道，我在傾聽。

你初到巴黎時，越南皇帝和柬埔寨太子都在這兒。你說自己的運氣眞好，居然兩位都見過。

「畢，他們兩個的法語都講得無懈可擊。」

就像總督府的司機，我心想。

越南皇帝和柬埔寨太子之間存在嚴重的競爭意識。巴黎的店家都知道，如果今早其中一位買了某樣飾品，關店前，另一位必定趕來買兩、三個一模一樣的東西。是諾羅敦王子（Prince Norodom）[1]先來結識你的。越南皇帝只在女人和賭博上才有搶先的可能。僅僅十九歲的越南皇帝居然有本花名冊，記錄自己的風流史。這些女子的芳名全成了他爲賽馬取名的靈感。旁人對此不以爲然，他卻覺得自己相當有創意。

「畢，你的皇帝，不是誠懇踏實的人。」

的確不算典型的白馬王子，我同意。

相較之下，諾羅敦王子簡直像唱詩班的模範青年，非常上進。他在巴黎的第一年，致力於鋼琴編曲，學習去除作曲時的稜角。他從在醫學院唸書的表哥那兒聽說了你的研究。王子對你既好奇又懷疑。令他意外且驚喜的是，你們倆住得很近。「奧德翁街不是太子或科學家該住的地方，但我們居然都住這兒！」諾羅敦王子說，「這表示我們的相逢是命中注定。」

「那是他說的，和我無關。畢，在我看來，這種說法簡直是無稽。」

嗯，典型的白馬王子，我想。

諾羅敦王子第一件想看的是你的解剖圖。他闔上鋼琴蓋，方便你展開。「這張和克利策博士[2]用的圖分毫不差，」你對他解釋，「他在一九二四年出版的作品，是這個領域的根本基礎。」而你有幸成了他的入門弟子，這樣的殊榮可是萬中無一。你和克利策博士初次面談時，他要求你坐在窗邊一張曬得到陽光的椅子上。他看著你的瞳孔，停了幾秒，問你：「拉提摩，你相信皮膚和骨頭會說謊嗎？」

「而那就是這門科學裡的第一原則。」你告訴太子。第二原則：任何庸醫都可診斷出裂痕，只有眞正高明的醫生才看得出潛在危機，注意到不明顯的紋路，爲病人防患未然。諾羅敦王子摸著自己的右眼眶，這是個你已在許多新病人身上見過的無意識動作。通常在頭一次諮詢裡，他們往往要過一段時間才猛然了解，你可能在握手之後就開始診斷，你可能早就發現未來幾年他們身上會出現的毛病，預測到他們肉體要承受的苦痛。你只得在這時拿出放大鏡來讓他們安心，讓他們覺得：喔，醫生還沒開始呢！

「諾羅敦王子和一般人沒什麼兩樣，畢。」

只是另一個普通人，我想。

透過放大鏡，太子看見扭曲變形的波斯地毯花紋，於是，他鬆弛下來，放下他摸著眼眶的手。諾羅敦王子傾身看著鋼琴蓋上的圖，你講解上面一個又一個三角圖形，重複了兩遍。人體的內臟、分泌腺和組織都在圖上，你對他說，用食指來回指著解剖圖。有些器官是兩側都有，例如甲狀腺問題的相對位置大概是在右眼虹膜的兩點鐘方向，在左側則是九點鐘方向。理論很簡單。

虹膜上產生的微粒、條紋、斑點或褪色，代表身體某個相對部分的器官出了問題。以之做為診斷工具，和傳統的醫療觀念根本不能同日而語。

「虹膜學是看見未來的科學方法，畢。」

嗯，預言家。

「而且經濟實惠」，你對太子說。只要一張解剖圖、一個放大鏡，完全不用其他雜七雜八的器材。「想想看，如果你在柬埔寨的人民可以接受這門科學訓練……」你鼓吹太子。如此簡單的工具，能輕易隨著醫療人員上山下海。「想想你的人民，在健康和經濟上，能從這門先進的西方科學裡獲益多少。」你推銷著。

「太子突然抬起頭來看我一眼，講了一句非常奇怪的話。」

諾羅敦王子說：「拉提摩醫師，即使只是個能診斷出裂痕的庸醫，柬埔寨人也很需要。」

聽起來像橋上男人會說的話，我心想。

不過，太子還是同意讓你檢查。你叫他在一盞大燈前坐下，目光直視前方。你告訴他，每個虹膜長得都不一樣，他聽了之後笑了。在這之前，你從未看過皇室的虹膜；但現在，你檢查過四個。

「競爭心眞是件好事啊！畢。」

再怎麼說，親愛的週日愛人還是美國人，我想。

你馬上注意到王子右虹膜上五點鐘方向聚集了一堆小斑點。絕對錯不了。但你繼續不動聲色檢查。你需要時間思考該用什麼字彙知會他。你本想以一連串問題開場，後來還是決定簡潔明白地告訴他。換作你是病人，也寧願醫生這樣待你。

「性無能，諾羅敦王子。」

越南皇帝第二天就打了電話給你，想當天下午馬上讓你檢查。他會派車來接你，知道當他的豪華房車招搖過經過奧德翁街，諾羅敦王子一定會看見。皇帝的司機拉開車門，待你坐穩後，很有技巧地適度用力甩上門。看起來是個可靠的司機，至少表示他不會在你睡著時不小心把車開進懸崖。一進了車，你四處打量，撫摸塞滿棉絮的軟墊，拉開絲絨窗簾，猜想不知道皇帝派這輛車接送過多少女人。巴黎的公子哥兒都曉得幾個關於年輕越南皇帝追女人的艷史。數量雖多，劇情卻大同小異，令人吃驚。越南皇帝在各式各樣的場合結識漂亮的小姐或夫人。年齡大小、是否已婚，對他來說無關緊要。他唯一堅持的，就是對方要有一頭美麗的金色秀髮。一定要是如假包換的金髮，連麥穗似的淡棕色他都覺得太深，不合格。皇帝派車接女人到府邸，帶她四處參觀，直到他的主臥室。他將女人推到裝飾華麗的大櫃子前，拉開門。櫃子裡裝的東西因說故事的人而有所不同。大致上，裝滿了成疊鈔票、上等的玉鐲，紅絨布上散置閃閃發光的鑽石，金磚像巧克力片一樣擺成巨塔。那個櫃子彷彿阿里巴巴的洞穴，數量與價值在人們口耳相傳中不斷增長。美女一見到這麼壯觀的畫面，必然深深吸入一口氣，嘗試控制自己的膝蓋不要發抖，別在皇帝面前失了態。這時，皇帝就會輕聲說：「來，親愛的，過來挑件妳喜歡的小東西。」不用說，禮物當然不是白送的。於是，近來在巴黎、尼斯，甚至蒙地卡羅的高級餐廳裡，戴著極品手鐲或鑽石戒指出來炫耀的金髮美女，數量大增。

「你的皇帝，不是個誠懇踏實的人，畢。」

「低級」的人，我想。

「拉提摩，你是黑人嗎？」你一進房間，越南皇帝立刻提出第一個問題。

「不是，皇上，我是虹膜學家。」

他對你眨眨眼，說：「醫生，用不著稱我『皇上』，我當然知道我是誰。事實上，我想我可能也知道你是誰。」

然後他又眨了眨眼。緊張時的習慣動作？你猜想。

「醫生，我從前就見過你。我聞得到你頭髮上殘留著漂白劑的味道。我不是個有偏見的人，拉提摩醫生。但我也不是傻瓜。好，現在我們都夠了解對方了。這正是互相信任的好基礎。懂了嗎？」

「不是個誠懇的人，畢。」

像老爸一樣狡猾的人，我想。

你拿出解剖圖，環顧四周，想找個平坦的地方攤開。

「跳過有教育意義的部分，醫生，我一點科學頭腦也沒有。直接從預言未來開始吧！」越南皇帝說。

「我是科學家，皇上。我不『占卜』，我只診斷。」

「都一樣啦！拉提摩。我將是你的職業生涯裡、你的科學研究裡的高潮。事實上，見到我，是每個人生命中難忘的榮耀。我這麼說沒有冒犯的意思。我不會讓你白走這一趟。在你離開前，不如我們兩個來次『櫃子之旅』吧！我相信你一定聽過我那個名震天下的櫃子。」皇上微笑說著，「你可以選一件你喜歡的小東西，如果你的服務讓我滿意的話。」

然後，又眨了眨眼，你告訴我。

眞的不是個誠懇踏實的人，我打從心底同意。

你請越南皇帝在椅子上坐下。當你舉起放大鏡，第六感叫你直接看他的右眼。不到三秒，你就看見那堆聚集在右虹膜上五點鐘方向的小斑點。和諾羅敦王子的症狀一模一樣。不同的是，這一次，你毫不遲疑地宣布你的診斷。

「性無能，皇上。」

坐在你面前的年輕皇帝立刻崩潰，你告訴我，就像你前一天才見過的另一個尊貴的病人。

你要求我爲你做同樣的事，告訴你一個關於自己的故事。你要我用母語對你傾訴，用我出生時聽到的第一種語言，用那個我日常生活再也聽不到、用不著，卻時時刻刻充斥在我腦中、在我心氾濫的語言。我開口，吐出的越南話卻因太久沒說而生了鏽，有些零零落落。我講了幾分鐘，卻發現這個實驗簡直是大災難。你忍受精神上的折磨，身體不由得像豌豆般縮成一團。我從你的故事得到喜悅，你卻從我的故事得到傷悲。你不習慣人性的黑暗，耳裡聽進的情節讓你訝異得說不出話來。你掙扎著想控制身體的顫抖，我全看在眼裡。這是我頭一次見到你哭。我發誓我再也不會這樣做了。我只是想告訴你，其實，我也是個眼睛專家。我想告訴你，也許我有天賦，但我是經過了什麼樣的訓練，才有今天的能力。而這些訓練，和你受過的醫學訓練大不相同。

親愛的週日情人，我的理解大部分建構在對身體訊號的靈敏接收度，以及過人一等的解釋能力。語言雖是攫取意義的捷徑，卻時常受限於駕馭的無能，反而避免不了辭不達意的窘境。對我們這些受過訓練的高手來說，只要聽到一個重要字眼，就能拼湊出整個故事。我們在你的眼白裡尋找其他線索：憤怒、哀傷，各種強烈的情緒都能看得清清楚楚，在宛如蜘蛛網的紅絲裡顯露無遺。情緒從你的眼睛流出，進入你的臉龐，染紅你的雙頰和鎖骨下大片肌膚。至於更小的細節，得從又深又圓的眼眸觀察。你淺色的外環和深色水晶體，蒐集外界的光線投射體內，提供詳盡的線索予我。視破謊言最容易。多數人都不曉得怎麼說謊，一說謊，不自在的痛苦神情立現。當然也有一些箇中高手，能自在操控謊言；一般人說謊時，眼瞼總不自覺跳動，他們完全不會。睜眼說瞎話，卻坦然平靜到這種地步，我只能說那是與生俱來的本領。說謊者和謊言的起源都一樣，全爲無性繁殖，一個衍生出另一個。人們常將羞愧和謊言混淆，但我知道兩者的本質截然不同，不能相提並論。羞愧深埋在心底，沒謊言那麼表面化。它的影響更深層，擾亂內心的平靜，讓人說話時不敢直視對方，眼光老是不由自主往下飄往別處飄。眼瞼的反應也和說謊時不同，不僅張開的速度減慢，對外界資訊的刺激也較遲頓。精疲力竭時，羞愧最容易浮上檯面，對身體產生極大影響。累到神智不清前，不僅說話速度變慢，四肢也會發脹。我親愛的週日情人，我可以向你保證，和謊言相比，懷抱著羞愧過活絕對是致命多了。

1 諾羅敦王子：此處指的應該是後來成爲施亞努國王（Preah Norodom Sihanouk）的諾羅敦王子（一九二二～）。

2 克利策博士（Dr. J. Haskel Kritzer）：以研究虹膜診斷學（Iris Diagnosis）聞名於世。

# 12

首先注意到事有蹊蹺的人，是園丁助手。上了年紀的他看起來像一隻滿臉皺紋的烏龜；沒人會多看他一眼，反而讓他能不受注意地發現大家的祕密。也許是工作需要，他永遠穿著綠色棉襯衫搭綠色厚帆布長褲。經年累月的洗刷下，衣褲褪成乾燥苔蘚的灰綠色。他在總督府的資歷比任何人都久。這麼長的時間裡，僕人圈裡不知流傳過多少閒話，卻從來沒人注意到他那身永恆不變的衣著。大家總是理所當然地將他當成花園的一部分。他就是該在那兒澆水、除草，沒人想過他還有其他生活。那一身綠，更讓他完全融合在花園的草地裡，就像造景裡的山水，放在那兒，再自然不過。諷刺的是，第一個留意到他的保護色的，居然是布雷瑞特大廚。

「爲什麼穿綠衣服？」布雷瑞特大廚想知道。

「什麼？」

「我說，『爲什麼穿綠衣服？』」他重複了一次。

「我聽到你說什麼。我想問的是，你在問什麼？」

「爲什麼園丁助手老是穿綠色?」

「是嗎?」

「是嗎?你說得好像這對你是什麼新鮮事似的。」

「是啊!這對我是新鮮事啊!我從來沒注意過。」

「很高興聽到你覺得世界上**還有**新鮮事。」布雷瑞特說,轉過身來看我——嗯,正確說,該是轉過身來**讓我能看見**他。他對外貌非常自戀,樂得與任何人分享他英俊的臉孔。從他戲謔的語調,我知道他指的不再是園丁助手對衣著顏色的偏愛。他根本是嘲弄我。我,一個專管冷食的小廚師教了這位大廚不少關於熱度、甜度、食物在嘴裡融化的知識,只不過這些和烹飪都沒關係。

那天早上,我們剛走進總督府。我像往常一樣跟在他身後,三個男孩捧著他從中央市場買回的蔬菜水果,走在最後。他每次都僱同一批人。這三人小組從不分開,即使我們買的東西只要一個人就拿得動,另外兩個還是會跟來。陪伴?寂寞?還是壯膽?我不知道。要猜出他們三個集體行動的原因,眞不容易。

這三個男孩在市場討生活。一開始,他們試著幫人擦皮鞋,但原本的擦鞋童聚在一起將他們趕了出來。再怎麼說,他們投資了這麼多錢買箱子刷子石灰岩(還分去污泥的硬石、磨光皮革的軟石),當然不容許三個來路不明的野孩子隨隨便便搶生意。幾週後,三個男孩又回到市場,捲土重來。這一次,他們在小販需要上廁所時幫忙看攤子,也提供打聽競爭者價格的服務。通常,他們收到的服務費就是小販午餐吃剩的牛肉清湯。微溫、帶肉味的清湯,但一片牛肉都沒有,頂多只有一些碎麵。運氣好的時候，也許在碗底還能找到一點人家吃剩下吐回碗裡的軟骨。我以前也見過其他孩子接受這樣的工資。一個發育長大的男孩，究竟要吃幾碗這樣的東西才會飽？這個答案其實很困難，因爲它假設有個門檻、一個固定的數字，在你吃到這麼多後就不再餓了。可是這個假設並不切實。餓肚子是窮人永遠的苦惱，尤其是年輕人心頭上揮之不去的夢魇。以前，我也看過別的孩子試著回答這個問題，但看著這三個男孩分享一碗別人吃剩的牛肉湯，卻帶給我不同的震撼。湯碗小心地從一雙小手傳到另一雙小手，臉上浮現彷彿才吃過大餐的滿足神情，讓我不禁懷疑自己是否才在市場目睹了莊嚴神聖的宗教儀式。沒有檀香，沒有大理石祭壇，沒有黃金打造的聖杯，卻存在著堅不可摧的信仰：相信他們總會有一碗湯可以裹腹，相信沒有人會吃得比他應得的份多，相信他們三個永遠會在一起。

布雷瑞特大廚第一次僱用這三人時，我幫他們翻譯。他們開價高得可笑，不過，當時的布雷瑞特才剛下船，還不知道那足足可買三碗牛肉麵。那是他首次上西貢菜市場。小販全抓住機會敲竹槓，而他呆得照單全收。布雷瑞特還活在他習慣的幣值世界裡，而價錢的貴賤本來就是主觀的認定。他看著我幾乎垂到地上的雙手痛苦地掛滿他剛買的蔬果，目光停留在我臉上幾秒後，同意三人組的條件。他們小心捧著大袋洋蔥、紅蘿蔔、芹菜，跟我們走回總督府廚房，雙手平舉，態度嚴肅得像執行什麼重要任務。過了幾天，三人組一見到我們在西貢市場出現，馬上跑過來，不約而同向布雷瑞特大廚舉起他們骨瘦如柴的手。還是餓得皮包骨，我知道他們的意思。三碗牛肉麵只能讓他們飽一陣子。布雷瑞特大廚拿出一個銅板，剛剛好等於上次付的三分之一價錢。學得眞快啊！我不得不承認，夫人的祕書在這方面實在是無懈可擊的好老師。三個男孩想都沒想，立刻點頭同意，心知即使砍了三分之二的價錢，布雷瑞特大廚給的還是比公平市價來得高。不過，大廚在這方面還算慷慨，即便日後看見大家平常怎麼付給他們報酬，也沒嘗試再進一步砍價。他第一次看到賣苦瓜的婦人把吃剩的麵湯拿給他們時，他問我那女人是不是他們的母親。「不是，」我回答，「這三個男孩甚至不是親兄弟。」

布雷瑞特大廚不是唯一犯這種錯的外國人。夫人來了這麼久，仍覺得越南人長得都一樣。一開始，她甚至以爲廚房的工作人員全是同一個媽媽生的，只因爲大家都叫二廚「阿明哥」。夫人的祕書只得耐心對她說明，「哥」只是越南人的尊稱，整間廚房裡，只有專管冷食的小廚師才是二廚的親弟弟。夫人並不相信她的解釋，懷疑「用人唯親」的惡習在府裡日漸猖狂，而這種說法不過是表面的掩護。至於布雷瑞特大廚會犯這種錯，平心而論，還眞不能怪他。目睹三人小組捧著同一碗湯喝得津津有味，理所當然會認定他們是一家人。他來越南的時間還不夠久，不了解貧窮對行爲的影響。在富裕的社會，親密的人之間才會有的行爲，在窮人的生活裡，不過是爲求生存的不計較、沒關係。在西貢市場裡，從同一個碗吃喝與使用同一個痰盂沒什麼兩樣。沒什麼大不了，尤其如果又排在第一個，更是無所謂。

那天早上，我們穿過總督府後門回到廚房。厚重的鐵門在我們身後用力關上，發出的噪音嚇得樹上的麻雀四散飛逃，像破碎的黑色蕾絲吹上空中，蝴蝶也應聲從劍蘭上升起。如果運氣夠好，甚至可以看見牠們在西貢熾烈的陽光下張開翅膀，呈現半透明的迷人色彩。我想，這都不是東窗事發的理由。眞正出賣我們的關鍵，還是那三個男孩的態度。布雷瑞特在這件事上處理得並不好。他的行爲就像個典型的殖民地官員，抬著頭走在前面，拉長我們之間的距離，宣告「我和這幾個少年不是一掛的」，但又不想眞的離我們太遠，才能時時對跟在身後的四個亞洲男孩發號施令。他剛到越南時，總以爲走在馬路上和走在總督府花園裡一樣安全。走路時，他習慣將頭高高抬起，根本無法察覺自己胸部以下有什麼異常動靜。像這樣的法國人對西貢的扒手來說，簡直是天上掉下來的禮物。他上工的第一個星期，屋裡的傭人無意中聽到夫人祕書安慰他，語氣輕柔和藹，除了偶爾對小偷的咒罵較爲大聲外，聽起來還眞像好脾氣的慈母。他又被扒了好幾次之後，才不得不正視問題，學會妥協。布雷瑞特這類男人顯然重視自己的驕傲更勝金錢，這樣的態度，自然受到全世界扒手的熱烈推崇。後來，他變得對環繞在身邊的人異常敏感，尤其那個人是越南人時。他爲我訂下的規則相當簡單直接——不准碰觸，不准微笑。我可以理解第一項要求，卻覺得第二項非常荒謬。微笑就像打噴嚏一樣，想來就來，是種生理需求，不是意志力就能控制。所以，我決定不理會他的第二項規定，想微笑就微笑。跟著他在西貢的大街小巷裡走動，進了總督府在花園裡穿梭，我總是想笑就笑，卻從未笑出聲來；走在前頭的他自然也從未發現。我跟在他的後面微笑，欣賞晨光在他髮梢上跳動。像藏紅花的花蕾，我心想。我望著他背上的白襯衫微笑，欣賞罩在他結實身材上的純白棉布、棉布底下因長期在廚房工作形成的完美肌肉線條。

布雷瑞特大廚對身體控制嚴格，卻管不住自己的舌頭。他總是相信流利的法語能保佑他免於爭執，即使是他找別人麻煩，都不會惹禍上身。他就是太相信自己老能置身事外，所以愈來愈粗心大意。後院鐵門發出巨響之後，他也不管會不會引人注意，依然想說什麼就說什麼，完全無視於那三個男孩的存在。他理所當然認爲（而且他是對的）三人小組根本聽不懂他說的任何一句法語。可是他忘了，和「性」有關的聲調，就像絕望時喊的救命一樣，不管用的是何種語言、聽的人是多大年紀，都非常容易辨認，馬上就能意會。是的，布雷瑞特那句「……很高興聽到你覺得世界上**還有**新鮮事」還沒說完，三人小組已經發現，忸怩而不安地笑了起來，彷彿尷尬地看見我們兩個正張大了嘴在他們面前深情擁吻。

在金盞花床工作的老園丁助手聽到了那陣笑聲，也聽到了鐵門關上的噪音。他悄悄抬起滿是白髮的頭顱，恰巧看見布雷瑞特大廚從我這方轉回總督府大宅的臉。那種表情對他來說並不陌生。情慾之火，他心想。三人小組發出的奇怪笑聲，在他耳裡也不是新鮮事了。相關的回憶湧上心頭，消化不良似地堵在他胃裡，他低下了頭。他本來的姿勢就像在禱告。膝蓋下的泥土暖洋洋的，他將手指插入土壤，衷心期待身軀和大地合而爲一的那天。

我被趕離總督府時，老園丁助手還特地來找我，對我說出賣我的絕對不是他。「我不會說的。」他再三保證，「這些人裡，就數我口風最緊。」我看著他皺如風乾橘皮的臉，看著他張開的嘴，看著他因沒人撫摸而龜裂的唇。我看著他多年來在恐懼中硬吞下來的不平，看著他害怕壓抑不住本性的擔心。是的，我在心裡告訴自己，在這些人裡，這一個絕不會把這件事講出去。

至於司機，又是另外一回事了。他喜歡聽見自己的聲音，尤其是說法語的時候；他和夫人祕書一向以法語交談。他是留法歸國的越南人，被同化得差不多，不僅對網球著迷，更熱愛臭氣沖天的乳酪。大宅的傭人常私下議論，司機對後者的熱情解釋了他爲何對夫人祕書如此鍾情。大家一直覺得法越混血的祕書其實應該長得更美麗些，可惜她除了較一般越南女孩壯碩外，外貌並不特別迷人。在西貢街上隨便拉個女孩，灌點空氣，漲大她的尺寸，看起來和夫人祕書也就沒什麼兩樣。我認爲她的吸引力，至少對司機而言，其實只在於她身上流的那一半法國血統。從出生開始，法語便是她的主要語言，不用說，她的腔調用字當然無懈可擊。聽說她不只講得好，寫作能力也不差。夫人精緻有禮的拒絕信及道歉函全出自她筆下。根據司機的說法，有時甚至連總督的演講稿都由她捉刀代筆。屋裡的傭人雖然無法判斷這件事情的眞假，不過，大家心裡多少懷疑司機可能連法國人喜歡誇大的毛病也一併犯上了。我們想，也許他說的爲總督演講稿「捉刀代筆」，其實只是在總督面前表示「願意爲他服務」罷了。至於哪一種服務，則視夫人祕書想當哪一種女人而定。我們沒有一個人曉得答案；除了司機之外，她根本不和其他人打交道，連「還是二廚的阿明」也不例外。大哥那口過得去的法語和挺拔修長的白圍裙，顯然她還看不上眼。夫人祕書是總督府裡最高的工作人員，光腳時和司機不相上下，穿上高跟鞋後，連司機都得仰頭看她。她的高跟鞋一定非常傷司機的心。相信我，男人在某些部分其實出乎意外的脆弱——要說是懦弱也可以。夫人祕書和司機不一樣，大多數在總督府舉行的大型宴會或舞會，她都是座上賓。雖不是主客，但絲質禮服及成套的高跟鞋仍是必備裝扮。通常，大宅舉辦這類宴會時，司機便落寞地坐在廚房門口階梯上抽菸，一根接一根。當他把菸屁股扔在地上狠狠踩熄，我們都知道他在想念夫人祕書，想著不知是誰正把手放在她穿著絲質禮服的腰和裸露的背上。至少那個人不是布雷瑞特——司機邊想邊往廚房裡張望，見到布雷瑞特大廚的高帽子正往烤箱傾斜，不由得稍微鬆了口氣。

那天早上，司機從所站之處看到的景象其實非常正常：布雷瑞特從市場買菜回來，後頭跟了四個諂媚的越南少年。王子和他的僕人，司機心裡酸溜溜地想。也許應該說，司機想的是「無賴和他的嘍囉」比較貼近事實。不過，在那個時間點，他並不特別討厭布雷瑞特大廚；他是不喜歡大廚，但程度和其他傭人沒啥差別。事實上，那天早上，司機反而對老園丁助手的跪地祈禱更感興趣。他看見經過金盞花床的白點，提高警覺盯著它移動，小心追蹤，順著園丁助手的視線一路看過去，像隻等著捕捉獵物的獅子。司機將看到的一切放在心裡。他打算蒐集更多線索，並不想匆促下結論——當時的司機根本不曉得自己想找的證據是什麼。在他眼裡，布雷瑞特和我不過是那天早晨畫面裡的兩個人罷了。然而，接下來幾個月裡，司機卻慢慢看出園丁助手在那天早上一眼看出的蹊蹺。他看見了園丁助手那時在我臉上見到的神祕微笑，也看出布雷瑞特的存在和我微笑間的關聯，就像那天的園丁助手一樣。他看著園丁助手在天黑後在廚房點上一根又一根蠟燭，看著大家陸陸續續離開返家，也注意到誰總是留到最後才走。我被趕離總督府那晚，司機開著夫人的車，慢慢從後面追上我。兩盞車頭燈照在西貢的街上，我可以見到灰塵在光線中飛舞。

「喂，喂，你要上哪兒去？」

「回家。」我說。我知道如果我在這時候抬起頭來，將會看到比方向盤高不了多少的司機腦袋正掙扎往上挺。我老覺得他的姿態簡直像是即將溺斃的人想浮出水面再吸一口氣似的。

「不，不是，我的意思是，你打算換到哪兒工作？」

「關你什麼事？」

「你聽我說，我很抱歉。是她逼我這樣做的……你不知道聽她一直談那個爛人是多大的折磨。簡直像她拿了把槍頂著我的頭，每提一次『布雷瑞特大廚』，就扣了一次扳機。」

「一把槍頂著你的頭？」

「我無法挽回。我很想，可是沒有辦法。你眞該看看她。上了粉，擦了口紅，聞給來眞是迷人。好像剛洗過澡似的。你上次聞到那種清新的香味是多久以前的事了？你上次……」

「你說完了沒？」

「還沒，不過，我的重點是，我以前在醫學院唸書的時候……」

「什麼？你什麼時候在醫學院唸過書？」

「在巴黎的時候。」

「說謊。」

「才沒有哩。我在醫學院唸書的時候，聽過該怎麼治療你這種病。」

「我的病？」

「對，你的病……有些美國和英國的醫生做了不少研究。我……我可以幫你。」

「別管我的病了，你到底有什麼毛病？」我要求他告訴我。整個大宅的傭人，包括我大哥在內，沒人知道司機在巴黎到底是學什麼的。大家只是理所當然地以爲是詩詞，因爲那是除了開車之外，他唯一會、而且稱得上是某種「技術」的東西。

「你說我有什麼『毛病』？指的是什麼？」司機問我。

「嗯，你一定有什麼不可告人的『毛病』。不然，一個醫生怎麼會跑來當司機。」

「至少可以讓我跟人一起工作。」

「你在說什麼啊？」

「喂，你聽我說，你的病在西方有研究，現在我們也比較了解原因了。治療的辦法也許……」

「別管什麼治療不治療的。你到底有什麼毛病？」我打斷他的話。

「我沒毛病。哎……如果我告訴你，你就會好好聽我說完話嗎？」

我點點頭。

「事情很簡單。我回到西貢後，申請了法國駐越南事務局的醫官職位。很基本的工作。大多數檢查都是在他們剛抵達時做的；任滿離開之前再做一次。中間只有幾次普通的例行追蹤。性病、寄生蟲、腹瀉之類的基本疾病。所以，他們馬上僱用了我。」

「然後呢？」

「結果那群沒腦袋的法國人居然想要我去醫動物，而不是醫人。他們叫我在一個又一個養殖場輪流出診，檢查畜牲的蹄子、口鼻和其他生病的部位。這個，在他們僱用我時，可是一個字都沒提到。後來他們也懶得解釋，只是叫我去做就是了。」

「喔……」

「就像我剛說的，你的病在西方有研究，現在也比較了解原因。我知道的治療……」

這次，我只能讓他把話說完。他受了那麼久的訓練，總得派上一點用場。

司機向來以自己見多識廣為傲，自詡為穿梭在巴黎和西貢間的世界主義者。所以，他以在巴黎的餐廳和舞廳多的是我同類中人為開場。不過，他特別聲明，他可從沒去過那種地方，只是從研究這種病的醫生寫的文獻裡讀過而已。「男人和男人，男人和行為像女人的男人在一起。行為像男人的女人，則和行為像女人的女人在一起。你這種病的突變組合多不勝數。」司機解釋。嗯，他懂什麼？應該是綺想多不勝數才對。提供關於人類性向吸引力的豐富資訊深度教育後，司機，或者該尊稱他為「司機醫生」，傳授我一套嚴格的運動養生法，教我少吃大蒜、薑、其他刺激性香料。不能吃大蒜？不要吃薑？真是個庸醫啊！他了不起就是能寫寫詩而已，什麼醫學院，騙子。他的治療方法根本和科學扯不上邊，講的不過是他的直覺，和醫療知識毫無關係。他的態度表示，他相信身為治療者就該教「病人」否認本性，改變行為來符合社會標準。我心想，那根本連技術都稱不上。

詩人和醫生的雙重身分，確實讓司機看出老園丁助手有嚴重的風溼痛，知道下雨時，他必然苦不堪言。是滿難過的，不過不值得出手做詳盡檢查，司機私下決定。但布雷瑞特大廚和我就不一樣了，他看見的是彷彿大量的血從動脈噴出的緊急狀況，一定要立刻治療。話說回來，如果我打算相信司機的鬼話，那就是說，告密的是夫人祕書了。還真像老爸常說的一句話，「追究到底，罪魁禍首一定是女人」。

根據司機的說法，夫人祕書設計了一個引誘布雷瑞特的精密計畫。多方考慮後，選定夫人的生日宴爲最適合的場合。一套新禮服配上一串淡水珍珠來強調她粉嫩光滑的肌膚，加上她有名的高跟鞋。司機說，這個計畫很下流，但最糟的是，夫人祕書還非說給他聽不可。「把我當她的好姐妹似的。」他邊說邊搖頭，尷尬又難以置信。「把我當她的好姐妹似的。」他又重複了一次。夫人的生日愈接近，祕書的計畫也就愈詳盡。她要用什麼樣的蕾絲配禮服，什麼樣的香水擦頸上，什麼樣的飾品插髮髻，全告訴了司機，但他滿腦子只能想到那雙高跟鞋，想著那雙鞋會如何磨痛她的腳，發腫發紅。想著夜深時，可以用鹽和水來按摩她柔軟的腳丫子。想著跳了一夜的舞後，放在手心裡的雙腳不曉得會腫成什麼樣子。慾望的包裝千奇百怪，顯然他以爲他痛恨的高跟鞋挑動了他最原始的肉慾，而他居然覺得我才是有病的那個人。我在心裡嘲笑他。

「我盡力忍耐，」司機堅持說下去，「我一直告訴自己，她只是胡說八道，但是……」

「但是什麼？」我問。

「但是今天早上，她……她把高跟鞋帶來秀給我看。這麼多人裡，她偏偏要秀給我看！她把鞋子送去染色，好搭配新衣服，結果拿回來的鞋像知更鳥的蛋一樣，一點一點的。『鞋已經毀了！』她邊說邊用我的手帕摀著臉啜泣。」

「什麼是知更鳥？」

「一種鳥。那不重要。我忘了越南沒有。沒關係，我的意思是，鞋子本來應該要染成藍色。」

「喔。」

「拿回來的鞋是藍的，但不是她想要的整雙鞋都是藍色。看起來像有人用一把浸在藍色墨水裡的刷子拿起來，甩在上面。我想安撫她，讓她別哭了，於是我告訴她，如果她能找到同色的染料，我會幫她把鞋修好。她聽了只是哭得更傷心，於是我就想……我就想說，如果告訴她布雷瑞特的眞面目，她應該會稍微開心點。我想，如果她知道這場比賽的終點沒有獎品，那麼，不能下場參加，應該就無關緊要了。」

「我不要再聽下去了，」我告訴司機，「剩下的我都知道了。」

在我終於同意一個星期內會和他碰面討論我的「病況」後，司機才心滿意足開車離去。什麼庸醫嘛！不能吃大蒜？不要吃薑？

現在，回想起那個司機，特別是清晨時分，塞納河的薄霧包圍在我頭上低垂的巴黎街燈時，我總會想到那兩盞灰塵飛舞的車頭燈緩緩消失在西貢街上的畫面。我會想起他掙扎上挺的腦袋。想起那個悲哀的男人像一隻破殼而出的知更鳥，飛過了藍色的海洋，回到了家，卻發現他一無所有。

在西貢，即使下雨，太陽依舊高高掛在天上，發出白熱的光芒，唯一的差別只是原本乾涸的地面冒出了蒸氣。在那兒，熱氣如影隨行，戶外如此，室內亦然。潮溼悶熱，每個季節都一樣，讓人度日如年。那兒的花學會了在夜晚才綻放，那兒的人選在溫柔的月光下舉行慶典。我在那兒長大，早已習慣慢步調的生活。我總以爲別人有話想對你說時，一定會拖上很長很長的時間，因爲連話語都不願離開發話者陰涼的喉頭，來到這炙熱的世界。我以爲人們懂得控制瞬間爆發的怒氣，因爲它們不但沒有實際助益，還會讓身體溫度升高流汗。夫人祕書的想法顯然和我不同。熱氣對她，只是行動力的催化劑。陽光再大，她也不投降。她不像我們會定時午睡，也不會鬆開衣服透氣，更不會找個通風的地方躺下，舒舒服服偷個懶。夫人祕書把熱氣視爲敵人，一個力量強大卻不留情面的敵人。對身體不順她的意、不能堅持到底，她氣得怒火中燒。每天每天，她看見自己乳房下方的衣裳被汗浸溼，覺得自己是熱氣的手下敗將。每天每天，洋裝上溼了又乾的汗漬曲線緩緩下移，不斷提醒她，她的乳房正從尖挺變成下垂。每個晚上，她捧起乳房擦掉身體排出的鹽時，她想著布雷瑞特大廚的手。她的身體很快起了反應，肉慾的飢渴排山倒海而來。熱氣對她來說，是小偷也是娼妓。熱氣對她來說，是她內心眞正想當的那種女人。

　　夫人生日前一天的炙熱太陽，看在祕書眼裡是上天給的警訊，告訴她，在太陽下山前必須處理完該做的事，在她的青春日落西山前，要爲自己鋪好後路。她列出清單，將需要實行的重要事項一一寫下，排好順序。她做的第一件事，是召喚布雷瑞特大廚到她的辦公室。大廚從一大早就開始準備乳鴿，兩隻手聞起來全是網油[1]和百里香的味道。他用一片片網油包住乳鴿，再用百里香定位。乳鴿看起來彷彿裹在毛線披肩裡睡覺、心臟上卻插著小樹枝的嬰兒。進了烤箱後，網油會慢慢融解，被鴿皮吸收，消失無蹤，剩下的只有上桌後、客人咬下時的咂咂作響和讚歎聲。布雷瑞特大廚的手不能像鴿子一樣進烤箱去除味道，所以在那個大熱天裡，持續發出一股油膩的怪味。「我和你同樣吃驚。請你相信我，我絕對沒做出什麼輕率的舉動。絕對沒有。」他對祕書耳語，環顧四周，想找張椅子坐下。

夫人祕書坐在辦公桌後，熱情而贊同地點頭，伸出雙手安撫布雷瑞特大廚：「把這件事交給我來辦吧！布雷瑞特大廚。不過，如果你要我幫忙，就得讓我全權處理。**全權處理**，你懂嗎？」

「懂。」

事後，我常想，不知道布雷瑞特有沒有停上幾秒，考慮一下，才說出那個「懂」？還是自然而然，想都沒想，立刻同意，像吐出不小心吞到嘴裡的蟲子。

接著，祕書在夫人從俱樂部打完網球回來的第一時間，在走道上攔住夫人。還穿著白色球衣的夫人毫不猶豫地指示：「立刻開除他！我不要我的屋子裡有這種散布低級謠言的小人！」她用一種比平常更尖銳的聲音宣布。「我付他們一個人的工錢，都夠請兩個人了。一家人一起工作，是一切麻煩的根源。不幸的是，這群人全都沾親帶故。這群人！不是小偷，就是騙子。可憐的布雷瑞特大廚，想想他受到的侮辱！」夫人邊說邊注意適度強調她的憤怒是針對「說謊行為」，而不是針對「個人性向」。再怎麼說，她是法國人。她是個勢利小人，卻不會在男女關係上故作正經。兩個男人談戀愛對她來說不是問題，只要他們屬於同一個社會階層、同一個種族，那就一點關係都沒有。

夫人祕書做的第三件事，是傳喚我大哥。「我不相信，」偉大的二廚阿明撒謊，「我不想說司機是個騙子，但我就是無法相信。我不相信……」

「你當然不相信，」夫人祕書打斷他的話，「他們付你錢，不是要叫你相信。他們付你錢，是叫你來煮飯的。我告訴你，事情就是這樣。他一直在散布有關布雷瑞特大廚性向的謠言。夫人不想在屋子裡再見到他。誰知道下一次他又會搞出什麼麻煩？他必須馬上離開，沒得商量。」

上面這些事在一小時內全部做完，但夫人祕書的清單上，卻還有尚未劃去的「待處理事項」。那天下午，應證了另一句老爸常掛在嘴邊的諺語，「手上有刀的女人不會用割的，她會猛然戳入，用力往更深處挖」。不用說，這句話當然不是在講烹飪技巧。終於走到最後一步了，夫人祕書在她的桌子後坐下，好整以暇拿出一面小鏡子，對著它微笑。她伸出一隻手指，用指甲修正口紅的線條，爲自己的行動迅速感到自豪。她仔細檢查嘴唇四周的肌膚。這個區域是她的高度警戒區。過去幾年裡，大宅的傭人全注意到她緊張的程度日益嚴重。到了現在，只要走過鏡子或任何反光的表面，她就非得停下來再三確認不可。因爲皺紋遲早會出現，所以她更加擔心。她知道，總有一天，她不可避免地會在臉上看到它的蹤跡。一開始，也許只像出現在老瓷器表面的微小細紋，但後來會愈來愈深，直到成了乾涸的河床，讓她塗在嘴唇上的蠟全成了支流，將顏色往外輸送。到最後，她的口紅不再美麗，只成了紅色的輻射中心。

夫人祕書的最後一件事，是派人叫我進她的辦公室。她想見我，倒不是因爲她恨我，純粹只是好奇：對布雷瑞特大廚慾望的好奇。她想來個貼身檢查，仔細看看到底我身上有什麼地方吸引布雷瑞特大廚。她想親眼瞧瞧，這個負責冷盤的小廚師有什麼特別之處。是舉動，還是氣質？是臉龐的角度，還是走路的姿態？是屁股的線條，還是嘴唇的顏色？總之，她想看看可從我身上學到什麼，化成她捕捉布雷瑞特的有力工具。夫人祕書知道，越南人以「娘娘腔」稱呼我這類的男人。意思是，我兼俱男女的特質，有些部分看來像女人多過男人。夫人祕書不由得要想：如果女性特質是吸引布雷瑞特的主因，爲什麼他不找眞正的女人？這問題很難找到答案，因爲連她都知道，性慾和渴望是極爲複雜的東西，不是一加一等於二就可以解釋。而好奇心很快被殘酷的衝動和情緒取代。那天下午，夫人祕書的自我保護意識在她腦中慫恿她，斬草要除根。「我已經將這件事通知你父親了。」她用越南話告訴我，然後，又用法語強調一次。我站在那兒，手上還握著她辦公室的門把。她宣布，通知老爸是她清單上的第四件事；而和我碰面，則是她的第五件，也是單子裡要劃掉的最後一件事。

1包覆在內臟外的薄膜，通常爲豬網油。

# 13

我應徵家庭廚師的職位時，並不知道女主人們在碧利尼有棟度假小屋。我理所當然以爲，這兩位美國女士和我將來的生活就是繞著巴黎百花街的公寓轉。面談時，她們對於例行的「季節性遷移」隻字未提——雖然若我那時就知道這件事，也不一定會下什麼不同的決定。爲她們工作之前，我總以爲家就是家，夫人就是夫人，城市就是……嗯，連我都知道，巴黎是個城市，而很多地方則不是。所以，如果我早知道這件事，可能還是會有點影響我的決定。我可能會要求多一點錢，「損害賠償」，「在鳥不生蛋的地方住上幾個月」的補償，「叫我住在這兒，不管你付我多少錢都不夠」的津貼。我知道現在才二月，碧利尼的夏天似乎還相當遙遠，但親愛的週日情人已經在問我的女主人們今年是否也會去避暑；如果會去，何時動身。這還用得著問？她們當然會去。親愛的週日情人，我的女主人們的生活非常規律。她們熱愛固定常規和事前計畫，不喜歡背離決定好的重大選擇。況且，這個月，葛楚史坦剛吹熄生日蛋糕上的六十根蠟燭，而托克拉斯小姐四月時也就五十七了（不過，她有份法國文件，上面登記的生日則在六月）。我的女主人有時會決定多等兩個月才長尾巴。至於一九三四年，她要在哪個月過生日，我就不知道了，得視她現在對增加一歲有什麼感覺吧。如果你問我，我會賭今年她大概又會等到六月才慶生，因爲那時我們已經在碧利尼避暑。一九二九年秋天，我剛開始這份工作時，她們才從度假小屋過完第一個夏天回來。從那時起，我的女主人們又多了一個新的常規。

現在，只要夏天的腳步一到巴黎，我的女主人們就會將衣物和小狗裝上車，高高興興前往隆河谷地[1]（Rhône Valley）的碧利尼小農村；我則殿後，負責關好公寓門窗，把鑰匙交給管理員。不知是不是我多心，總覺得每次女主人們出發去鄉下避暑時，管理員看起來特別開心。我曾多次見到他從一樓窗戶眺望那些來求見葛楚史坦的年輕人，也見過他屢次搖頭，表示不明白這種吸引力到底打哪兒來的。女主人們離開超過一天後，我才收拾當年我手上所有的夏天衣褲，出門去找一頂遮陽的帽子。如果買到便宜的帽子，我會順便請自己好好吃一頓午飯，找間鋪有乾淨桌巾的餐廳，享受服務生畢恭畢敬地以「先生」尊稱我的好時光。接著，我拿著女主人們留給我買二等艙車票的錢，買一張三等艙的票，將剩下的錢收進口袋，在火車的搖晃下，一路睡到碧利尼。打開度假小屋的門窗，讓新鮮空氣灌滿每個角落後，再等上五、六天，才會聽到汽車轉進屋前的喇叭聲和兩隻狗兒不耐煩的叫聲。等的時間不一定，視女主人們開車的心情和途中上哪兒遊蕩而定。我總是將吃的準備好，在前廊陽臺恭候。「皮皮」和「籃子」各有一盤炒牛肝，迎接夫人們的，則是兩碗去年夏天自製的醃草莓，淋上又香又濃的鮮奶油。每個人都是滿臉笑容，除了那兩隻還是同樣粗魯無禮的狗。在女主人們對我新帽子的讚賞聲中，碧利尼的夏天正式開始。

帽子是我在夏天的必要投資。因爲這棟大得像小型城堡的屋子，連一根自來水管都沒有，害我一天得來回從花園的幫浦打水進屋好多次。買帽子的另一個理由，是因爲和在巴黎時一樣，我在碧利尼的週日也照例休假。碧利尼的農夫非常好客，對這輩子第一次見到的亞洲人也相當好奇，常會邀請我進家裡喝一杯。我得承認，他們的兒子都長得十分帥氣，讓我不願意錯失任何一次機會。這一帶的農家都釀酒，喝多少根本不是問題，而他們總是熱情添滿我的杯子，喝到我再也喝不下，反而想喝點水來解解渴。我發現，最後喝點水會讓我在週一早上醒來時好過一些。不過，有時我實在喝得太醉，再多的水也沒用，托克拉斯小姐就會故意在廚房利用鍋子、盆子製造出巨大噪音，叫我起床。她當然是故意的，不然，葛楚史坦和她在碧利尼時，每天早餐都吃水果和鮮奶酪，準備這些簡單食物，哪用得著鍋子啊？我爬下連接臥室與廚房的窄小樓梯，搬出我面對生氣的女主人時所知道的一百零一套說辭。

「我身體不舒服……」我睁著眼睛說瞎話。

「不過，就在我們說話的同時，我已經覺得好多了。」托克拉斯小姐將我的慣用臺詞接下去講完。

這些話是我從上一個工作的家庭學來的。我聽到來自布列塔尼半島的女管家用這個藉口，於是拜託她一個字一個字教我。它模糊的內容足以解釋大部分我們該做而沒做好的工作，但巧妙地在最後加上「改善」的保證，讓我們藉以脫離當下的困境。她問我爲什麼要她重複她用的藉口，我告訴她，我覺得那句話不但聰明，而且實用。女管家同意我的看法，但她說其實那也不是她發明的，是幾年前在另一個家庭工作時，聽到一個芬蘭保母講而偷偷學起來的。某方面來說，我們當下人的會在主人看不見時，學習同一種共通語言，然後在這種狀況時拿出來求自保。托克拉斯小姐和葛楚史坦顯然覺得我的說法很有趣。接下來幾個星期一，當我宿醉得爬不起來，女主人們的早餐對話會像燒過的紙片一般，浮在空中，從前廊陽臺隨風飄進我二樓的臥室。在她們一堆我不知道什麼意思的英語中，夾雜著模仿外國腔調的法語──「我身體不舒服……」我當然聽得出來這是在說誰。通常在這句話出現後，尾隨而來的是一陣輕鬆的笑聲。沒關係，我心想，轉身繼續賴在床上。在這種場合裡，笑聲是好的，至少表示沒有立即的威脅。當然，我懂得自制，不讓這種情況時常發生。在碧利尼的夏季，我的女主人們還可以忍受兩三次的週一賴床。也不是我愛喝那麼多，只是酒在碧利尼比在巴黎便宜很多。事實上，幾乎可以說不要錢。這兒的農人對我的要求很低，問我話時，也不介意我支離破碎的法語和他們的巴黎同胞簡直有天壤之別。有時，他們甚至會要求我講點越南話。他們會閉上眼，態度信賴眞誠，想像熱帶鳥兒的鳴叫。每當我看到他們這樣，總會想到橋上的男人對我說過的一句話，「法國人只要不離開法國，其實人都還算不錯」。他的意思是，法國人一踏上殖民地，就忘了平常的友善、平等和自由等概念，彷彿上船之前已將這些理想全留在祖國，而到達我們土生土長的殖民地後，高興怎樣對待當地人，就怎樣對待當地人。我知道橋上的男人一定會喜歡這群碧利尼的農人，因爲他們把兒子留在家裡，不讓兒子出國亂跑。

夏日，主人對我週一清晨的怠工分外包容。住到一半，托克拉斯小姐甚至建議我，爲了我的

「身體健康」著想，不如週一也一併放假好了。當然，我放了假，她也就多扣我一天的工錢。在碧利尼生活根本用不到多少錢，我高高興興接受了她的提議。除此之外，我也高高興興接受了所有週日及週一晚上人家請我喝的酒。碧利尼的農人工作努力得像匹馬；喝起酒來，和馬也不相上下。令人吃驚的是，兩者完全不會相互影響。不像我，喝了一陣子，便開始失去食慾，導致體重直直下落。到了夏末，葛楚史坦只得將對我打招呼的慣用語改成「哈囉，小小兵」。

對廚師而言，失去食慾猶如失去靈魂。更糟的是，人們難免會因此對他的烹飪能力起疑。不過，即使準備餐點時不再試味，但我始終沒忘記味道是烹飪裡不可或缺的一部分。若有似無的味覺，酸與辣的結合，利用辛香料帶出香氣，食物口感的改變只在彈指之間，只有最靈敏的舌頭才能精準捉住最適合上桌的那一瞬間。對一個沒什麼經驗的廚子來說，失去食慾就像畫家失去了視力，是天崩地裂的浩劫；對我來說則是小事一件。豐富的經驗讓我的手能藉著記憶自動創造出和從前一模一樣的菜餚，維持一貫水準。體重的減輕卻無處可藏，削瘦的臉頰看起來愈加淒苦，只不過女主人們和我天天見面，倒也不會特別注意。

我們住在碧利尼時，托克拉斯小姐對廚房完全失去興趣。她將煮食的事交給我全權處理。從五月到九月，托克拉斯小姐的心全放在園藝上。從清晨到日落都可以在花園看到她的身影。我曾聽見她對著蔬菜盆栽喃喃自語。她不知道她面對番茄時，會發出和她做愛時一樣的聲音。我聽見她將第一顆成熟的草莓放入嘴裡時，輕聲啜泣；見到她在花園裡跪地祈禱。葛楚史坦自然也見過，但她以為愛人不過是跪在地上除草。托克拉斯小姐祈禱的對象是天主教的神祇。我見過她手腕上的玫瑰珠，在她祈禱時一個個滑過她的指尖；而葛楚史坦從二樓往下看，卻只見到她的親愛的在花園裡埋頭苦幹，手裡握著藤蔓，雜草則規律地從她手上落到地面。

托克拉斯小姐是在花園裡，葛楚史坦，但她是在神的花園裡。採收小小的甜菜、蘿蔔和蕪菁時，她的靈魂與天父同在；將那些發育不良的蔬菜放進籃子時，她相信她體會了聖母的喜悅與痛楚。葛楚史坦，在她心靈充滿宗教喜悅的同時，她又感到羞愧，因爲我的女主人已經想到了失去妳之後的生活，心懷罪惡感地悄悄計劃著。托克拉斯小姐知道她絕對不會是先走的那一個。她無法忍受令她的愛人面對孤獨。她相信天才需要持續受呵護照顧，所以她決定，再怎麼樣，妳一定要是先走的那一個。可是，失去妳之後，她又要怎麼過日子呢？而那就是她每次祈禱的最後一句話，葛楚史坦。

去年，女主人們在碧利尼度過了第五個夏天，於我則是第四個。離開前的一星期，托克拉斯小姐拿著一堆小南瓜、馬鈴薯和夏天最後一輪的番茄進廚房。她將蔬菜分類，準備打包運回巴黎。正在拔雞毛、做晚餐的我，即使隔著隨熱空氣亂飛的羽毛，都看得出來她正在打量我的臉。喔，夫人，別擔心，回巴黎幾週後，我就會恢復原來的樣子了，我在心裡說著。過了幾分鐘，托克拉斯小姐清清喉嚨，提議也許今年，我應該和她、葛楚史坦和兩隻狗兒一起坐汽車回巴黎。她可以用板箱裝好蔬菜，利用火車託運。我馬上接受了這個提議。以前，我總是羨慕地看著「皮皮」和「籃子」搭車離開，看著牠們探出頭，耳朵隨風亂飛。感覺就像媽媽的「繞路回家」，只是我從來沒份。我想像著那兩隻狗隨著主人們走走停停，欣賞風景，然後在葛楚史坦覺得餓時，就地停下來野餐，放肆地在草地上跑來跑去。

對碧利尼的農人來說，夏季在兩件事後正式結束：一件是兩位美國女士和她們的亞洲廚師離開村子，另一件則是葡萄的採收。豐收的節慶是碧利尼的年輕農人尋找未來太太或幽會對象的大好機會。不過，話說回來，那麼純樸的小鎮，可能沒人會做這種不道德的事吧？酒桶和酒缸裡若還有去年釀的酒，也要先清出來，今年釀的酒才有足夠地方裝。這可不是容易的工作，幾乎和把葡萄從藤蔓上拔下來差不多費力！但這也說明了爲什麼碧利尼的農人在工作和飲酒上，都拚命得像匹馬。在喝酒的習慣上，我和老爸如出一轍。一瓶下肚還可以，再喝多，我立刻面紅耳赤。就像這群農人說的，我紅得像曬傷一樣。我必須尷尬承認，我的雙頰像火一般紅，讓我無法用太熱所以臉紅的藉口矇混過去，因爲顏色實在是太刺眼。不過，除了像煮熟的蝦子般轉紅之外，酒精對我毫無影響。嗯……至少在我倒地不起前是這樣。清醒與否對我來說僅是一線之隔，可說極易跨越，因爲醉倒的那一刻，我從沒意識。前一秒，我人還坐在豐年祭外圍的慶祝長桌旁，在皎潔的月光下大口喝酒；下一秒，我已經滑到桌子下，出了一身冷汗。我將此當作是我該走回度假小屋的信號。我會在「皮皮」和「籃子」的歡迎下回到家。看得出來，牠們對這差事顯然樂在其中。從推開花園鐵門的那一刻，吠聲就開始。拿出鑰匙，打開廚房門鎖，吠聲仍然不停。牠們就坐在廚房裡等我，在這種時刻異常冷靜，和一般的狗有極大差距。牠們從來不會跳到我身上又聞又咬，對於不想見到我這件事，表示得很明白。不論是那隻自以爲高尚的貴賓狗，或是那隻明明不是狗又假裝是狗的吉娃娃，絲毫不怕我。牠們只是坐在爐子邊窮叫，彷彿只是為了遵守彼此間類似「啊！那傢伙回來時，我們要記得吠上一陣子喔」的約定。我想，托克拉斯小姐和葛楚史坦在碧利尼時，一定都睡得很熟。我推開鐵門時，從來沒見到她們臥室的燈亮過；我在黑漆漆的廚房裡摸索著上樓梯時，她們還是靜悄悄的，一點聲音都沒有。即便那兩隻不友善的死狗拉開了喉嚨猛吠，我的女主人卻一次都沒有從床上下來，移步廚房，看見她們全身通紅、冷汗直冒、醉眼矇矓的廚師。

去年夏天，自以為高尚的貴賓狗和假裝是狗的吉娃娃終於嘗到了這場鬥爭的第一回勝利。倒不是牠們變厲害了，而是那天，在我踏上回房的樓梯之前，我不但吐了，甚至乾脆昏倒在廚房地板上。我相信帶著濃濃酒精味的嘔吐物充斥在廚房裡，對牠們靈敏的嗅覺一定是折磨。我想像那兩隻狗狂吠，音線愈拉愈高，叫法愈來愈淒慘。至少我就領教過「皮皮」在牠覺得痛苦或連續下了好幾天雨時發出的那種太監般高分貝嚎叫的可怕威力。我隱約記得自己在黑暗中摸索樓梯的方向，然後那晚第二次，全身冒出了冷汗，嗯……也許不算那晚，可能早就過了凌晨也說不定。我趴在地上，看著我吐出來的東西，以及不久後出現在那堆東西旁、兩腳站得開開的拖鞋。「阿兵，你明天自己搭火車回巴黎。葛楚史坦和我會把蔬菜隨車載回去。」一個遙遠的聲音從頭上傳來。雖然我沒抬頭看，但我相信，不幸得很，那個聲音和那雙拖鞋全屬於托克拉斯小姐。接下來，拖鞋踩在黑暗屋子的磁磚地板上，堅決地發出啪啪啪的聲音，留下我走掉。

第二天，我嚴肅而安靜地在屋內走來走去，拉上百葉窗，為家具蓋上防塵布。夏季最後採收的蔬菜取代我的位子，搭上女主人們回巴黎的汽車後座。「籃子」拍打著耳朵，「皮皮」則頑皮地扭來扭去。原班人馬在汽車吐出幾個煙圈後駛離，葛楚史坦對我揮手，叫著：「再見，小小兵。」托克拉斯小姐故意忽略我，她還沒恢復保持禮儀的常態，只是坐得直直的，把手放在膝蓋上。

再見，葛楚史坦。

說眞的，夫人，如果不能喝酒，那麼妳告訴我，在碧利尼這種雞不拉屎、鳥不生蛋的地方，我應該做些什麼？我們討論僱傭關係時，這個地方可從來沒在交易裡探出頭來過喲。一年在這兒度過好幾個月，除了鏡子裡日益消瘦的影像外，見不到一個長得像我的同類。葛楚史坦，妳知道嗎？在巴黎，至少在流動的人群裡，有不少像我這樣的亞洲人。也許我們從來不對彼此點頭或舉帽招呼，甚至不會多看對方一眼，但有同類在身邊，感覺上連呼吸都會比較輕鬆。在城市最黑暗的角落裡，有一個和我類似的身體存在，對我來說，就是慰藉。如果我們沒注意到對方的存在，絕不是因爲我們故意藐視，而是相反的原因。知道嗎，葛楚史坦？在街上走動不會引起別人多看一眼，說明了我們也是人——彼此相似的人；不管是男是女，都是兩片呼吸的肺葉，一顆供血的心臟，一個渴望家鄉菜的胃，一具尋覓溫暖陽光的身體。在我住進百花街之前，葛楚史坦，這是我唯一知道的解救之道，不被多看一眼的目光接觸讓我安心。爲了提醒自己這種感覺，我用刀子劃過手掌，看著暖暖的血液流過我的掌心。我是個人，我的身上也流著血。沒有人可以否認這個事實。但是，葛楚史坦，妳也知道，爲了在百花街繼續待下去，我不得不放棄這個長久以來支撐著我的習慣。托克拉斯小姐每天都會檢查我的雙手。一開始，她只是檢查我的指甲，看看有沒有修剪、是否清洗乾淨。我猜她也這樣對待之前的廚子。後來，她更進一步翻過我的手，檢查我的手掌——一項只針對我的檢查，針對她的「小印度支那人」。是的，葛楚史坦，托克拉斯小姐氣昏頭時，就會這樣叫我。她的「小印度支那人」？夫人啊！妳得搞清楚，我們東南亞屬於法國，而妳們兩個在這兒住得再久，也還是美國人呢！「小印度支那人」，哼！

葛楚史坦，妳大概不知道，在碧利尼，妳和托克拉斯小姐才是村民心裡的馬戲團。而我這個亞洲人，不過是助演的丑角。當地的農人擁有孩子般的童心，卻也保留了人性裡最不修飾的殘忍。妳的一頭短髮和男性化舉止，令他們在背後叫妳「凱撒」；托克拉斯小姐則因突出的外表和在妳生命中扮演的角色而成了「克麗奧佩脫拉」[2]。夏季裡絡繹不絕的訪客，則是他們眼中的加分戲碼。去年的客人裡，最爲碧利尼農民津津樂道的，莫過於那個藍色油彩還黏在一頭亂髮上就在他們田裡散步的畫家。那個穿著吊帶花飾皮褲、牽著「籃子」在鎭上唯一一條大街上走來走去的年輕作家出現時，也引起人們高度興趣。至於我，他們早就習慣了我的存在。只在喝得醉醺醺的時候，才又對我感到好奇。這次的葡萄豐年祭，有個農人就問我：「來法國之前，你會使用刀叉嗎？」我心裡想，再怎麼說，我總會用刀子吧？另一個又問我：「你將來會娶三個還是四個亞洲太太？」喔，一個都不會娶，謝謝，眞是太抬舉我了。然後，一個平時安安靜靜的農人發話了：「你割過包皮嗎？」問這種問題眞叫我昏倒，尤其從這個和狗獨居，老說他的狗的脾氣可比死去的老婆好得多的鰥夫口中問出來，更加令我意外。我的眼光在他們臉上掃了一圈，抬起頭來，看看皎潔的月亮。爲什麼到了最後，他們一定會問到這個問題？我只能猜測他們對我生殖器官的興趣，是他們從事養殖業下的副產品吧？反正一覺醒來，根本沒人記得曾經問過我如此尷尬的問題。村裡的人在短短幾小時的睡眠後，便神奇地失去前一晚的記憶——除了我以外。相信我，我試過。無論我灌下多少酒，醒來之後，他們帶著濃濃醉意的渾厚嗓音和一張張太陽曬得通紅的臉，一樣在我腦中揮之不去。

1 位於法國東南部。
2 著名的埃及艷后，凱撒的情人。

# 14

你告訴我，名氣會像一圈火焰一樣，出現在人們的虹膜上。

「畢，你的夫人們一定很享受成名的滋味。」

「爲什麼？」

你將目光轉向門口，彷彿聽到誰正在敲門。我知道，那是突然浮現的羞恥心作祟。你，親愛的週日情人，不是爲我羞愧，而是爲了你自己。爲了你選擇了沒有見識的我而感到不恥。今年十月，我在女主人家裡服務便滿五年了。畢怎麼可能不知道？你一定這樣想。親愛的週日情人，我知道，我當然知道。我知道我的兩個女主人每天早晨是在什麼時間醒來；我知道當她們以爲我不在附近時，她們的臥室會傳出什麼樣的聲音；我知道她們吸的雪茄是什麼牌子；我知道她們蒐集的明信片，還有斜躺在上面的裸女；我知道這兩個老女人放的屁是什麼味道，也知道什麼樣的食物會加重這個問題——如果你想知道的話，答案是抱子甘藍（brussels sprouts）。我知道她們常邀來吃飯的客人臉孔，我知道那些不再獲准進門的背影。我也知道她們兩人都愛葛楚史坦，對她有著無比的信心。

「爲什麼?」我再問一次。

「史坦寫的書。」

「書?」

「史坦寫了一些書,但它們很……特別,幾乎不算是書。」你試著解釋。

雖然聽不大懂,不過已經夠讓我印象深刻了。托克拉斯小姐有個學富五車的白馬王子呢!我在心裡想。

「在這兒。」你邊說邊走進頂樓公寓的書房,指著一排獨自放在書架上的書,然後又說了一次:「在這兒。」

我看見一排花花綠綠的書脊。其中有鮮艷的黃,像陽光曬出斑點前的香蕉;也有渲染的灰,像媽媽最漂亮的越南旗袍。我選了一本裹著碧利尼天空的藍皮書,翻了一遍。就像米紙(áo dài)[1],我想。

「這是精裝收藏版。」你說,想將書從我手上取走。

「精裝收藏版?」

紙張刻意仿造小牛皮膚,你加上手勢解釋,愛撫著我的雙手。我高興地把書還給你。「世界上只有五本,」你伸直了右手手指,「這種豪華精裝版,只出了這麼多。」嗯……印刷在小牛皮膚上的字,我在心裡咀嚼。你小心地將書放回架上,換了另一本書下來。「這個,你看看,是史坦的最新作品。」我從你手上取過那本書，小心模仿你的拿法，用手指捏著書的上下邊緣。你告訴我，去年對葛楚史坦而言是個豐收年。她不只在一九三三年出了書，而且，還吸引了不少人買來閱讀。這曾是你心裡盼望的小奇蹟，沒想到居然成了眞。你將目光對著我，是的，我明白你的心情。「《愛麗斯．B．托克拉斯自傳》。」你唸出我手上這本書的書名。即使書名是英文而非法文，我馬上聽懂了。我的女主人寫了一本關於我另一個女主人的書。啊，眞是方便，我心裡想。這樣，葛楚史坦就不必爲了取材特地出遠門，反而是那些故事時時糾纏她，請她寫下來。「你得待在巴黎等《愛麗斯．B．托克拉斯自傳》的法文版。」你告訴我。眞是個不折不扣的收藏家，我想。「我也會待在這兒，」你在我耳邊呢喃，「等著你。」

我是不是你無數情人中的一個？是不是有誰捧著破碎的心排在我前面？何必問呢？我告訴自己，你現在和我在一起，這才是最重要的。在親密時刻，有的人取下了眼鏡，有的人低垂視線，而你則是降低聲調，用一種更醇厚的嗓音說話。在慾念面前，大家都變得謙卑，只是每個人的方式不同。你將身體靠過來，萊姆和月桂的古龍水味道包圍著我們。你斜著頭，吻上我的唇，嘴角還帶著隱約笑意。你呼出的溫暖氣息濡溼我閉上的眼瞼。你的舌頭找到我睫毛的頂端，舔舐著。我放下手上價值不菲的精裝本。那天，女主人的作品擱置在旁一整夜。

這樣說夠清楚吧？親愛的週日情人，從一開始，我就知道葛楚史坦是個作家，只是不知道那是她的職業。從住進百花街二十七號的第一天起，我就看見她每天寫作。不過，我從前服侍過的夫人，有好幾個也是這樣的。我理所當然認爲她和其他夫人做的也沒什麼兩樣，不過是：寫信、列單子、延長邀請、收回邀請、感謝函、拒絕函之類的。親愛的週日情人，每天我都看見葛楚史坦坐在餐桌前振筆疾書。十五分鐘後，她便起身找枴杖，帶著「籃子」出門執行一天一度的非正式親善活動。工作室的門關上的同時，托克拉斯小姐不知從哪兒蹦了出來。她的突然出現無法讓我聯想到飄盪的幽靈，反而讓我覺得像一盞立燈或腳凳，毫無預警活了起來。儘管托克拉斯小姐個性踏實、長相古老，但在某方面，她還眞像個女巫。

我的女主人先將葛楚史坦的椅子歸位，然後將被她的親愛的手推下去的紙張和筆記本一一拾起。葛楚史坦的手很特別，我還記得第一眼看見時，立刻想到兩樣東西：長得太大的粗短老薑，或是灌到要溢出來的臘腸。我那時心想，這是一雙自信有力，獨一無二的手。接著，托克拉斯小姐把墨水筆擦拭乾淨，換掉被葛楚史坦壓得平平的筆尖，再收入專屬的紅色漆盒內。她將漆盒放進附近一個小櫃子，拿出打字機，最後才拉開葛楚史坦右邊那把椅子，在餐桌旁坐下，開始打字。捲在打字機上的紙隨著字鍵的動作上下浮動，感覺上似乎在字鍵的又踢又打下，用力掙扎。

認識你之前，親愛的週日情人，我從沒仔細想過托克拉斯小姐的打字習慣。我總以爲那是種過度寵愛的典型表現，明明孩子已經大了，卻還堅持小心地將肉切成一口大小，怕他噎到；或是一種奇怪的照顧方式，像怕愛人穿了新鞋會磨腳，所以先穿個幾天，讓皮革鬆軟。這兩種事，托克拉斯小姐都會幫葛楚史坦做。我得承認，親愛的週日情人，聽到你預言我的女主人即將大紅大紫後，我頓時對那個收放紅漆盒和打字機的小櫃子起了極大的好奇心。仔細想想，像不像原本沈重的骨架加上一顆狹長心臟的遺骸？誰知道除了這兩樣東西，裡面還放了些什麼？我們當下人的，將偷窺的慾望稱爲好奇心。而這種好奇心，通常在週一達到頂峰。對我來說倒是挺方便的，反正週一大多數的時間，我的女主人們會離開百花街，開著車在外兜風。

當其他人不甘不願地開始一週的工作，我的兩位女主人卻愜意地駕車在巴黎市裡閒逛。開到她們的崇拜者或朋友家按喇叭，像花蝴蝶般四處社交。今天也不例外。從廚房窗戶，我看到葛楚史坦拖著一大袋書，扔進汽車後座。跟在後面的托克拉斯小姐則一手拿著一個硬殼肉塊（pâtés en croûte）。托克拉斯小姐稱這些包在酥皮裡的美味肉塊爲肉凍，是她們去兩個朋友家時的禮物。「一個在生病，另外一個很窮。」托克拉斯小姐解釋，「用不著放松露了，他們需要的是肉，不是那些昂貴的附加物。」托克拉斯小姐不管在處理奢侈品、美食或其他事情上，態度都非常明快決斷。因此，廚房裡等著擺上今晚餐桌的第三份肉凍反而更令人期待。想想看，放了平常三倍的松露，會是何等美味。所以我說托克拉斯小姐是個女巫。除了她，誰能將行善和寵溺自己結合得這麼好。在這個家，松露和任何奢侈品一向保留給幸運的葛楚史坦。窗外，葛楚史坦正製造出賽車般的巨大噪音。托克拉斯小姐知道她會這樣做，老早用手摀住了耳朵。葛楚史坦一次次踩著油門，將汽油推進不情願的引擎，發出怒吼，吵醒了公寓管理員。他從窗戶探出身來，搖著拳頭抗議。「瘋狂的美國人！」他咆哮。然而，他的憤怒完全被吵雜的機器聲掩蓋，葛楚史坦微笑揮手，滿心以爲管理員一定是在祝福她們一路順風，玩得開心。

我的女主人們完全沒有防人之心。她們從不懷疑這些圍繞在身邊的人有一天會突然心存歹念。雖然，有時我覺得她們根本是不用大腦，對該注意的事照樣漫不經心。不管是太相信人或漫不經心，都不是僱請傭人的家庭常見的特質。我遇過一對主人，每天上床前，必然不忘用粗鐵鍊鎖住冰箱。我在心裡諷刺地想：這樣做，搞不好連冷空氣都跑不出來呢！我還遇過一個夫人，離開房子前的最後一件事，就是將廁所上鎖。我想到附近的咖啡廳解決，卻發現至少要叫杯飲料才獲准用店裡的抽水馬桶。喔，夫人啊！妳不想再考慮一下嗎？難道在我膀胱太滿而口袋太空的時候，妳寧願犧牲妳家的廚房水槽，也不願讓我正常使用廁所嗎？她眞該聽聽我心裡是怎麼想的。這些還不算什麼。我遇過最糟的一個，是個晚上將菜刀鎖在櫃子裡、將鑰匙掛在腰上睡覺的先生。拜託你好不好！菜刀是我烹飪的工具。先生，你害怕我會在你睡著時對你不利，那麼，你怎麼不認爲我會在你醒著時，在你食物中下毒？眞荒謬，是不是？我講這些是想告訴你，我多少以爲我的兩個女主人也會對我做點防範。可是，沒有。當我拉開放打字機的小櫃子的門，它馬上安安靜靜、毫無困難地敞開。

我看見好幾捆用草繩綁住的泛黃舊餐巾，大大小小，彷彿廢棄桌巾、餐巾、長巾的墳場。蒐集這些東西的確像托克拉斯小姐會做的事。奇怪的是，她怎麼會把這些東西放在這個櫃子裡。乍見之下以爲是餐巾，卻在眼睛適應了櫃子裡的光線後，才發現是一疊又一疊的紙。哇，這麼多！如果葛楚史坦一天才寫十五分鐘，這櫃子裡的紙，她豈不是得寫上十幾年。我在心裡盤算你會願意付出什麼代價來看這堆東西？這種送上門的機會可不是常常遇到。能想到這點，我自己都感到吃驚。是的，我想，你會願意付出什麼代價？我開始想像在漫長快樂的星期天，進駐你左邊的床，取代道別吻的晚安吻，一個擺著我的刮鬍刀和梳子的抽屜。當我在女主人的工作室端茶給你時，你溫暖我臉龐的目光、你衣領下的朵朵紅色吻痕，隱藏住對我的情慾。

每週六，我耐心等待。站在女主人家廚房的入口待命，確定茶杯都燙過，茶几上擺滿杏仁蛋白軟糖和奶油糖霜蛋糕。永遠謹守分寸，永遠不引人注目。我可以想像客人看我的眼光就像看見一盞立燈或腳凳。這就是事實。

「才不會！你既沒立燈那麼亮，又沒腳凳那麼隨處可見。」謝了，老爸，多謝你花力氣指正我的錯誤。

在這個擁擠房間的邊緣，我穿著要上一層厚膠才不會成爲「開口笑」的鞋子，靜靜等著。這麼多人擠在一起，卻又不碰觸對方，讓室內溫度相當宜人。但我卻自內心覺得冷。每週六，我在室內的人群裡尋覓親愛的週日情人的臉，找到的，頂多是他背影的驚鴻一瞥。但今天不同，我告訴自己別怕。我不再無依無靠了。再也不用時時想著什麼時候一切會結束。我不需要照鏡子來肯定自己的存在，不用流過刀子的鮮紅來證明我的身體內也棲息著一個生命。我有我的兩個女主人。只要我一天和她們在一起，我頭上就有一片遮風避雨的瓦。我置身在蜂巢的中心，而親愛的週日情人才是那隻堅持不懈的蜜蜂。他渴望的蜂蜜，是他知道只有我才能說的故事。上個星期天，我告訴他那個櫃子的事，告訴他女主人們在那櫃子裡放了什麼東西。他張大了眼，屏住呼吸。親愛的週日情人想知道那兒到底收藏了幾本筆記。他想知道打字後的稿子編號到底有多少。他想知道葛楚史坦寫了什麼，而托克拉斯小姐又打了什麼。我只是搖搖頭，聳聳肩。親愛的週日情人太過興奮，徹底忘了英文對我來說如同一扇上了鎖的門。他再次屏住呼吸，在書桌後坐下，我則將之當作準備晚餐的信號，起身離開。那天剩下的時間，一如往常。我煮飯時，他看書。不過，我瞥到他偷偷看我，眼神欽慕。會對我們的關係產生巨大的改變吧？我如此希望。

今天的茶會和過去沒有兩樣。在百花街二十七號的公寓，連家具都比我引人注目。我注意到不同人的目光從各個角度向那個放打字機的小櫃子飄去。這些不知出處的眼光舔著櫃子的暗色門板，像一層未乾的釉彩緊緊黏在上面。任何東西成了注意力的焦點都會容光煥發。喔，我早該知道。親愛的週日情人很喜歡我說的小櫃子的故事，他一定忍不住又跟別人說了。從飄來的眼光數量來看，大概每個在工作室的客人都聽說了。親愛的週日情人，如果你和其他客人來參加週六茶會時，看見百花街二十七號起了火，你衝進來後首先救的是什麼？我的兩個女主人？小櫃子裡的手稿？還是她們的廚師？你大概猜不到，正確答案其實是「籃子」和「皮皮」。眾所皆知，我的女主人們一向可以將自己照顧得很好。櫃子裡的東西也用不著擔心，因爲托克拉斯小姐一定會跑回火場，將每張葛楚史坦碰過的稿子搶救出來。至於她們的廚子，聚在門外的客人可能會搔搔頭，疑惑地問：「廚子？葛楚史坦她們什麼時候請了廚子？」

親愛的週日情人，不管是當時或現在，我都沒把女主人們的故事當成以物易物的條件，頂多只是利用它們來增加魅力，鞏固我們之間的感情。在我持續的「好奇心」下，我知道世界上沒有另一個男人可以提供你同樣的訊息。我睜大眼睛，仔細觀察我的女主人們，一心以為我對你的價值會倍增而持久。我聽說，價值是一切的起源。從那兒，它會逐漸加深，變質為感情，成為流向心臟的動脈。而我犯的錯，我總會犯的錯，是相信一個像你這樣的人，會為了我，敞開心胸，展現本色，承諾一段持久的激情。我渴望你紅色的唇，渴望以我的嘴親吻你赤裸的生命色彩。我卻忘了，你，我親愛的週日情人，就像我一樣，心理上有所殘缺。你是個有瑕疵的藝術品，精緻卻結構不健全。像是一棟作工不良、偏差頗大的房子，蓋得再漂亮，也無法住人。簡單說，就是隨時會變。我習慣隱身於每棟屋子的後室，你卻乾脆隱居在自己的體內。彷彿是你父親再版的身體，讓你能不受干預地想去哪兒就去哪兒，想做什麼就做什麼。你慶幸地告訴自己，「自由」就該是這樣。至於你母親流在你身上的血，你則小心地不讓它冒出頭。你確確實實將血緣和身體分割成兩半，刻意切斷兩者的關聯。但你是個醫生，我不相信你不知道這樣行不通。沒了血，身體要靠什麼存活下去？

親愛的週日情人，對你在每個房間展現的不同風貌，我感到驚奇萬分。你在工作室茶會裡的優雅舉動，總叫我激賞，也難怪屋裡每一個人理所當然地把你當成了同類。你修長的四肢線條，輕鬆擺放，說明那是勤於運動的成果，而非勞動階級。你的行動大方謹慎，表示出你的自信與教養。你，親愛的週日情人，善用你光滑的肌膚、看似誠懇的臉孔，以文藝青年的姿態出現在每個人面前，稱自己為力爭上游的新進作家。你編造出一個又一個故事，講述你根本不存在的家庭、從沒踏足的城市、未曾發生的過去。你以自身的聰明才智、見多識廣為傲，總能順利地自圓其說，不擔心留下任何把柄。你不願承諾將來，像一張不願讓墨水沾染的白紙，害怕留下抹不去、蓋不住的印記。你把生活規劃成灰色的草圖。你在葛楚史坦的工作室時，我看見你擺出的姿勢，故意表現出的輕鬆，彷彿刻意宣告你就該屬於這種環境。當我們在你的頂樓公寓獨處，我看出那不過是你想擺脫自己的努力，想把你身上的緊箍咒搖掉甩開。在那兒，在這個城市裡我們唯一能眞心分享的天地，你的身體變得和我相似。就像你知道的，我的身體呈現了眞實的我，坦白暴露我的弱點，在我微黃的皮膚上顯露無遺。它訴說我的故事，不管是我知道的眞實版，或是過往行人飄來的好奇眼光中濃縮扭曲的想像版。我的外表阻礙了他們的創造力，讓他們對我是何人的可能猜想大爲刪減。外國人、亞洲人，還有法國祖國人民眼中必然的印度支那人。至於我是從越南、柬埔寨還是寮國來的，他們毫不在乎。反正就是中南半島嘛！還不是全屬於法國的。這種想法解釋了他們有限的好奇心，進一步搞清楚也是多餘。對他們來說，我的身體呈現一個意料中、沒啥新鮮的故事。在殘缺的想像裡，他們相信自己明白我所有的過去，甚至連比較不重要的、和他們住在同一城市的現在的生活，也知道得夠多。過往行人很快會注意到，我的眼神缺乏留學生那種智慧的光芒；我的四肢健全，所以不是他們從殖民地「進口」來參加大戰的榮民；沒有賭徒和妓女繞著我轉，我必然不是古老衰敗的王國的年輕皇帝或王子。和我錯身而過的幾秒後，他們就能從剩下的唯一合理解釋，推斷出我是勞工階級。每天，我走在巴黎的街道上，在每個人的眼中，我不過就是個來自中南半島的低下勞動者，普遍常見，到處都是，長得也都差不多。這種混合的漠視和惡意，讓我分外想念西貢繁忙的菜市場，想將自己置身在人擠人的混亂中。不管迎面而來的是學生、園丁、詩人、廚子、王子、看門人、醫生或教授，在他們眼中，我只是個人，一個不引人多看一眼的人。我告訴自己，在越南，我不必受人審判，我是個人，普通的、實實在在的人。

1 用澱粉造的無纖維紙張。輕薄柔軟，顏色半透明。

# 15

葛楚史坦今天起得特別早。對他人來說，只覺十分稀奇；對我而言，卻表示許多額外的工作。「她想吃烘蛋。」托克拉斯小姐說，繼續埋頭擦拭瓷器、銀飾和托盤。

六顆蛋加一大撮鹽，使勁打，直到與空氣混合均勻，變得濃稠，呈現一種淡淡的黃色，像黃春菊的花心。兩大匙奶油，第一大匙放進鍋裡加熱，聽它滋滋作響，彷彿邀請蛋液入鍋。如果火候控制得好，第二匙則在不到一分鐘時塞進膨起的蛋皮下。看似簡單的菜，卻最能展現高超的烹飪技巧，讓生手無所遁形。我做的烘蛋，評價極好，吃過的人沒有不豎起大拇指稱讚的。他們往往像個天眞的孩子，好奇地問我：「你的祕訣是什麼？」

我看起來這麼笨嗎？每次我都反問自己。拜託，夫人，請別因爲我語言上有障礙，就以爲我智商眞的有問題。如果眞有祕訣，我也會帶進墳墓，藏在我緊咬的口腔骨頭內，舌頭該在的地方——嗯，如果我的屍體沒爛光的話。請容我這麼說，夫人，是妳准許我進到妳家廚房，讓我碰觸過的食物以最親密的方式進到妳的身體。請別忘了，滑進妳喉嚨的每一口食物，都先在我的雙手中棲息，在我的十指間溫熱。我手上沾到什麼，妳也就吃進了什麼。如果眞有祕訣，那就是……我停了一下，在心裡感謝阿暴……「肉豆蔻」，我撒謊。所有的主人都相信「祕密食材」，相信他們法國人的驕傲，也就是香料，有化腐朽爲神奇的效果。彷彿只要知道了這個祕訣，人人都可以輕易複製我的美味烘蛋。這個祕訣的存在，貶低了我的技巧，讓我的價值大打折扣。他們對它的信賴，直接威脅到我的生存。夫人，如果妳眞的在打蛋時灑上一點現磨的肉豆蔻粉，我保證妳的烘蛋吃起來像香皀，聞起來則像某種撕裂的昆蟲屍體。只有加了糖和鮮奶油的肉豆蔻才有好味道，用在其他地方，結果都很糟。單獨加在烘蛋裡的肉豆蔻雖不至於致命，但會讓人吃了想吐。如果眞有祕訣，其實應該是：練習再練習，服侍再服侍，謙卑再謙卑。

妳習慣在新鮮的咖啡香中醒來，在其他僕人安靜的服務下更衣；而我則在六歲就開始煮飯，每天早上六點就在妳家廚房忙個不停。我準備過上千個烘蛋。今天早晨妳口中的奇跡，不過是我另一個慣例。我知道妳偷偷試了三次，可惜全軍覆沒，只留下加了奶油的半月型燒焦蛋餅。這麼簡單的一道菜，完全可以看出妳我在烹飪上的鴻溝。

從一開始我就知道托克拉斯小姐絕不會像我以前的女主人一樣，開口問我烘蛋的祕訣。因爲她也有太多祕密，不希望和別人分享。托克拉斯小姐將胖胖的烘蛋放在葛楚史坦面前，剛離鍋的熱氣還滋滋作響，美味的聲音足以叫聾子都垂涎三尺。葛楚史坦會等它涼一些，和室溫差不多時，才開始動手。我的女主人認爲「微溫」是最棒最適合的溫度。太冷或太熱都不夠深度，太一目瞭然。只有微溫才值得科學測量，是刻度和計算下的精密產物。而微溫對葛楚史坦來說，也是愉快的報復。因爲托克拉斯小姐喜愛熱食，她喜歡在食物的蒸氣上升、鑽進她頭髮和垂吊的耳環間時，大口大口享用。她對這點非常堅持，只要上過她餐桌吃飯的人都知道。她比葛楚史坦的要求更多。托克拉斯小姐認爲，一道她引以爲傲的燉菜熱騰騰上桌時，所有的交談都該暫停，每一雙手都該忙著找刀叉，大家都該舔著嘴唇等著開動。托克拉斯小姐相信，上桌的每一道菜都是她的一部分。她的個性與巧思是最無可取代的精緻裝飾。葛楚史坦知道她愈任性、愈不照著托克拉斯小姐的意思去做，在餐桌上表現得像個不受歡迎的客人的每一分鐘，對托克拉斯小姐來說都是折磨。甚至會讓托克拉斯小姐覺得被拒絕，覺得她在葛楚史坦的心中地位不保。葛楚史坦以此抗議對托克拉斯小姐的不滿。最近的例子，是長達六個月的時間，托克拉斯小姐禁止她吃鮮奶油和豬油。因爲托克拉斯小姐下定決心讓葛楚史坦掙扎著從她的單人印花沙發起身的笨拙畫面，成爲我們三人之間的祕密。她還試過要葛楚史坦不准吃鹽、不許喝酒、戒掉菸癮——每一項對葛楚史坦都是專制政府的暴行。這些被動、有力、殘忍的懲罰，也只有在感情甚篤的戀人間，才能繼續存在。像是葛楚史坦和她的甜心、她的女皇、她的蛋糕、她的天使、她的寶貝、她的老婆和她的咪咪這樣。

這些稱謂，我每一個都聽她叫過。雖然我一度將蛋糕（cake）聽成了英文名凱特（Kate）而覺得奇怪。嗯……也許名叫凱特的女生如果夠吸引人，也會讓人想把她吃下肚子，於是便成了蛋糕吧。我自圓其說，對自己微笑。阿暴一定會以我爲傲。「在他們的字彙裡，加進你自己的意思。」他這個忠告救過我不少次。語言就像一棟有門的房子，我常是那個沒受邀請又拿不到鑰匙的客人。但當我滲透他們的用字，偏離原本的涵義，我就為自己開了一個通氣窗，讓我在又黑又冷的深夜，悄悄進屋去躲一躲。於是，在我猶如隱形似地在屋裡移動，在人群裡穿梭，而忽然聽見有人問著「要不要再來片蛋糕」時，我不由得笑了出來。

今天早上，我一如往常以為服侍完兩位夫人吃早餐後，就該為「籃子」和「皮皮」準備煎雞肝。不管在百花街二十七號或其他地方，做事的順序都非常重要。「裡面要是半熟的粉紅色，但叉子壓下去的時候，絕不可以有血水流出來。」托克拉斯小姐的指示明確。要不要灑點陳年白蘭地啊？夫人。我很想這樣問，可是沒膽子真的說出口。我為兩隻狗各準備一盤雞肝。叫牠們分享食物，根本不可能。在這點上，我不得不同意「皮皮」的堅持是對的。「籃子」實在太會流口水了，不論牠吃什麼，總會邊吃邊加上大量的「自備高湯」。在「籃子」眼裡，一盤雞肝、一個美女、別的狗刺鼻的肛門全都一樣。牠興奮開心的時候，口水就會無法控制，不受約束，滴滴答答直流。「皮皮」第一次見到「籃子」在牠們共享的早餐添加口水時，立刻哀鳴著往後退去，直到在托克拉斯小姐的膝上落座。這兩隻狗實在厲害，對於誰喜歡牠們、誰不喜歡牠們，心裡可是一清二楚。果然，在「皮皮」令人同情的演出後不久，我立刻接到「為牠單獨準備一盤雞肝」的命令。背著女主人們，我以越南話「被肝塞爆的小狗」稱呼「籃子」和「皮皮」。我都用越南話和這兩隻狗溝通。相信我，「被肝塞爆的小狗」用越南話唸起來，可比用法文可愛多了。我當然要用越南話跟牠們溝通。這兩隻狗對法語可比我熟悉多了，我幹嘛要選一種會讓我屈居下風的語言？「吃肥肥，吃肥肥。」每天早晨我端雞肝給牠們時，總會輕聲在牠們耳邊呢喃。愈胖的狗愈好吃。也難怪牠們討厭我，牠們心知肚明，我寧願殺了牠們，煮一鍋香肉端上桌，也不想蹲在這兒端兩盤雞肝餵牠們。牠們知道我的居心，自然也想盡辦法讓我難看。「籃子」平常都坐在葛楚史坦腳邊，但每天早上我要餵牠吃飯時，牠就會退到餐桌的斜對角。我知道牠是故意的，這樣一來，我就得一手拿著雞肝，一手撐在地上，踩著我的自尊，從桌子下爬過去餵牠。今早，當我一如往常要從桌子下鑽出來，當我一如往常停下來讚歎葛楚史坦的大腳時，我的女主人突然低下頭來問我：「纖兵，拉提摩是黑人嗎？」

不，葛楚史坦，他是個虹膜學家——我原想回答，但一時之間卻忘了你主修的那門科學到底叫什麼名字。你早就警告過我，這些問題遲早會出現。沒有人不問的，你告訴我。在你接近時，看得出她坐姿僵硬嗎？她的手碰到你時，是不是馬上縮回？你是否發現她的眼神在你臉上停留得太久？但葛楚史坦不同，你向我保證。你相信她一視同仁。每個人都得經過她的嚴密觀察。她張大眼睛，靜靜看，直到得出結論。一旦她審視完畢，她對你就瞭如指掌。嗯……至少你這樣想。親愛的週日情人，她的弱點在於微薄的推測能力、不成比例的強烈行動力。只要我的女主人一咆哮，圍繞在她身邊的人馬上跑得無影無蹤。她活到現在還能維持這樣的個性，也算是奇跡。她認爲所有她想出的主意，在世界上就該被當成法令執行，應該受到鐘鼓齊鳴的熱烈歡迎，像剛打敗惡魔凱旋歸來的鋼鐵勇士兵團。托克拉斯小姐將這種自信視爲天才的標誌。她第一次見到葛楚史坦，她的國王、她的胖司機、她的肥肥山、她的老公、她的親愛的，就已聽見這洪亮而莊重的號召。

餐廳的窗戶滲進了寒氣。「皮皮」縮在托克拉斯小姐的膝上顫抖。冬日的冷鋒讓我的女主人覺得寂寞，更加渴望葛楚史坦的雙手在她背後來回撫摸的溫暖。這天早晨，她的心情分外冷清，連餐桌上平時兩人間的距離都太過遙遠。在我認識她之前，她有別的情人嗎？托克拉斯小姐懷疑著，即使知道追究出的答案只會讓她心生嫉妒，心情低落。爲什麼要去問在她踏進百花街二十七號之前，在她穿過以艷紅的窗簾、猩紅的壁紙爲產道的重生之前，有沒有別人讓葛楚史坦心動？「眞是個傻問題」，葛楚史坦一定會這樣打發她。這就是爲什麼托克拉斯小姐寧願將某些事藏在心裡，也不願和葛楚史坦分享。不過，我卻窺伺到托克拉斯小姐內心最深處、最隱私的祕密。她在世人的面前總以優雅和藹、崇高無私的奉獻者姿態出現，展現出一張白紙似的善良模樣。她輕易欺騙了這個傻瓜充斥的世界，沒有人會聰明到去注意她眼睛裡鋼鐵般意志閃爍的光芒。

葛楚史坦當然有自己的過去，只是那時，托克拉斯小姐還來不及參與。她一直到三十歲才認識葛楚史坦。她從未見過眞正的天才，從未感覺到動脈和靜脈在她皮膚下流過的微震。更糟的是，她已經開始失去對生命的熱情。她只得收拾行李，離家遠行，期望在萬哩之外躲過逐漸凋零的人生。當時她以爲那是避難的本能，猶如動物預知天災。現在，她才認清那其實是回巢的本能，和避難恰巧相反。她在舊金山住了三十年，心情卻愈住愈陰鬱。每天她望著紫色的雲，紅寶石般的天空，覺得那是自己的血管破裂所噴灑出的顏色。在她眼裡，黃昏的落日看起來就像一張青腫的婦人臉孔，就像她曾在緩慢移動的街車上匆匆瞥見的那張臉。在那之前，她沒見過這麼暴力的景象，也沒見過這麼赤裸的慾望。她無法明白南轅北轍的兩件事怎能天衣無縫地結合在一具身體上，而且就在她眼前。托克拉斯小姐將臉貼上車窗。即使街車上沒什麼人，她還是習慣這樣做。她總覺得貼近窗戶讓她的思想變得更加敏銳。街車在站牌停下，一個襯裙沒扣上的女人站在人行道上，裸露出絲絨般柔軟的乳溝。警官雙手抓住那女人的臂膀，她的臉上又青又紫。街車安全地載著托克拉斯小姐離開，她仍目不轉睛繼續看。漸漸的，她能看到的不過是那女人的後腦勺。她還不放棄，還是張大眼睛看。她看見女人頭上的髮夾被拉了下來，一頭長髮瀑布似落下，蓋住裸露的背部，和身上的衣裳融合一起。托克拉斯小姐昏倒在一個陌生人的臂彎，車掌趕忙爲她急救，才讓她甦醒過來。如果沒發生這件事，那不過是另一趟從她父親的房子到肉店、菜店、糕餅店、魚店或雞鴨店的尋常路程。照理來說，這個畫面應該隨著時間淡化，可是沒有，它仍鮮活地印在托克拉斯小姐的腦子裡。破碎的臉、絲絨般柔軟的乳溝，在她抵達百花街二十七號之前，一直是她心中最大的魅惑。

愛麗斯・芭貝・托克拉斯（Alice Babette Toklas）抵達巴黎時，帶了一大箱的中國紅錦緞外套、銀狐大衣、櫻紅色的緊身胸圍，還有大量襯托出她湖水綠眼睛的蠟染衣裳及絲質洋裝。一條滾著蕾絲邊的手帕是她皮包裡的必然裝備。同樣的手帕她有三十一條，全收在放著香膏的盒子裡。這樣一來，即使是較長的月分，還是能夠天天換新。她的指甲剛打磨修過，玫瑰水浸軟的表面上擦了拱形的淡白色蔻丹。她的肌膚抹上淡淡的小蒼蘭和蜜調成的香水。蜂蜜的甜味大大加深了葛楚史坦對她的印象。

托克拉斯小姐經歷過大地震。她感到腳下的土地失去了一貫的冷靜，歇斯底里地往下崩塌。她將之視爲上天給她的訊號。在這場地震裡，舊金山成了聖經裡預言的廢墟，大水從爆破的水管湧出，淹沒地面，裂開的瓦斯管噴出熊熊火焰，四處爲害。火災帶來的熱，讓還沒到花季的花全開了。部分城市成了不毛的沙漠，居民被迫穿著睡衣浴袍站在街上，看著一片雲都沒有的陌生而平靜的天空。托克拉斯小姐的父親卻沒被地震驚醒，一覺睡到了天亮。凌晨五點半對他來說太早了，實在還不適合起床。托克拉斯小姐則走進院子，挖了個洞，將全家的貴重銀器全埋在裡頭。之後，她完全不記得這件事，只能解釋成保存的本能。這個本能從此跟著她一輩子。地震後那段日子，她渴望痛快地吸幾根菸，渴望泡個舒服的熱水澡，還產生了一些自己也弄不清楚的渴望。她將所有的事全視爲上天給她的訊號。一年後，九月末十月初，托克拉斯小姐敲開了百花街二十七號的門。站在門口等人開門時，她聽到樹葉在秋天的微風中互相磨擦，發出沙沙聲。她以爲她聽到葛楚史坦的笑聲。多年後，我站在同一扇門外，以爲聽到了老爸的說話聲。她將她的過去置於腦後。而我，很不幸的，卻得一生背負著過去。

托克拉斯小姐初次見到葛楚史坦時，表現得還算「穩重」。憑心而論，離「冷靜」還是有段距離。至於托克拉斯小姐給人的印象，我猜和她在照片裡展現出來的差不多：厚重的眼瞼遮住了一部分眼睛，她抬頭往上望，出人意料的豐滿嘴唇緊閉，像正在無聲地問：「哼，爲什麼你要盯著我看？」她在每張照片裡都是這種表情，除了一張她離開父親家、從此不打算回去前拍的照片。

這也是在百花街二十七號所有的展示照片裡，托克拉斯小姐唯一的一張獨照。如果沒和葛楚史坦一起，托克拉斯小姐並不喜歡照相。但她知道這句話反過來說就不見得成立。在那張半身獨照裡，托克拉斯小姐側著頭，凝視照片左下角。如果看照片的人不認識她，必定會以爲她個性害羞，不敢看鏡頭，甚至還會覺得她非常端莊。照片背景是垂掛的布幔，看起來有些模模糊糊，一陣波紋正從上面跑過，彷彿有人才剛離開房間，用力關上她身後的門，掀起看不見的氣流，讓釘在牆上的布幔應聲起浪。這個突如其來的舉動，透過攝影機的鏡頭，成了原本精心計算的畫面裡的永恆入侵者。托克拉斯小姐身著一件中式絲質長袍，柔軟的布料邊緣繡滿華麗厚重的花俏裝飾。每一次她穿上這件絲袍，便覺得自己格外性感。光滑的蠶絲在她身上游移，慵懶的樣式，大方的剪裁，都讓她心生慾念。被引誘應該就是這種感覺吧？她想像著。絲袍的鐘狀長袖最能遮掩，手臂再粗的人穿上，看起來還是纖細柔弱，戲劇效果十足。攝影師利用光線，強調托克拉斯小姐不算胖的身材。她的臉龐和手臂因此泛著一層白熱的強光。照片上，只見她雙臂抱胸，兩手藏在寬大的袖子裡，緊抓前臂。沒露出的手反而成了攝影機的焦點，彷彿看不見更挑動了它的好奇心，即使藏在暗處，還是引人注目。我猜這就是托克拉斯小姐選這件絲袍入鏡的原因。她想記得自己被包裹其中時，發自內心的性感。寬敞而誘人的袖口，代替了華麗刺繡和微亮絲布裡那看不見的裸露胸線、光滑的肩膀、飽滿的乳房。我知道，這件絲袍眞正代替的是她想喚醒身體的衝動，想將它暴露在燈光下的慾望。我知道。因爲在這一點上，我和她是相同的。

# 16

和大多數在西貢的天主教徒一樣，夫人祕書也聽過老爸的傳聞。「引導窮人信主的牧者」是人們對他的稱號。如果不是有老婆，簡直就是聖人。不過，聽說，第四個兒子出生後，他又開始奉行守貞的戒律。人們說，現在他是一心一意爲上帝服務了。他們相信他將是越南的下一個奧古斯丁神父。他們耐心地爲不知情的人解釋，奧古斯丁神父本來只是個單純的鄉下神父，卻由西貢主教親手選出，展開還活著的人所能做的最貼近天堂的朝聖之旅。他們說，奧古斯丁神父站在富麗堂皇的聖彼得大教堂下，對大理石能表現出耶穌衣飾的柔軟觸感萬分訝異，但立即體認那是天父容許祂在地上的侍者依祂獨子的形象所造出的神跡。奧古斯丁神父如願親吻了教宗的戒指，卻在抵達朝聖之旅最後目的地耶穌會教士羅德（Jesuit Alexandre de Rhodes）[1]的出生地亞維儂（Avignon）[2]前，遺憾地死在貨輪上。傳說中，奧古斯丁神父立志看盡羅德神父留下的遺蹟，踏過他傳教的每個腳印，體會他爲了將天主教帶進奧古斯丁神父再也無法回來的故鄉所做的犧牲。他爲了信仰，付出了生命。那是場高尚的交易。老爸有著和奧古斯丁神父相似的成長背景。那是他無法逃避的宿命。可是現在，他有了一個雞姦的兒子，所有設定就全變了。娶妻生子的事可以睜隻眼閉隻眼，但雞姦卻是天父不能原諒的重罪啊！眞不明白爲什麼一棵聖潔的樹會長出瀆神的果實？他們會問。也許，樹本身沒大家想的那麼好吧？說不定樹幹早已長了蛆，只是看不出來而已。一定有人這樣懷疑。

老爸站在屋子門口等我回家的同時，這些推論在他腦中不斷反覆上演。一見到他臉上的表情，我立刻明白這個家再也沒有我容身之處。從他站立的姿勢，我知道他已經喝得很醉，只要再啜上一小杯就會癱倒在地，不醒人事。記得我更小的時候，常幻想如果我在老爸的耳邊點著一根火柴，裡頭的酒精便會引燃，將他整顆頭籠罩在火焰之內。可惜我那時沒這麼做，錯失了機會。

我走向他時，瞥見母親的草帽一如往常地掛在廚房入口。我們家的廚房是後來才在屋子右後方加蓋的，有自己的入口，只不過沒有門。原本該是門板的地方，草率地用蜜色帆布遮著。媽媽說，蜜色讓她心情平靜。那塊布是她小心從一大匹布上撕下來，再用存了一個月的泡過的茶葉染成。「爲什麼不用原本的白色就好？」我問媽媽，只想她趕快把布掛上，可以稍微阻擋蒼蠅的進攻。

「因爲白色是服喪的顏色。」媽媽回答。

我知道媽媽把用剩的白布捲回去，藏了起來。在我離開後，她有沒有再拿出來用？她有沒有將那張蜜色帆布拿下，像親吻我臉頰那樣親吻著它，將它收起，放在安全的地方？

「不准你再靠近！」老爸叫嚣。他降低聲調，對我說：「我只有三個兒子。一個廚師、一個車掌、一個印刷工。」

就這樣嗎？我想像他應該用比這更暴力的方式處罰我才是。用一隻椅腳插進我的喉嚨，用比我手臂還粗的木片抽打我的小腿，用拇指戳進我的天靈蓋之類的。不過，我漸漸長大的同時，老爸用暴力表示意見的頻率也愈來愈低。這當然也可能是我的閃躲技巧愈來愈高明的結果。不管怎樣，反正他不需要暴力也能達到相同的傷害效果。而歸根究柢，動嘴比動手要省時省力多了。

「你聽到沒有？我說，我只有三個兒子。」

這一番話聽起來好像演講練習似的，我心想。「我是個篤信天主的聖人，我有三個兒子……」

我想像他再三琢磨的開場白。

「我從來就只有三個兒子。你是你媽一個人的。至於你父親是誰，你得自己去問她。我是個大善人，所以才留下你們兩個。可是，看看你是怎麼報答我的？」

有時候，回答問題最好的方式，其實是另一個問題。「慈善是需要報答的嗎？如果是，那就不叫慈善，而成了貸款了，不是嗎？」我在心裡應著，大聲回嘴。

那個已經不是我父親的老爸，惡狠狠地盯著我，吐我口水，頭也不回地走回屋內。

我站在原地，動也不動。一列火蟻沿著門框往上爬。像一朵朵微型金盞花，將花瓣縮在一起，聚集在我腳下。朝陽下，眼角看見媽媽的大草帽上磨損的帽帶被風吹動。我站在原地，動也不動。

在奧古斯丁神父的傳說裡，他還留下了一本記載內心貼近天父的狂喜和死前願望的手札。人們說，死神不但對他特別仁慈，甚至還在事前給他通知。根據奧古斯丁神父的手稿，他要貨船船長答應他，如果他在到達之前過世，船長會將他的遺體送到亞維儂，葬在天主教的墓園內。為了讓船長信守諾言，奧古斯丁神父則答應在他死後，將身邊所有財產贈予船長。事情結束後，船長（還有奧古斯丁神父，如果他活得到那時，親眼看到的話）驚訝地發現他發了財，從奧古斯丁神父的行李內找到一對教宗要送給西貢主教的金杯。關於奧古斯丁神父的故事通常都在這兒結束，因為大多數人認為沒有什麼結尾比死亡更具震撼。

媽媽和我對奧古斯丁神父的故事有不同的看法。不僅劇情不合理，整件事說起來根本是個悲劇。孤單地死在萬哩之外，是世界上最糟的結局。雖然我們還滿喜歡這個故事。不是因為它的悲情，而是因為那對藏在奧古斯丁神父行李中、連他都不知道的金杯。媽媽和我都覺得，「金杯」和「奧古斯丁神父不知情」這兩件事，是整個故事的敗筆。不但不連戲，反而給人一種故事沒說完的感覺。我們常以這兩件事為基礎，發展出各種天馬行空的不同結局來娛樂對方。既然媽媽和我都不是天主教徒，自然用不著神化奧古斯丁神父的故事。擺脫了崇高的宗教意義，故事要怎樣改就怎樣改。對越南的信眾而言，他不過是個單純的鄉下神父，卻被主教選中，代表全體越南教徒到梵諦岡朝聖。一個鄉下神父先向自己的父母傳教，進而引導全村改信天主，到最後得到覲見教宗的殊榮。一個鄉下神父得到天主的指引，承認自己的原罪。雖然他說過他的動機其實源於自私，怕死了之後，在天堂只有他孤零零一個人，所以才拚命傳教，為身邊的人施洗，讓大家一起投入天主的懷抱。他不過是個單純的鄉下神父，卻親吻過教宗的戒指，而唯一的罪則是對天主教廷太過奉獻，太過投入。由奧古斯丁神父的故事衍生出的教訓不勝枚舉。在越南教徒一再的傳頌中，他的故事就像藏在行李裡的那對金杯，成了窺見贖罪的美好天堂化身。但對於媽媽和我來說，不過就是另一個故事，另一個反覆訴說、在民間廣爲傳流的故事。故事本來就該口耳相傳，畢竟，那是語言能給眾生的最佳禮物。

媽媽覺得，奧古斯丁神父信仰的神，沒有她生命中遇見的其他神祇來得有說服力。她生在佛教家庭，從出生開始就被教導要祭拜祖先。她從未見過祖父母，所以她的祭壇上只供奉了她的父母親，一尊主神和一尊小神。一直到結婚那天早上，她才受洗成爲天主教徒。她披戴的白頭巾上點綴著兩串藍珠。走進文森神父的教堂，她看見聖母馬利亞也戴著類似的頭紗。「處女聖母？那他們怎麼生小孩？」這個後來成爲我媽媽的少女當然想知道。那天晚上，她伴隨兩腿之間的劇痛得到了答案。他那麼用力，彷彿要打穿她身體的另一面。她那時月經剛來，看見第二天的落紅，理所當然以爲不過是再一次的月經。她拿出母親給的長棉布條，將其中一片折好，固定在兩腿間，拉出兩端，綁在另一條她已捆在腰圍的布條上。處理好後，她爲新郎煮了早飯。十片長棉布條和一對從自己耳垂上摘下來的玉耳環，是母親留給她的僅有遺物。

女孩的母親聽說，有一對佛祖般長而軟的耳垂是好命的象徵，不過她的一生卻只能以異常不幸來形容。她的先生死了，沒留下任何遺產。只有一個小女兒，沒有兒子。大家都說，再也沒比這種情況更倒楣的。女孩十二歲時，母親已被貧窮的生活和小叔的惡言相向磨得毫無生趣，絕望得想到另一個世界和丈夫團聚。她在夢裡見到丈夫，丈夫教她應該怎麼做。把女兒嫁出去，到陰間和他一起生活。「這是最適當的作法。」丈夫告訴她。她明白他的家庭沒辦法永遠多養她們兩張嘴，於是第二天早上便去找媒人，說：「我有一對玉耳環。」她將長髮挽到耳後，展示給媒人看。「就是這個，」她說，「還有個女兒，就這樣了。」

「別擔心。」媒人說，只不過臉上的表情講的是另一回事。「喔，妳是該擔心！這對耳環根本連嫁妝都算不上！」

她回到小叔家，不禁輕聲哭了起來。從丈夫裹著白布下葬後，她就和女兒睡在一起。同樣的生活又過了兩年。每隔幾個月，她就聽見不同的媒人在村裡尋找合適的新娘。「我想和丈夫團圓。」最後，她拜託一個媒人。「絕望得想和他團圓。」她又強調一次。這個媒人心地善良，是那行少見的好人，答應盡力幫忙。一個月後，他帶著好消息回來。一個受過神學教育的年輕天主教徒願意娶她女兒，但決定之前，想知道三件事：一，女孩的月經來了沒？二，她們家族裡有沒有不能生育的例子？三，母親打算什麼時候去和丈夫「團圓」？她立刻回答了所有問題：「來了，沒有，婚禮結束後。」媒人早被指示，如果聽到期待中的答案，馬上可以拍板定案。於是，這件婚事就這樣敲定。

「膜拜」是個非常強烈的字眼。尤其用在命令句裡，絕不能隨意或不小心穿插出現。學會叫「媽媽」或「爸爸」之前，媽媽就學會了這個字的神聖意義。知道怎麼稱呼雙親；理解彼此的血緣關係前，她就曉得要絕對服從雙親說過的話，因為那等於信仰，地位比法律更高。大人告訴她，父母往生後，她得膜拜他們；父母在世時，她得遵從他們。從一開始，「膜拜」對我媽媽而言，就是「遵從」的同義字。所以她沒想過要逃跑，沒想過要站起來、打著赤腳越過叔叔家周圍的沼澤地，離家出走。她乖乖坐著，看著母親在燭火上燒紅了針，穿過她的耳垂。她乖乖坐著，看著母親從自己的長耳垂上取下玉耳環，釘在她的耳朵上。她乖乖坐著，領受母親少見的慈愛。這是她對母親最後的記憶。第二天一早，少女醒來時，身邊的床已經空了。母親早在前一天晚上就交待她要怎麼走，要怎麼透過媒人傳話，讓母親知道婚禮已經順利完成。女孩摸摸耳朵，俯身吻別她們睡了好幾年的草蓆，因爲除了這個，屋子裡什麼都沒有。

女孩從媒人那兒得知母親的死訊。他總是帶給我壞消息，女孩心想。彷彿要打穿身體另一面的撞擊不斷發生，直到她懷了孕。她日漸腫大的腹部爲她帶來緩刑。同樣的循環又再重複了兩次。三個兒子。人家告訴她，她老公運氣眞好。長子出生後，男人滿懷驕傲，爲她在房子後面加蓋了一間大廚房。男人特別建這個房間，讓她和哭個不停的嬰兒棲身，讓他在主屋「做生意」時不會受到干擾。她坐在新建的廚房哺育男人的第一個孩子時，她聽見喃喃的禱告聲、叮噹作響的銅錢聲從主屋傳來。她聽見陌生人的說話聲，有時，還聽到啜泣或高興的尖叫、一大群人一起說「阿門」的聲音。嗯……這個「阿門」一定是天主教裡很權威的大神，她心想。

她的第一個反抗，是發誓再也不踏進文森神父的教堂。第二個則是在廚房後方設立神龕，供奉佛祖，祭拜父母。雖然她母親在世時對她也是冷冷淡淡，但她還是盡責地說服自己，將不甘放在一邊，誠心供養父母牌位。雨下個不停的深夜，偶爾，她會打從心底冷了起來，這時她就會抱緊嬰兒，想著她母親對她父親的深情。她不明白對一個男人的愛怎麼可能多過對自己孩子的愛。她不明白什麼樣的愛居然絕望到令一個母親捨得留下獨生女，讓女兒獨自面對這個男人，承受著幾乎打穿身體的撞擊的痛苦？一開始，她還怕丈夫發現那個神龕，但日子一天一天過去，她發現這種擔心根本多餘。她丈夫從不踏進廚房一步。整個廚房全是她的。她以愛孩子的心情珍惜著布滿灰塵的地面、沙鍋瓦罐、錫盤、椰殼做成的勺子、蒐集雨水的陶缸。有時，她甚至怕自己愛這些東西比愛兒子更多。因爲這些是她一個人的，而兒子，再怎麼說，他也占了一半。

次子出生後幾個月，她在附近學校的後院找到一本棄置的月曆。生肖全用紅墨畫在上面。她聽說紅色是最吉利的顏色，所以她將月曆掛在廚房牆上，每天看著自己的生肖「狗」，想著爲什麼父母不多等一年再生她，那麼她就能屬豬了。人家告訴她，屬狗的人小心忠實，爲守護主人不顧一切；豬的天性則容易與現狀妥協，放棄堅持——因爲這兩種特質，屬豬的人總是過得比較順利一點。所以，很多人說出生在豬年的女人比較好命。但既然無法在幸運的年分出世，她只好自求多福。從那之後，她每星期都回到校舍後院，找找看還有沒有什麼好東西被當成垃圾丟在那裡。

怎麼有人捨得丟掉這麼好的東西？她彎腰撿起一個裝飾華麗的錫盒，不禁這樣想著。錫盒的蓋子上，畫著一個飛向滿月的女人，讓她想起自己的母親。中秋節才過去沒多久，錫盒還散發出淡淡的月餅香味。她把盒子拿回家，放在神桌上。即使沒有這個裝飾品，她也知道父母會以她爲傲。她剛爲丈夫產下第三個兒子。她的肚子仍然腫脹，還沒完全消下去。她知道至少有好幾個月，丈夫不會注意到她。真是太好了。

農曆新年時，她的肚子已經恢復正常，但她滿腦子想著過節的事，忘了去擔心晚上丈夫可能會出現的腳步聲。和所有西貢人一樣，她想擁有一樣新東西來迎接新年：穿在粉紅絲線上的小金珠，在頭部滾花邊的越南傳統旗袍，綁著棉帶的新草帽……但她明瞭，這種奢侈品不會出現在自己的未來。於是，她又回到了校舍後面，想碰碰運氣，看能不能找到什麼好東西。她看到了另一個錫盒躺在草地上。從蓋面的設計看得出盒子裡原本裝了糖心蓮子。她蹲下來，撿起盒子，卻驚訝地發現盒子居然還沒開過，一條繩子緊緊纏繞在上面。拿著全新的盒子，讓她覺得自己像個賊，於是抬頭環顧四周，想確定沒人瞧見她。她抬起頭，看見一個男人站在校舍內，透過玻璃窗觀察她。那就是我的父親。他戴著一副橢圓形金屬框眼鏡，很小，從她站的地方幾乎看不到，是個受過高等教育的男人，與她屬於不同階級。一個有學問的白馬王子，她想。

這就是戀情的開始。非常簡單。一盒糖心蓮子讓兩人的一見鍾情更加甜蜜。那位教師愛上了她，也愛上她的身體。教師對她的身體愛不釋手，直到懷孕的徵兆出現。她的長髮變得濃密，閃閃發光，帶著她拿來抹梳子的柳丁皮香味。她的臉龐散發出神采，呈現沙子般的蜜色，溫暖純淨。她的乳房愈加柔軟，充滿奶水；肚子裡懷著第四個孩子，卻是他的第一個。那位教師告訴她，他即將出國留學，攻讀更高的學位。要去法國，他說。他給了她一小筆錢，卻沒留下聯絡的方法。幾個月後，她卻看到他和一個年輕女人一起走出西貢聖母院。那天是大齋戒日（Ash Wednesday），那兩人的額頭上都有個夏日天空似的藍色印記。媽媽拿出一些錢，買了一匹白色帆布和一件灰絲製成的越南傳統旗袍，盤算著將來可以穿。她知道要藏紙鈔而不被老爸發現實在不太可能。他總是拿走所有我寶貴的東西，她心想。那時，媽媽才十八歲。等她生下最後一個孩子，也不過十九。她還這麼年輕，卻已經跟一個男人生了三個兒子，而現在，跟另一個男人懷的種，也將要出世。

「求求妳，求求妳，求求妳。」媽媽再三拜託。她將那個教師留下的錢全給了接生婆，但事到臨頭，卻怕她忽然反悔。

「妳確定？」接生婆再問了她一次。

媽媽生完我，已經精疲力竭，卻還是用盡力氣，重重點了頭。是的，確定。接生婆將手伸進她的體內，馬上傳來一陣前所未見的劇痛。媽媽再次醒來時，正巧聽見接生婆對她丈夫說：「她會活下來，但她沒辦法再生了。」男人只是面無表情，雙手交叉，直挺挺站著，看接生婆在盆子裡洗手。玫瑰念珠掛在他彎曲的手臂上，十字架不停前後晃動。從躺著的地方，媽媽可以清楚看見男人因這消息臉色大變。突然間，她想起婚禮時，文森神父說過，她的新郎爲了拯救她的原罪，放棄了神聖的修行。哼，爲了**我的**原罪？她不禁啞然失笑。

她丈夫朝她走去，她連忙轉過頭，害怕他會拳腳相向。他伸出右手，說：「拿來。」

她以爲男人要的是小孩。但我沒抱著嬰兒啊！她想。弄清楚後，她才覺得自己眞笨。她早該知道，男人對小孩沒半點興趣。生的是兒子，不是賠錢的女兒，很好。除此之外，她已經失去了利用價值。

「拿來，耳環，」他說，「不然，我拿什麼付接生婆錢？」

但我付過了啊！媽媽想，只不過是爲了不同的服務項目罷了。接生婆早在幾個月前答應幫媽媽這個忙時，就拿走了媽媽全部的錢。但她提供的服務卻能將媽媽從一生的囚牢裡釋放出來。「再也不用被他壓在下面撞擊，再也不用挺著大肚子，再也不用因漲奶而痛苦。」媽媽求她時，是這樣說的。

媽媽和我最喜歡下面這個結局：

奧古斯丁神父過世的那晚，船長用舊桌布裹住他瘦小的屍體，丟進了地中海。奧古斯丁神父是穿著鞋海葬的，因爲船上沒人有那麼小的腳。一天後，船駛入馬賽港時，船長受到良心的譴責，整個人籠罩在罪惡感中。他剛搶的那個印度支那人不是個單純的旅人，而是侍奉上帝的神父啊！於是，船長想盡辦法，將奧古斯丁神父的旅行手札送回越南，送到西貢主教的手上。隨著手札回來的，還有一張船長親手寫下的紙條，顫抖的筆跡表達了他內心的惶恐：「當然，神父的遺願受到了應得的尊重。」

媽媽和我最喜歡這個版本，因爲它最後描寫的不是奧古斯丁神父的事，而是一個將金杯占爲己有的人。我們想像在船長家的窗戶裡，那對金杯在陽光下閃閃發光，照耀得滿室生輝。一定很美，我們想。

現在，當我想起奧古斯丁神父的故事，我告訴自己，西貢主教應該是知情的。我說的不是他知道媽媽編的瀆神結局，而是金杯和利用奧古斯丁神父運送的事。不過，直到我離開越南後，才在巴黎深夜的盧森堡公園，從橋上男人的口中，第一次聽到這個版本：

西貢主教接到教宗打算賜予金杯的消息後，安排了奧古斯丁神父去梵諦岡朝聖的旅程，好確保金杯能安全送回。但奧古斯丁神父覲見教宗一年後，仍然下落不明，大家不得不接受他可能死在海上的事實。主教親自爲他舉行彌撒，悼念並追思奧古斯丁神父對教廷的貢獻。同時，奧古斯丁神父那本黑皮封面、內頁泛黃的手札，飄洋過海回到了西貢主教的手上。主教欣賞著它精細的義大利作工，讚歎內頁裡調合了李子的紅和土耳其玉的綠色大理石花紋。然後，他翻到奧古斯丁神父筆跡的最後一頁。整本手札都是以幾個世紀前，羅德修士整理的羅馬拼音越南文寫成。羅德和他的承繼者深知文字的力量，以羅馬拼字來捕捉越南話的鼻音、捲舌音、短音、高音、平音，成了對上帝最好的供品。寫下的字永遠可以傳教，不會因瘧疾而死，甚至還有意料之外的再製和延伸的可能。教會的人將日常用語逐句拆解，發展出規則，加以簡化，再予以重組。這樣才易學易教，耶穌會的人想。西貢主教就是這項耶穌會發明的最佳見證人。他藍色的眼珠掃過奧古斯丁神父手札的最後幾行，發現那個鄉下神父居然拿他寶貴的金杯交換了一場亞維儂的葬禮，頓時勃然大怒。他扯掉奧古斯丁神父的手稿，留下只剩空白頁的筆記本給自己用。事實上，奧古斯丁神父只是單純的鄉下神父。他是披著密使外衣的僕役，或者，應該說，他是披著僕役外衣的密使。不管是那一種，反正他都被騙了，橋上的男人說。他的信仰和服從，推著他走上葬身異鄉海底的不歸路。

那段感情帶給媽媽的，和信仰帶給奧古斯丁神父的經驗類似。內心澎湃的熱情、狂喜和轉變，不曾親身經歷的人不會明白。即使後來那名學校教師離她而去，她還是這樣覺得。我父親也許不長進，但他很勇敢。至少他有膽子去愛——雖然一開始他就明白他的愛像他的視力一樣，會漸漸漸變弱變淡。而媽媽，則只能選擇更勇敢。這是媽媽故事的結局。對我來說，勇氣永遠是故事的高潮。除了這點，還有什麼好說的？媽媽如果聽見我這樣講，一定會點頭同意。不過，我講這個故事的時候，在我身邊的卻只有阿暴。「這是我媽媽的故事，」我是這麼起頭的，「關於她命中注定的邂逅，和白馬王子短暫的愛情。充滿了煙霧瀰漫的湖光美景，深情的擁抱，異國風味的城市，離鄉背井的遠遊，不可告人的家族祕密，違反道德的偷情。」

「繼續說下去。」阿暴鼓勵我。故事結束後，阿暴的感想是：媽媽和莎琳娜一樣令人欽佩，只是理由不同。

「是。」我閉上眼，同意他的說法。月光下，尼奧比貨船棲息在兩個海潮間的流域，宛如沈睡在大海母親的懷抱裡。黑暗裡，我的思緒飄回從前。我多麼渴望能讓她再摸摸我，重溫她看見我拉開蜜色帆布門簾站在她面前時的神情。

廚房裡，媽媽坐在她睡覺的草蓆上等我。老爸的咆哮，她一字一句都沒漏掉。我走進屋裡，她起身為我倒了一杯茶。我在布滿灰塵的地上坐下。一天之內發生了這麼多事，讓我不禁覺得，如果貼近地面一點，周圍移動的速度會不會稍微慢下來？我抱著腿，身體前後搖動，像菜市場裡那個有什麼收成賣什麼菜的老太太。媽媽向我走來，從後面環抱我，將我瘦弱的背裹在她懷裡。媽媽的愛，讓時間停止流動。

我知道，媽，我知道。我從未離開過妳的子宮，妳想讓我這麼覺得。我會永遠受保護，在妳體內永遠安全，妳想讓我這樣記得。是的，媽，我知道。是的，媽，我還是縮在妳肚裡的胎兒。

媽媽從我出生後她就一直穿著的放錢腰帶裡，掏出一個紅色小布袋。這是唯一可以躲過老爸檢查的地方。她將小布袋放在我手上，說她用不著這些錢，她不需要也不想買什麼奢侈品。我把袋子推回給她，她卻堅持我一定要收下。「該有的東西，我都有了。」她說謊。我微笑了，因爲連在這麼糟的情況下，媽媽的聲音聽起來還是既不生氣也不嚴厲。我收下，將小布袋放入襯衫口袋。親吻她的兩頰後，我將頭擱在她的肩膀上，聞著她秀髮散發出的柳丁香味，許久，許久。

1 一五九一～一六六〇，一六二四年抵達越南，在一六五一年出版越南拉丁對照字典，爲現代羅馬拼音的越南文書寫基礎。
2 法國東南部城市，臨隆河，曾爲宗教都城。

# 17

史坦和托克拉斯還眞是不要臉呢，你說。「親愛的」和「咪咪」？我的天，眞虧那兩個人叫得出口。你邊說邊笑。

你，我親愛的週日情人，想知道她們的一切。從她們對彼此的暱稱，到她們是否當著我的面接吻，你都想知道。你以「史坦家的」稱呼她們。我聽不懂，但你卻說所有參加週六茶會的男孩都這樣叫。當然是在背後，你警告我千萬別在她們面前露了口風。「史坦家的」？喔，別擔心，親愛的週日情人，我才不會呢！那讓她們聽起來像臺機器似的。相信我，我的女主人們的確可以冠上不少特別的形容詞，不過，機械化絕對不是其中之一。葛楚史坦和托克拉斯小姐是有一輛車，但只有葛楚史坦會開，托克拉斯小姐的責任僅限於幫忙看路。葛楚史坦喜歡在陌生的地區開車兜風，但也只在托克拉斯小姐手上有地圖時才敢眞的四處亂走。我的兩個女主人，對機器一樣無能，不管遇上的是機油外漏、引擎不順，或是突然拋錨，都只能喊救命。我的女主人認爲，汽車其實是機器和動物的混合體，有點脾氣也是應該的。根據她們的經驗，罷工都是暫時的。汽車和人不一樣，死了，修一修，馬上又生龍活虎。她們要做的，不過是有點耐心，等它再一次投胎轉世。反正車子壞了，她們也只能在車裡等人幫忙。兩位女士坐在拋錨的車上，沒有男士陪在身邊，自然被視爲援助的對象。幾乎每個經過的人都會停下來。只不過在鄉下，路過的人也不多就是。不是個騎單車的小夥子，就是一輛載滿乾草的馬車和一樣騎著單車的老主人。即使人人展現熱情，義不容辭地幫忙，她們還是得等上好長的時間，才會見到修車廠工人。在法國，汽車不像麵包是必需品，技工不像麵包師傅那麼普及易找，往往好幾個鎮才有一個。

所以，托克拉斯小姐要是知道當天的行程會將車開出巴黎市外，到計程車不是隨叫隨到的鄉下地方，她就會準備好自己的「等待娛樂包」。包包裡除了刺繡針線外，通常還放了幾捲蘋果綠的毛海毛線。她對這種顏色情有獨鍾，這麼青澀，光看一眼就覺得連牙齦都酸了起來。但其實她最喜歡的是有精神的蘋果綠搭配特殊的毛線觸感，讓她編織時產生一種彷彿融化在手中的錯覺。她的眼睛告訴她的，和她的雙手告訴她的，相互矛盾。托克拉斯小姐對這類挑戰向來興趣高昂。對她來說，織一條漂亮的圍巾和織一條有趣的漂亮圍巾大不相同。她認爲「流行、品味、美麗」都太主觀了，全視觀者當時的心情和喜好而定。「趣味」則具有永遠的魅力，吸引大家回頭再看一眼，挑起一個不相關的人渴望擁有的慾望。「有趣」的元素不能在即將完成前才草草加入。幾撮亮片、少許玻璃珠、從店裡買來的流蘇，只會昭告天下那作品的規畫不良，就像肉都烤好了才匆匆忙忙灑鹽一樣。我的女主人對「趣味」和鹽都瞭如指掌，懂得在起頭前就將一切安排妥當。

托克拉斯小姐的編織手法和她的烹飪手法如出一轍。以托克拉斯羊排（lamb à la Toklas）爲例

（這是我對這道菜的命名，不是她自己說的。她大概會覺得這樣叫太不謙虛了）。每年早春，來百花街二十七號吃晚飯的美國客人常會吃到羊肉佳餚。只限於美國客人。托克拉斯小姐才不想浪費時間幫法國客人準備羊肉呢！法國客人從小吃法國羊肉長大，對它的好味道只會覺得理所當然。但美國客人不一樣，他們沒嚐過鮮美的法國羊，在百花街和它初遇，自然對托克拉斯小姐的羊排讚不絕口。爲這類聚會準備食物時，托克拉斯小姐堅持只用海邊放養的羔羊（pré-salé）[1]，抹上一點點奶油燜烤，不用醬汁，不用香料，連一片薄荷都不加。當她把一大塊烤得金黃欲滴的肉塊放在橢圓餐盤端上桌時，往往會聽到一些硬擠出來、言不由衷的讚美。僞君子，托克拉斯小姐會想，她一向最討厭那種吃都還沒吃就忙著奉承拍馬屁的人。換成是她，才不屑浪費口舌去歌頌主人家的餐盤花色、水晶酒杯、溫室花卉。哼，等你們吃過後再說吧！畢竟，舌頭是最公平的器官。好吃就好吃，不好吃就不好吃。如果吃到沒煮熟的雞、酸掉的牛奶、還帶著鐵鍋味道的焦糖，誰還能假裝口中的是美食珍饈？托克拉斯小姐不是傻瓜。她知道、也明白端出一大盤什麼裝飾都沒有的羊肉必定讓客人失望，也讓客人對她聞名遐邇的烹飪技巧感到懷疑。一旦羊肉切開，大家吃進嘴裡，一切又都不一樣了。她曉得沒人會忘記這一天她在百花街二十七號端出的佳餚。

這種羔羊產於法國西北海岸的沼澤地。海水氾濫過後的平地長出大量香料和植物。小羊吃這些牧草長大，從一開始，牠們的肉裡就有最天然最柔和的鹽分調味。托克拉斯小姐認爲，這才是良好的事前規畫，才叫深思熟慮。第一口咬進嘴裡，奧妙入味的口感令人激賞。第二口則安撫了我們爲口腹之慾殘殺小羊的罪惡感。等到第三口，腦袋才稍微恢復正常，開始去想這怎麼可能？

看不到一點胡椒，沒有一點鹽，也沒有任何迷迭香、茴香或百里香的痕跡，但這些味道都在羊肉裡，而且更豐富。這是怎麼做的？是的，和編織一樣，「趣味」激發了女主人的創意，成了這道菜的最原始動機。

葛楚史坦的「等待娛樂包」則放了一疊畫好線的學生用空白筆記本、一盒削好的鉛筆。不用說，帶墨水根本不可能。她連坐在家裡的餐桌旁寫稿，墨水都會沾得到處都是，指尖、臉上，甚至頭髮上，無一倖免。她的袖子和襯衫也常染得一點一點的。難怪托克拉斯小姐建議葛楚史坦將她櫃子裡大量的棕色服裝換成黑色。托克拉斯小姐認爲，穿棕色的唯一理由在於不容易髒，黑色不但具備了這個優點，而且沾上了墨水也不明顯。原本葛楚史坦還覺得這是好主意，直到她看見托克拉斯小姐眼中狡黠的笑意，才知道自己被耍了。葛楚史坦不滿地喃喃自語，托克拉斯小姐則笑得很得意。總之，我的女主人們常常坐在車裡，各自拿著她們的「等待娛樂包」，在路邊等人搭救。托克拉斯小姐向來鎮定，從不慌張。她知道葛楚史坦和她呈現出的畫面，在路過的人眼裡，只代表了一件事——束手無策、急需幫忙。托克拉斯小姐並不偏好牛仔小說，卻熟知所有相關故事，因爲葛楚史坦不看偵探小說的時候，一定拿著牛仔故事大聲朗誦。聽起來，故事的開場都差不多：崎嶇荒涼的牧場，一望無際的藍天，一匹上了鞍卻沒人騎的馬，然後麻煩來了。而在法國的鄉間小路上，一輛沒男人的汽車就像一匹有鞍卻沒人騎的馬，怎麼看都不對勁。托克拉斯小姐知道她們安靜等待救援的畫面會更激發過路人的善心；葛楚史坦則認爲大家會停下幫忙，全因她開朗眞誠的笑容和托克拉斯小姐高尚時髦的帽子品味。

儘管葛楚史坦沒興趣了解她的汽車怎麼發動（或更多時候，是怎麼不會動的），她對整件事卻有一套自己的理論。她覺得兩股力量在汽車內達成協議，動或不動根本不受人控制。和機械怪獸打交道很麻煩。依她的看法，最適合她和托克拉斯小姐開的其實是卡車。開車兜風是葛楚史坦尋找靈感的主要方法。她只要手握方向盤，創造力便源源不斷，原本遍尋不到的合適字眼也會自動跳出。她猜測原因，想來若不是轟轟作響的引擎聲、上下晃動的座椅，就是速度流動的快感。托克拉斯小姐卻懷疑廢氣才是主因，認爲汽油和機油燃燒的難聞氣味可能刺激出天才的爆發力。葛楚史坦對這個推測嗤之以鼻，拒絕將自己的文采原動力歸功於嗅覺。她老認爲自己的鼻子是個廢物，都是因爲它，自己才不能行醫，也不能烹飪。托克拉斯小姐卻認爲她的親愛的這樣把行醫和烹飪相提並論，不但不適當，甚至有點奇怪。葛楚史坦卻提醒托克拉斯小姐，自己在醫學院只接觸過一個病人，而那頭一個病人居然就成了最後一個。從那時起，葛楚史坦就認爲，要成爲好醫生，敏銳的嗅覺是第一要件。醫生不但要有能力判斷，而且要能從病人身上散發的味道分辨病情的嚴重程度。不幸的是，資訊全靠嗅覺提供。舉例來說，呼吸裡帶有蜂蜜的味道，表示病人有糖尿；帶著醋味，可能是胃潰瘍。尿則是另一個管道。如果聞起來有蕪菁和捲心菜的嗆味，表示病人肉類吃得不夠；聞起來有酒精味，則代表肝病變，失去了排毒功能；還有，聞起來像洋蔥的汗，像臘腸的化膿傷口……托克拉斯小姐白了葛楚史坦一眼，叫她別再拿食物與疾病相比，很噁心！葛楚史坦住了口，卻仍喃喃抱怨鼻子害自己當不成醫生，因爲它不能忍受病人身上發出的強烈怪味，覺得整個人彷彿包在密不透風的惡臭裡，無法呼吸。葛楚史坦進一步將自己從不煮飯的習慣歸罪於無用的鼻子。這一點，托克拉斯小姐倒是記得很清楚，因爲葛楚史坦寧願冒著喝下一杯餿掉牛奶的可能，也不願事先聞一聞牛奶罐。

葛楚史坦必須承認（當然不是在托克拉斯小姐面前），其實托克拉斯小姐的「廢氣激發天才論」有幾分道理。修車廠裡的廢氣濃度比任何地方都高，而修車廠就是她發現汽車可以激發創作力的第一現場。當時她坐在別人的車裡，等工人把她自己的車拆開，換火星塞，在儀表板上加裝一個她要給托克拉斯小姐的小禮物——點菸器。托克拉斯小姐覺得修車廠不是淑女該去的地方，所以那天葛楚史坦只有一本書作陪。引擎此起彼落咆哮，再度獲得生命的汽車不停噴出一團團的白煙，「眞是令人著迷」，葛楚史坦心想。原本死氣沈沈的特殊刺鼻臭味突然間活了起來，燒紅的金屬和戴著面罩滿身大汗的焊接工結合在一起，看起來比穿著緊身胸衣的托克拉斯小姐更加吸引人。葛楚史坦低頭閱讀膝上的書，但印刷字頓時打起架來，爭取她的注意力，擾亂了順序，曲解了意義。令她驚訝的是，在她的凝視下，字詞重新排列，組合出完全不同的意思。它們組成了詩和劇本，組成了小品文，組成了非常長的短篇小說的開頭。它們呈現出歌劇的劇情，甚至從古至今所有人的生平。葛楚史坦檢查外套的每一個口袋，想把這些突如其來的靈感記下來。任何東西都行，她想，給她一根針，要她戳破自己的皮膚、沾自己的血來寫都行。但是，除了一顆托克拉斯小姐塞在她口袋裡，讓她預防飯前昏眩的肉桂糖外，她什麼都找不到。深謀遠慮是托克拉斯小姐的正字標記，但再怎麼深謀遠慮也無法抵擋突發狀況。托克拉斯小姐一向將葛楚史坦照顧得無微不至，然而此時，她的準備不全卻讓葛楚史坦陷入少見的困境。

想想自己還是需要體力，於是葛楚史坦剝開包裝紙，將紅色糖果拋進嘴裡，等著肉桂的刺激味道喚醒味覺。她叫住修車廠的收銀員，請他把夾在耳後的鉛筆遞給她。接下來好幾個小時，葛楚史坦在她帶去閱讀的書上找空位，振筆疾書。封面內頁、封底內頁、書頁四周、每章一開始的大片空白，全寫得滿滿的。只可惜行距太小，不然也可以拿來利用。她回到百花街二十七號後，將那本書交給托克拉斯小姐，讓她整理打字。托克拉斯小姐將手稿打成一式三份。那星期剩下的時間，則全花在校對上，以確定三份打字稿一模一樣。然後，她用橡皮擦將葛楚史坦的筆跡從那本書上擦掉。等她把書還給圖書館，她們兩個的借閱資格都被撤銷了。後來托克拉斯小姐問起，葛楚史坦驕傲地告訴她，她們的汽車就是她的機械繆思。每個人、每樣東西都有自己的音感和韻律，可以爲她帶來靈感。而根據葛楚史坦的說法，汽車在附近時，可以將這種靈感的音波放大。現在，她能輕易地捕捉文思。她告訴托克拉斯小姐，她知道要描寫某個人或某件事時，什麼樣的句子和什麼樣的段落效果最好。句子可以由好幾百行組成，一個字、兩個字也能成一段。長短無關緊要。葛楚史坦的著眼點不在段落或句子上。她的汽車帶來了靈感，也帶來了全新的寫作技巧。

「妳的汽車？」托克拉斯小姐重複一次，想搞清楚葛楚史坦怎麼能一邊開車一邊寫作。

「不是啦！」葛楚史坦回答，「我把車停在修車廠裡。」

托克拉斯小姐覺得葛楚史坦的邏輯似乎並不合理。如果她的親愛的當初是坐在修車廠停著不動的汽車裡，那麼，她的文思泉湧應該和移動或速度沒什麼太大的關係才是。儘管葛楚史坦抗拒這種說法，托克拉斯小姐還是認爲修車廠的環境加上汽車排放的廢氣才是最合理的推論。

依我說，當然是修車廠的環境。親愛的週日情人，你能想像世界上還有其他地方比修車廠有更多肌肉結實、氣概十足的男人嗎？是，當然，還有男廁所，不過我的女主人們可沒有進那兒閒逛的特權。葛楚史坦有輛汽車，這就給了她進出本來只屬於技工、計程車司機、貨車駕駛、私家司機聚集地的修車廠許可。除了我的女主人，幾乎沒有女士會上那兒去。她相當享受每個人對她的注意力，並爲自己開風氣之先感到驕傲——**這個**，才是葛楚史坦爆發的創造力的眞相。

我還注意到，除了托克拉斯小姐外，葛楚史坦幾乎避免和任何女人打交道。她總覺得和女人在一起，是很累人的工作。雖然百花街二十七號的週六茶會，招待男人也招待女客，但參觀完公寓後，女客幾乎毫無例外地會聚集在托克拉斯小姐令人愉快的廚房內聊天。這兒和外頭的工作室提供一樣的飲料、茶點，使用同樣薄如紙張的上好茶杯、茶盤，放置類似的鮮花裝飾；唯一的不同，大概只有花兒不適應烤箱的熱氣而略顯疲態。托克拉斯小姐盡責地扮演主人角色，確保話題不中斷，不冷場。她比較近來服裝和鞋子的流行趨勢，分享巴黎市內最好的帽商和裁縫的訊息，提供烹飪和園藝的忠告。聚在廚房的女客（通常不是同事、編輯、朋友，就是待在工作室的年輕人的女友），大多時間只是靜靜聽著托克拉斯小姐發言。我想，她們是嚇得不知要說什麼。和托克拉斯小姐還有她們以爲的「中國廚子」（眞是莫明其妙，不知哪兒來的想法）坐在廚房裡，絕不是這群美國女士大老遠來參加茶會的目的。大概是上海來的，她們一定這樣想。哼……要不是看在托克拉斯小姐的面子上，我才懶得爲妳們端茶分蛋糕！

眼看下午的時間逐漸流逝，其中一些女客開始尋找可能的出路。也許，如果能取悅托克拉斯小姐的話，也許她們有機會被領到工作室，加入不時傳過來的議論和笑聲。她們討好地隨著我女主人的聲調點頭，熱切地表示贊成她的看法。她們說話時，頭會不由自主往工作室歪著，她們的身體顯然很想立刻站起來，往那個方向前進。

親愛的女客們，別妄想了，不可能啦！再說，幹嘛這麼排斥我的女主人？相信我，托克拉斯小姐是個値得花時間去好好認識的角色。就像一顆朝鮮薊（artichoke）[2]，如果你明白我的意思。不幸的是，她們從不懂得這個道理。

托克拉斯小姐享受女客的奉承，和藹回答所有問題，但從未忘記她眞正的任務。隨著太陽下山，隨著工作室傳來的聲音愈來愈大，女客不得不接受這次的拜訪仍舊要在廚房結束的事實。其中幾個比較精明的不由得開始猜想，將她們限制在這兒，不知是托克拉斯小姐還是葛楚史坦的主意。

其實，兩人都有。只不過動機不同。

葛楚史坦將這群女人歸類爲「尋常太太」，對她們眞正的婚姻狀況一點興趣也沒有，對她們有時表現出的同性相吸也不關心。「尋常太太」絕不會是天才，而天才絕不可能是「尋常太太」。所以，對葛楚史坦來說，她們毫無用處，尤其是在她寶貴的週六茶會時間——它不只是一般的社交聚會，也是她篩選崇拜者的第一現場。她會從這些欣賞她、讚美她、將砰砰跳的心捧出獻給她的人裡，選出比較喜歡的客人，然後在茶會後發出共進午餐的邀請函，讓他們有機會進一步和她接觸。如果想再更上一層樓，和葛楚史坦建立交情，晚餐的邀約是唯一入口。要是客人已婚，女主人也會邀請太太出席。但那僅止於禮貌，而非想認識她們。葛楚史坦已經有「太太」了，一個就夠了，謝謝。在她的想法裡，「太太們」都很會照顧人，讓人身心舒適，但也依靠他人大量的注意力維生。如果一次只來一兩個這類的「太太」，其實滿賞心悅目，她尤其喜歡看穿著絲襪的美腿帶著一層隱隱約約的薄霧，踏進百花街的公寓。她知道在她的撫摸下，那層薄霧很快就會消失在她濡溼的手氣裡。托克拉斯小姐曉得葛楚史坦對這些太太有另一方面的綺想。她看到葛楚史坦的視線在她們裙上的纖腰來回駐足。哼……她那大剌剌的視線，連瞎子都會注意到。她對女人身材的欣賞，令人難以忽視。托克拉斯小姐頭一次到百花街時，就覺得葛楚史坦「欣賞」的目光彷彿一條鋼製緞帶，緊緊箝住她的腰。她可以感到自己的皮膚和那道目光磨擦著，感到汗珠從背脊滴下，往大腿滑落。她不由得併攏雙腿，葛楚史坦則坐在她對面，帶著一種瞭然於心的微笑看著她。一點點鹽反而能帶出甜味。嗯……秀色可餐，葛楚史坦心想。

放著親愛的和這群女人接觸，太危險了，托克拉斯小姐現在知道了。而葛楚史坦和平常一樣，誤解了托克拉斯小姐的動機，以爲她這麼做全是爲了幫自己。「眞不自私。」我的女主人歎口氣，感謝她的幸運女神讓托克拉斯小姐願意犧牲，將女客都留在廚房。有工作要做時，「太太們」在場總是個麻煩。當然，她的咪咪例外。只有她的咪咪從來不麻煩。話說回來，訂下規定的人自然也保留了網開一面的權利。在百花街二十七號的門內，我的女主人們一向是規定的例外。雖然托克拉斯小姐絕不會變成天才，但她有權參加任何她想參加的聚會。根據葛楚史坦的說法，一個家裡頂多出現一個天才，不可能更多。有些規則是鐵律，怎樣都不會改變；另外一些則有彈性，需要時可以變動。對我來說，判斷哪個規則是哪一種，實在困難。

以「籃子」和「皮皮」爲例。上個月，托克拉斯小姐告訴我一天只可餵牠們一餐。高高在上的貴賓狗和神經兮兮的吉娃娃最近實在胖太多，非控制飲食不可。事實上，在百花街二十七號裡，除了托克拉斯小姐和我，每個人都變胖不少，所以嚴格的新生活運動正在屋裡推行。葛楚史坦自然也跑不掉。我心想，這回應該沒有例外了吧！我所受的訓練，讓我習慣遵守所有的步驟和指示。當我聽到「只有」和「一」這些字，我相信就該這樣做。但從屋裡這三個過胖動物的肥肚子看來，定下的規矩絕對沒嚴格遵行。葛楚史坦不在附近時，托克拉斯小姐偷偷餵「皮皮」吃東西。托克拉斯小姐走開時，葛楚史坦也會偷餵「籃子」。那麼，是誰偷偷餵葛楚史坦？當然是我。畢竟我的薪水有一半是她出的。這個規則，相信我，屬於「鐵律」那種。

親愛的週日情人，我看見你凝視我的女主人的眼神。你以爲她們沒看你的時候，便偷偷望向她們的虹膜，想知道一些你本來沒有權利知道的隱私。而她們也在看你。親愛的週日情人，我不想對你說謊。愈不可思議的事，愈會激起我的女主人們的好奇心。她們一見到你的手，馬上知道你不是個作家。太乾淨，也修飾得太好。眞正的作家往往習慣啃指甲，連指甲剪都用不上。她們觀察到你的手光滑又無繭，推測你顯然也不是勞動階級。是的，我知道她們也能從你的談吐得到同樣的結論，但在這方面，我的女主人和我一樣，從不相信人們說的話代表事實的眞相。但是，親愛的週日情人，你知道嗎？頭一個出賣你的，不是你漂亮的雙手，而是你的背。你第一次參加百花街二十七號的茶會時，葛楚史坦見過你的背影兩次。對她來說，那是毫無預期的場景，因爲聚在葛楚史坦身邊的人從來不會在她話說到一半的時候離座。從來不會。相信我，這些你口中的「男孩們」很少離開談話圈，連廁所都不太去。也難怪托克拉斯小姐一次次訝異於這麼一大群人的聚會後，廁所還能保持得這麼乾淨。葛楚史坦看得出來，你一邊走，一邊聽她說話。不是全心全意，但依舊聽著。你，親愛的週日情人，在那時便成了我女主人認定值得觀察的新奇人物，成了她當天的最佳娛樂。那天晚上，葛楚史坦吃著我拿手的新加坡冰淇淋，向托克拉斯小姐報告你的行爲。她們兩個都吃得出香草和薑糖，但只有托克拉斯小姐嚐到了另一種更深奧的味道，另一種彷彿內衣蕾絲舔在舌頭上的輕柔感覺。

是胡椒粒，托克拉斯小姐。十顆稍微磨碎的胡椒粒，放入牛奶，從早上泡到晚上，再加進其他原料做出冰淇淋。胡椒粒留下的「咬感」會讓吃的人感到新鮮，產生重新檢視這道甜點的興趣。就像原本已熟得不能再熟的愛人的聲音，突然出現了沒聽過的諷刺語調，自然人人留意。

葛楚史坦對你的漠視感到不滿，也感到好奇，想立刻給你一張晚宴邀請函，好讓她邊吃燉松雞邊檢查你的大腦。托克拉斯小姐知道葛楚史坦對菜餚的選擇向來不考慮季節，不管十二月到底能買到什麼鳥！對葛楚史坦而言，菜餚的選擇和她想狩獵的對象比較有關。托克拉斯小姐不同意這樣做，認爲這麼不合常規的舉動反而會打草驚蛇，把你嚇跑。如果嫌犯知道有人跟監，一定什麼線索都找不到，托克拉斯小姐從她不得不忍受的偵探小說裡學到了這點。好歹比牛仔小說好多了，她心想。其實，她最喜歡的是那些葛楚史坦朗誦《諸聖生平》（*Lives of the Saints*）[3]的夜晚。到目前爲止，她們才看完A的部分。遭到挖胸酷刑的聖女亞加大（St Agatha）、遭斬首的聖依搦斯（St. Agnes），還有被眾拳擊落牙齒的聖亞波路拿（St. Appolonia）。葛楚史坦願意讀這些故事，是因爲覺得它們和偵探小說一樣殘忍，只不過少了謀殺犯和賭徒，娛樂性沒那麼高就是了。

「把偵探小說想成《諸惡生平》嘛！」葛楚史坦堅持，「其實兩者很相似啊。」

「惡人沒有熱情。」托克拉斯小姐抗議。

托克拉斯小姐決定她們不該背離常軌，所以還是邀請你參加下週六的茶會，但僅止於此。表面上，一切如常。實際上，當你再次踏進百花街二十七號，我的女主人們開始觀察你之後，自然一切都變了。親愛的週日情人，接下來的那個星期六，當你拜託托克拉斯小姐，要她介紹廚師給你時，她因正中下懷而感到十分高興。這麼會運用個人魅力，她想。這時，你修長的手出賣了你，她馬上注意到了。某種藝術表演者，她推測。手指彎曲的角度，在空中畫出的線條，將情緒表達得十分完美。演員，也可能是戲偶表演人員，不管是哪一種，都是藏在幕後過活的人，她心想。不像我，托克拉斯小姐沒處印證，所以那天晚上，她回過頭問葛楚史坦，你的行爲是否和上星期相同。

「是。」葛楚史坦回答。她告訴托克拉斯小姐，這回你的態度愼重多了，但其他舉動還是和上週一樣。你的古怪行爲，你難以預料的冷漠，全是因爲對某些音樂或相關討論的反感造成的。

「毫無疑問，他是音樂評論家。」葛楚史坦說，發出開心的笑聲。我的女主人總是很欣賞自創的笑話，我注意到托克拉斯小姐對她的笑話就沒那麼滿意了。

「不，不是，親愛的，他不是作家。」托克拉斯小姐堅持。

「咪咪，我知道他不是作家。我說了，他是評論家。」

「他也不會是評論家，親愛的。」

「不管拉提摩是做什麼的，今天下午，他在我講羅伯遜講到一半時，起身離開。那可是一場精彩的辯論啊！」葛楚史坦說，「任何對音樂有一點點興趣的人都會想聽完。」

「歌劇家羅伯遜（Paul Robeson）[4]？」

「對，我問過他，爲什麼他堅持演唱黑人靈魂歌曲，而不選彌撒曲或清唱劇。你知道他怎樣回答我嗎？他用著名的低沈嗓音說：『因爲黑人靈魂歌曲才是眞正屬於我的，史坦小姐。』

「親愛的，別用那種聲調說話。聽起來像是路邊的擦鞋童。妳想過嗎？也許，妳談到羅伯遜時，拉提摩突然走開的原因和音樂根本無關。」

「沒有。」

「也許是因爲拉提摩對羅伯遜這個話題沒有興趣。也許，就是因爲拉提摩對羅伯遜太有興趣了，又不想被別人發現，所以才故意走開。」

我一向認爲托克拉斯小姐的直覺靈敏得超乎常人。相信聽完那麼多偵探故事後，她的直覺已經更上一層樓，幾乎成了一顆百發百中的子彈。

「喔……」葛楚史坦回應。

「想一想，親愛的，音樂？不大對吧！一般人第一眼看到保羅．羅伯遜先生，想到的也不會是音樂。史坦小姐，對一個天才來說，妳的解釋算是錯得離譜。」

我的女主人們隔桌對看，不由自主笑了起來。笑聲爬上了牆，彎過角落，跟著我走回廚房。充滿惡意。我的心裡覺得很悲哀，但想得更深些，我否定了原先的推論。她們的笑聲裡不具備惡意一定有的吹毛求疵或自以為是。關於人們惡意的笑聲，我可是專家。它就像住在屋梁裡的蛀蟲，看起來都一樣，沒有界限，速度極快，一直往外蔓延。它就像我的女主人們，可以在任何地方出生，毫無困難地移居到另一個地方。這就是它散布的方法。這就是它壯大的形式。

羅伯遜不是那麼回答的吧？是不是？親愛的週日情人？告訴我他是怎麼講的。大聲說出來。

「史坦小姐，我能打從心底唱出黑人靈魂歌曲，但其他音樂，則屬於專業表演。」

就像你說的，史坦和托克拉斯還真是不要臉。親愛的週日情人，你以為我的女主人們會這麼容易將我出借給隨便的客人嗎？一個好廚師在這個城市裡可是炙手可熱的商品。事實上，在每個城市都是。問問自己，「世界上有哪個地方是不吃飯的」，你就會明白我的論點。無論何時何地，總是有人找廚子，所以我才能活得像候鳥，像沒有海域的魚。是福氣，也是詛咒。親愛的週日情人，別搞錯，托克拉斯小姐是想把我借給你，就像一隻小老鼠似地鑽進你的廚房，你知道我會在那兒，卻又不會注意到我的存在。於是，我可以檢視你的櫃子，觀察你的架子，回來百花街二十七號，報告給那兩個好奇的美國女士知道。「拉提摩是黑人嗎？」是她們最終想知道的答案。我的女主人告訴我，她們只是想確定而已，沒有別的意思。

你說，虧她們在法國住了這麼多年，「親愛的」和「咪咪」終究是美國人。

當然，她們終究是美國人，親愛的週日情人。當然，她們終究是。

1 海邊牧草放養的羔羊因爲吃的草糧帶有大量鹽分，肉質已帶鹹味，爲高級食材。

2 菊科植物，通常把外葉剝除削去，只吃芯蕾部分。

3 爲十九世紀英國牧師巴林—戈德（S.Baring-Gould）的著作，共十五卷。

4 二十世紀初的美國黑人聲樂家，也是著名的民權運動家。

# 18

上了尼奧比貨船後，我將媽媽的小紅布袋緊緊捏在手裡。我想著，隔在我和媽媽之間的，是一日行程的海洋。然後，我想到即將到來的，一星期行程、一月行程、一年行程、十年行程的海洋，媽媽和我愈離愈遠。以前，我習慣以太陽升起落下和月亮的圓缺來計算時間。如今，在海上，我學會了時間還能以水衡量，以漂流的距離衡量。以這種方式衡量，時間的移動成了離某一點近多少或遠多少，而不再是一條只能往前的快速路徑。以這種方式衡量，時間可以在原地打轉，可以曲折迴旋，在任何時刻，它能將我捲離，也能將我再一次推向家的方向。

媽，我知道，小袋子是紅的，因爲紅色是吉祥的顏色，永遠代表好運，絕無例外。它是祈求好命的顏色，祈求豐收的顏色，祈求永不匱乏的顏色。紅色是流過我們心臟的顏色，是我們在世一日就離不開的內心水源。雖然法國的先生夫人並不這樣想——他們看到紅色時，想到的是憤怒、死亡、危險區域、需要注意與照顧的特別狀況。荒謬可笑，反應過度，徹頭徹尾的誤解。媽，沾在我指尖的紅代表我還活著。紅色將妳從我身體釋出。紅色提醒我，妳離我並不太遠。

我看著手中的小布袋，想著：媽媽，如果袋子裡有好運，我現在就需要一點。暈船讓我一天倒地四、五次，讓我彎著腰在洗臉臺上、在欄杆邊、在骯髒的鍋盆裡猛吐。只有削馬鈴薯皮、切洋蔥、撿泡在水裡的扁豆和豆莢的皮時，我的腰才是直的。否則，大多數時間，我全彎著腰吐，彷彿向大海和海風致敬。

是的，老爸，這些工作不是廚子的職責，甚至在一艘破得快漏水的船裡也不是。但尼奧比貨船是法國人的，而我，再怎樣說，不過是個越南人。

我只是廚房裡打雜的小弟，職位比專管冷食的小廚師更低。一開始，我甚至不准碰觸食物，只有煮完留在鍋裡的、端出去沒吃完留在盤裡的，才歸我管。我負責洗碗盤，更不幸的是，往往還得加上我當天吃下又吐出的殘渣。洗盤子的速度好不容易快過我弄髒的速度時，尼奧比的大廚，一個叫盧貝的法國人，問我以前在哪兒做事。「西貢總督府的廚房。」盧貝重複一次我的回答。從此之後，盧貝總是很晚才起床，吸著紙菸，透過油膩的舷窗望著外面的海洋。而我則忙著為他展示我在總督府廚房學到的技巧：沒有成就感的工作；沒有掌聲的感謝；沒有認同的心情。

船長的讚美連同吃光的空盤一起送回廚房時，盧貝微笑著喃喃自語：「西貢總督府的廚房。」

我早該知道。就像我告訴阿暴的，受人忽視、不引人注目，對我這種人來說，才是最好的選擇。

但這個規則的智慧再次被我拋在腦後，我居然蠢到將小紅布袋的事告訴阿暴。我告訴他，袋子是從媽媽的放錢腰帶拿出來的，一定裝了不少錢。應該有好幾百吧！誰知道她將那些沾滿油煙的紙鈔放在身邊多久了。那些錢也許是她省下來的棺材本，或者買她墳上的白花。老爸就像法國人一樣，總認爲辦喪事時，只有黑色才是適當的顏色。

我知道，媽。黑色是我們頭髮的顏色，是我們的虹膜在暗處的顏色，是夜裡睡眠的顏色，是煤炭的顏色，是羅望子果漿的顏色，是還沒剝開的皮蛋殼的顏色。這樣的黑色，怎樣會是哀傷的顏色？紅河釉泥爲底，深海水藍爲身，再加上高大樹梢的綠，調合成的黑該是明亮的，該是充滿啓示的，該是能讓我們做夢的顏色，怎麼會和哀傷扯上關係？

「哇！」阿暴聽到小紅布袋的事後，吹了一聲口哨，說我一定要打開看看。即使我不好奇，他也想知道裡頭到底裝了什麼。不過，他似乎沒用這麼多字來說服我，回想起來，他大概只在嘴裡唸了「笨蛋」兩個字。「哇！」我打開布袋，阿暴看見裡頭的東西後，不由自主又吹了聲口哨。「你還待在這兒幹什麼？」阿暴立刻發表高論，「有這包東西，你大可租一間上等艙房，每天晚上和船長一起用餐。你這個笨蛋。」

是的，我心想，很實在的說法。我把布袋綁好，放回枕頭下。

紅色是握緊拳頭的顏色。紅色是母親生產的顏色。紅色是她想盡辦法存下來，藏起來，偷偷塞給她么兒的顏色。我離家前，媽媽給我一個我以爲放了錢的小紅布袋。我天天和她在一起，卻沒想到她藏在懷裡有如保護子宮的東西，居然不是錢。我閉上眼，還可以清楚看見她待在廚房。布滿灰塵的地面、沙鍋瓦罐、錫盤、椰殼做成的勺子、蒐集雨水的陶缸。媽媽將她的一切給了我，我卻以離開來報答她。我知道，再怎樣說，這不是公平的交易。

直到上船好幾天後，我才知道我每晚枕著睡的小布袋裡，裝的是金箔。亮晶晶的，一片疊著另一片的金箔。比紙鈔輕得多，但更爲值錢。媽媽知道，金子是世界上最有價值的資產，不管走到哪一個角落都能輕易兌現。不像紙鈔，價值由印行的地方決定，只要帶離固定的區域，馬上貶值。就像一條離水的魚或一個在海上的人，立刻變得不值錢。

每天，我都聽見老爸的聲音從地底傳出，對我大聲咆哮。是的，地底，我告訴自己，那是現在他躺著的地方。當他和我劃清界限，像分開蛋白蛋黃似地和我切斷血緣的同時，我就將他埋在那兒了。「有賭博的地方就有信仰」是老爸不時掛在嘴上的老話。即使我已經離他好遠，這句話彷彿有穿過地心的能力，還是找到了我，不斷在我腦袋裡迴蕩。對一個從沒上過船的人來說，老爸還眞是偉大的航海家。他的心裡似乎裝著一個羅盤，我在哪兒，他就能找到哪兒。我有信仰的，老爸。我也是有信仰的……

「哼，我知道你嘴裡的『信仰』！居然敢用這麼神聖的字去形容你做的事，你也太膽大包天了吧！也只有像你這樣的廢物，才會相信那個法國雞姦者會拯救你。出自愛情的拯救？出自對你這種皮包骨又毫無價值的肉體的迷戀而拯救？我就一直跟你媽說，你是個無可救藥的廢物，現在我的話終於印證了吧！沒錯，你賭了這一把，可是你輸光了……」

這才是你惱羞成怒的眞正原因，是吧？老爸。我輸光了？如果那個法國「雞姦者」還站在我這邊，如果他還繼續供給你源源不斷的黃湯……

「閉嘴！光想到你做的事，我就要吐了。眞是侮辱了我們家的名聲。也不想想偉大的二廚阿明為你做了那麼多，你居然這樣報答他。我早就告訴他，用不著在你身上花那麼多力氣。他現在可知道我一直是對的嘍。他還堅持你得學會怎麼讀寫，說什麼現代的大廚不但要多才多藝，反應迅速，也要言語流利……結果呢！看看你成了什麼樣子。」

你胡說些什麼，老爸？阿明教我讀寫，所以我可以開菜單，應徵求才廣告，依照快死的法國大廚公開的食譜煮菜。更重要的是，阿明要我知道我們姓氏的形狀，那麼，有朝一日，當它繡在他夢想的大廚高帽上時，我才能一眼認出。又白又高的大廚帽子，就像美麗的法國小姐一樣，阿明在半夜裡嘆著氣。你也醉得太糊塗了吧，老爸？你總不會以為從讀和寫，我學到了怎樣去愛一個男人，怎樣從另一個男人身上找到熱情吧？難道你以為這些都可以從書上學來嗎？我又不是你，老爸。我愛這個人，因為我是我，而不是因為高高在上的神父和聖經叫我愛，我就去愛。以你的神之名起誓，我命令你從此消失在塵土裡……

然而，回想起來，我在事情一開始就犯了錯，成了我整個設計上致命的缺點。我以為只要幾鏟灰泥就能讓老爸窒息。將他的身體埋在我們家的土裡，豈不注定以後和這塊地沾到邊的生物全都要死。我可以想像，怨恨從他的眼瞼、他的嘴巴、他的耳朵、他的肛門滲出，毒化了周圍的每一寸土壤。我實在不該將他埋在土裡。我應該把他拋進大海，應該趕走他，而不是趕走自己。但我被憤怒沖昏了頭，沒有能力細想，只是不停往下掘，不斷移走挖出的沙泥，一心想看見他的屍體在地底腐爛。我早該想到老爸會拒絕合作。他的身體完好無缺，毫無損傷。經年累月的酗酒可以殺了他，卻不能腐蝕他，讓這些不幸繼承他姓氏的後代束手無策。你也可以說他被醃製保存了下來。一般人身體裡的水分在他身上全換成了酒精，強烈到能夠消滅任何敢嘗試接觸的生物。小動物、蛆、分解屍身的細菌和昆蟲，一遇到他，全失去了作業能力。牠們全不敢動他，讓他獨自留在那兒，滲出他的怨恨，污染這片土地，一步一步照他的意思，緩慢毒化每一寸地方。可以確定的是，在我有生之年，他會一直釋出毒素。如果我有個兒子，在他的有生之年，可能還見不到老爸的毒用完的一天。對老爸這樣的人來說，這是他唯一最接近永生的形式，而我則是唯一可能的執行者。

是的，老爸，我賭了這一把。我以專管冷食的小廚師職位爲賭注，賭了這一把。和你想的不一樣，我不認爲一輩子有這樣卑賤的職位是我的運氣。我輸掉了白色的長圍裙，輸掉了奇跡出現的那一天，在終於當上大廚的阿明王朝裡，遞補上二廚位置的可能。我輸掉了一個阿明相信會比較好的未來。在他單純的想法裡，仁慈的上天會因你表現好就升你，因你的忠心而獎賞你，因你對主人盡力，主人也會爲你盡力。阿明的信仰讓他堅持下去，但那不是我，我不信那一套。

布雷瑞特大廚抵達總督府時，我看了一眼他俊俏的臉，再緩緩環顧四周，然後，我心裡想，說眞的，我能有什麼損失呢？這個問題的答案，相信我，全視賭徒覺得生命裡最重要且不可失去的東西是什麼而定。什麼會永遠存在？什麼會永遠不變？賭徒做決定時，先要考慮這些問題。輸得起，才能放手一搏。換個方式想，賭徒對什麼有信心？我想，沒賭過的人大概從不需要問自己這些問題，自然也不曉得其實答案少得可憐。這些答案爲賭徒訂出了風險和自我拘束能力。如果答案是「什麼都沒有」，那幾乎注定會輸，因爲在他心裡，沒有任何事重要到可以引他回頭，他只會一味往前，直到走到盡頭跳下懸崖爲止。風險讓賭徒勇氣加倍，自我拘束則讓賭徒學會謹愼。這兩者猶如蹺蹺板兩端，得先維持平衡，賭徒才有辦法一直留在場內繼續下注。

我有信仰，老爸。你才是沒有信仰的那個人。如果你以爲我天眞到一見到布雷瑞特大廚就以爲他可以救我脫離苦海，那你也太低估我的智慧了。再怎麼說，他是法國人。即使經過這些混亂，我選擇記得的少數情愛畫面裡，我的身體還是能感到我們肌膚相親時那種剃刀般的疼痛。我曉得界限在哪兒，我曉得我們階級不同，我也曉得這樣的相戀必然帶來的嚴重後果。但是，老爸，你一定想不到，我在他帶著黑色閃光的藍眼睛裡，看到的不是我的升職、阿明的加薪，甚至不是一罐給媽媽的桃子或梨子罐頭。我看到的不是一張能保證我未來更好的飯票。我不像你；在他的藍眼睛裡，我看不到拯救者，只看到一個值得爲他賭一把的男人，因爲我有信仰，我相信……

「不准你再用那個字！我告訴過你，『信仰』屬於上帝，屬於教堂，屬於獻身宗教的人，還有被神拯救的人。『信仰』是屬於我的！」老爸憤怒說著，每說一個字，就往地上吐出一口土。

閉嘴，老爸。讓我說完。這是我的故事。由我來說，你乖乖躺在那兒，不准出聲。

我有信仰。我相信老爸至少有四次對媽媽是和顏悅色的，四次是溫柔的，四次心滿意足的歎氣。就像四次月亮發出的極短亮光，柔和照亮了我和哥哥們受胎的那些夜晚。當我還是孩子時，我看著星星，或在白天對著太陽閉上雙眼，無法相信世界上有其他地方的時間居然和這兒不同。

就像所有的孩子一樣，我看著大家說是我父親的男人，無法相信他是以輕蔑的舉動將我帶到世上。愚蠢而堅持地相信，因爲我的生命由他而來，縱使他舉止殘忍、言語無情，他的內心應該不是這樣。這種想法成了我生命中最大的悲劇。我居然相信老爸，相信一個酒鬼、一個賭鬼、一個毀了我家庭的人，其實有顆善良的心。

「呆瓜！是你自己要相信我。」老爸得意笑著，知道他說的是實話。

是的，我承認，的確是這樣。我早該知道。我應該把他的身體拋進大海，應該趕走他，而不是趕走自己。

媽媽生下我後，有很多事，她再不能趁祭拜她父母時傾訴。他們可能已經不認她了。想到這兒，她就覺得悲哀。那麼她應該拜誰呢？她設在廚房裡的祭壇，還剩下誰能讓她追思？在祖先膜拜的概念裡，沒有「原諒」兩個字，有的只有報應和還不清的債。即使死後，媽媽也沒有其他選擇，非去見她父母和那些從未謀面的宗親族人不可，接受他們的審判。他們會說些什麼？她擔心地想。更糟的是，其實她知道他們會說些什麼。她付錢請人從身上取走了她唯一對丈夫有價值的功能。她從丈夫那兒偷走了不知道幾個還沒出生的兒子。她居然敢對自己的身體行使主權，尤其在已被明白告知她絕對沒權利這樣做之後。小偷、討債鬼，最可惡的，還是個不順從丈夫的太太。這些譴責每天跟著她到市場做生意，跟著她回家，讓她在床上輾轉反側，蹺曲身體，懷抱滿滿的罪惡感，難以入眠。她渾渾噩噩過了好久，直到有一天清醒過來，發現自己已經四十。她的丈夫成天和其他男人廝混，舌頭渴望著一個叫基督的男人身體——「聖體」，老爸告訴她。她在市場當小販，賺來的錢全被拿走；生了好幾個兒子，看著他們學會走路，卻離她愈來愈遠；有四個孩子，其中一個相信只有她的愛是不夠的——「不然，爲什麼他要離開我？」她問自己。她被父母排斥在外，失去了死後和他們團聚的資格。活著時只有一個人沒關係，但死了還是只有一個人，叫人怎麼忍受？

相信我，媽媽非常堅強。不是市內種的栗子樹那種堅強，那種整年穿著一身盔甲，直著腰，和冬天的強風硬拚的堅強。要知道，求生存的方式其實有很多種。當夏日颱風呼嘯而過，吹得植物和小動物東倒西歪，媽媽見到看似柔弱的竹子總能安全脫身。她在廚房看見後面的竹子在風最大的時候全彎著腰倒向一邊，將細瘦的身軀打橫，和地面、天空平行。她想：今天，風這麼大，它們一定會斷。當她看著它們，等著攔腰折斷的慘劇發生，風勢卻有逐漸轉弱的趨勢。那時，接雨水的陶缸早已颳倒，大大的肚子靠在地面搖來搖去。一大片水從溝裡灌了出來，沖入大量的紅椒和黃椒，在地面四處亂滾。有些還帶著青梗；至於那些還不夠熟就被暴風從鄰居菜園吹下的，青梗還留在莖幹上。一些肚子被壓開的紅椒、黃椒，吐出小而灰的種子。竹子貼近地面，彎著腰，彷彿也爲它們哀悼。幾分鐘後，竹子搖搖晃晃地抬起頭來，抖落身上的雨水，恢復垂直指向天空的常態。媽媽看了，印象深刻。嗯……這才是眞正的堅強。堅定不移和彈性運作不見得一定要對立。要生存，便免不了某些妥協。誰最持久，就看誰能挺到最後一刻還站得起來。我想像她當時從竹子身上學到的教訓應該就是這樣。

媽媽下定決心，要當一個堅持到最後的生存者。她和她母親不同，不會讓一個男人取走自己的生命。她要看著丈夫變老、死去。她想像該怎麼將他的屍首丟進湄公河，流向南海。她不像我，絕不允許丈夫污染這片她全心守護的家園。她想待在那兒，迎接她的么兒回家，回到她的廚房。然而，爲了計畫能順利進行，媽媽得先對她的信仰做個調整。她必須找個信仰，讓她可以逃離祖先的憤怒，讓她死後有地方可去，不用回到祖先等著審判她的陰界。她像其他絕望的人一樣，轉向天主教，尋求救贖。但我不認爲那算得上皈依，因爲她並沒有完全背棄原先的信仰。她仍留著廚房裡的神龕，讓佛祖對著她微笑。她畢竟是個越南人。下注時，她喜歡保守一點，以防兩頭皆空。

我離家時，媽媽已經受洗了二十五年，卻從來不是個眞正的天主教徒。她結婚那天，聖水滴落在她的前額，神父叫她打開嘴，領受又乾又沒味道的聖體。這些天主教徒的烹飪水準眞低——她還記得當初她這麼想。我離開家時，媽媽已經在上帝的影響力下生活了二十幾年。她沒有選擇。教會的那套就像空氣，長期暴露下，早已經由毛孔鑽進她的身體，成了她的一部分。她知道天主教教條中，什麼叫三位一體，也明白罪惡、否定、快樂的延遲，皆成了她成年生活的要素。她有神父，有聖母，雖然這兩個不是夫妻，不能代替她的父母。她還找到一個聖子，好塡補她離去的那個兒子的空缺。加入天主教後，媽媽不管是祈禱或唱聖歌，都可以聽到自己的聲音。上一次她出聲唱歌已經是好久之前的事。那時，她的兒子都還是嬰兒。我們在她年輕的聲音所唱出的高低起伏的催眠曲中入睡，靠在她因唱歌而生氣勃勃的溫暖身體上入睡。加入天主教後，媽媽找到一個死後可去的地方，一個她離開人世後，可以穿著那件灰色越南傳統旗袍，像她神龕上的煙一樣緩緩上升而去的地方。她應該是全心全意期待這樣的安排吧？除了一小部分的她（想來是她的耳垂）會因父母不在那兒迎接她而感到遺憾吧？反正，他們也只會再次丟下我一個人，她心裡想。

媽媽從不猶豫。但想到她立下這輩子不再進文森神父的教堂的誓言，她還是考慮了好一會兒。那是她被買來和賣掉的地方，她怎麼能再回去呢？每個星期天，老爸洗好臉，喝下濃茶遮掩呼吸裡刺鼻的酒精味後，便往文森神父的教堂出發，好準時坐上第一排保留座。只要他前腳一走，媽媽馬上換好乾淨的上衣，戴上草帽，往西貢的聖母院前進。她第一次在那兒參加彌撒時，神父給了她一串念珠。雖然不是串在粉紅絲線上的金珠，但至少她可以自己選擇是要有耶穌在十字架上的藍色念珠，還是有像新娘般低著頭的聖母的粉紅念珠。那天早上，聖母院傳來的鐘聲告訴她，彌撒已經結束，而她還要趕好幾條路才能到達。她速度不變，繼續走，終於在午禱儀式開始時及時趕到。她側身從慢慢闔上的木門間滑進去，在磨得光亮無比的位子上坐下。她凝望裝飾金光閃閃的神壇的菊花、劍蘭、百合。眞美，媽媽心想。即使文森神父的教堂也插起這種花，而不插金盞花和雞冠花，她也不會回到那兒去做禮拜。和老爸在同一個屋簷下祈禱，哼，根本就是褻瀆神明。那天早上，媽媽不知道，她生下我後對身體做的事，即使是在天主教信仰裡，也是不能被原諒的致命重罪。等她終於發現，已爲時太晚。她乾脆當作不知道，繼續等待她的救贖。

信仰是我這一生故事的起頭。老爸相信聖父、聖子、聖靈；相信如果一個兒子好，一屋子的兒子自然更好。他相信被他帶來世上的孩子都欠他的債，一輩子還不清。那麼，不就擁有好幾個屬於自己的僕傭嗎？爲了進行他的計畫，他得幫自己找個太太。要不然，其實他對擁有女人這個主意，一丁點興趣也沒有。世界上他唯一愛過的女人不要他，將他遺棄在教堂門口，告訴他閉上眼睛，認眞禱告。他祈禱能再見到她臉上的笑容；祈禱自己能吃飽，她也能吃飽；祈禱她能少嘆一點氣，尤其在她以爲他已睡著的夜裡。他打開眼睛，發現只剩他一個人站在那兒。他爲她做的禱告已被應允。那是他這輩子最不自私的想法。後來成爲我媽媽的女孩被帶到他面前時，他什麼都看不見，只看到未來固定收入的媒介。在老爸漫長的生命裡，他始終與祈求任何形式好運的賭徒混在一起。他們有的相信某件褲子可以帶來好運，便堅持每次都要穿。有的相信吃牛肉會讓手氣變旺，每次賭錢前，如果負擔得起，就非吃不可。其中有很多人在重要的賭賽前刻意禁慾。老爸每天來往的，就是這堆賭性堅強的傻瓜。他知道一個人眼中的迷信可能就是另一個人堅定不移的信仰。雖然也有很多荷包鼓鼓的女人想信上帝，以祈求足夠的好運贏錢，但老爸卻因爲受不了看到她們的身影、聞到她們的味道，而堅持不願意做這票生意。房子裡有個女人已經太多。但他相信兒子是愈多愈好，爲了繁殖，他不得不碰觸這個聞起來像他唯一愛過的女人的女孩。這種接觸，每次都讓他覺得噁心。他只想趕快把事情了結。他張著眼睛繼續，心想不會再受任何女人欺騙上當。

媽媽則從頭到尾閉著眼。她將眼瞼緊緊擠在一起，再以濃密的睫毛封住。他可以叫我打開腿，但不能叫我張開眼睛。覺得自己正要撕裂時，她在黑暗中游出去尋找自己的母親。她想知道母親是不是眞的確定、百分之百確定這就是她想託付女兒一生的男人？在黑暗中，她母親和一起出現以增加權威性的父親告訴她：「是的，就是這個男人！」不可能爸媽都錯了吧？女孩邊想邊張開眼睛。丈夫已經完事。她起身清洗自己，在裝滿雨水的臉盆上蹲下，慢慢將下身浸到水裡。她母親教她在水裡加一匙鹽，幫助洗淨傷口。水在瞬間染成粉紅色。她低頭看著，不自主哭了起來。鹽讓她的傷口又刺又疼。「遵從」和「膜拜」一樣，都是很強烈的用字。父母這樣告訴她，她就只得相信。他們給她生命；他們告訴她，只有忍受，才能爲他們生下孫子。這是她很早以前就知道的義務。身體一具備生育能力，母親就開始爲她找丈夫。女孩想像應該會是個白馬王子。從母親宣布要把她嫁出去的那天起，女孩就不斷被提醒，一定要遵從丈夫的所有要求，不可違抗。女孩想，他應該很有智慧吧？絕不能惹惱他。應該很體貼吧？絕不能離開他。應該很仁慈吧？因爲給她生命的女人這樣說，她只能相信，只能遵從，只能動也不動地閉著眼睛，讓老爸壓在身上。在黑暗中，父母的話游移在她身邊，阻止她爬起來，抓住菜刀，像殺雞那樣割斷他的脖子。母親告訴她，有氣只能往肚子裡吞。她這樣做了，吞得肚子都大了起來。更糟的是，她母親早就知道，這一切都會發生。

# 19

「我曾經有個哥哥……」

葛楚史坦喜歡在新認識的崇拜者面前，丟出這句沒頭沒尾的話，觀察他們疑惑的反應。她將之視爲敏銳度、技巧性和靈敏度的測驗。就像一個指揮作戰的將軍突然轉向，挑戰她的部屬。部屬通過考驗，才有資格接受下一場任務。不幸失敗，則遭到被撇下、自生自滅的命運。至於傷勢會嚴重到致命或僅是擦傷，則全視那個倒楣的年輕人的反應而定。對葛楚史坦來說，如果聽者膽敢將話題轉到現在她兄弟在哪裡或者在做什麼，那就很致命了。注意力太容易分散，不值得花時間去認識。只不過是講到兄弟，就將她排擠在自己的對話裡，顯然對她崇拜得不夠。要是那個年輕人不掉入陷阱，能忍住不追究史坦兄弟的下落，那麼，托克拉斯小姐和我就知道，以後，在百花街二十七號，我們還會再看見這個人。

「事實上，她有三個兄弟，一個姐妹。」托克拉斯小姐有時會在工作室的角落更正葛楚史坦的說法。

「但是，咪咪，對我來說，只有這個是重要的，其他的不算數。」我的女主人會繼續堅持。是的，沒錯，我點點頭。不管家裡有幾個人，對我們來說，只有一個兄弟眞正重要。只有那個兄弟溺水時，會讓我們毫不猶豫地跳入長滿水藻的池塘，不顧髒水和泥濘，一心只想救他出來。只有那個兄弟，會讓我們在危險時挺身而出，大聲攬下所有責任，說出「全是我的錯」這種話而不畏懼後果。只有那個兄弟，讓我們既崇拜又羨慕。直到羨慕愈來愈強，終於打破平衡爲止。

葛楚史坦以前是有個哥哥。她渡過大西洋來找他。那時她已二十九歲，深覺如果繼續留在故鄉，未來只是不斷下降的陡坡。她可以姿態優雅，一步一步往下走，也可以敞開雙臂，大叫著「難道女人不能有夢想嗎」，跑下同一個斜坡。巴黎有兩樣東西吸引葛楚史坦——她的兄弟里奥（Leo）和進步的新世紀。雖然邁入二十世紀已經三年，但她老覺得自己好像還住在博物館內，只能在隔離太陽強光的玻璃櫃裡活動。奥克蘭（Oakland）、亞利加尼（Allegheny）、劍橋（Cambridge）、巴爾的摩（Baltimore），所有她住過的城市都不能滿足她，因爲大家還是以十九世紀的腳步活著。不管是對一個城市或是對她自己，她都想不出更糟的評論了。當然，到目前爲止，她的生命也不算平淡無奇。她受了高等教育，也嘗試過戀愛的感覺。相較之下，她比較喜歡前者，因爲她思考和演說的天分，在那兒受到肯定，讓她大出風頭。戀愛時，思考和演說卻完全派不上用場。她就像她大多數醫學院同學，唸什麼疾病時，就覺得自己好像備齊了那個疾病的症狀，因而痛苦不已。研究心臟時，她老覺得自己的血液循環有嚴重問題，就算不致命，也會是和她糾纏一輩子的慢性病。她再也不能深呼吸。她在夜裡醒來，發現頭髮、腋毛、陰毛全汗水淋漓。特殊的體味從她的軀體散出，很刺鼻，讓她覺得噁心，也讓她不得不正視肉體存在的事實。在這些夜裡，她睡得很少，多數時間只是閉著眼睛，希望夜晚快快結束。清晨，她會精神恍惚，相信前一晚來了不少蝴蝶，一隻隻停在她眼瞼上，停在她緊閉的雙唇上，想著如果治不好，至少應該用藥控制。

葛楚史坦那時還是個被叫成「葛蒂」（Gertie）的尋常女孩。二十九歲的她，體重直逼兩百磅。她不知道自己在戀愛，將一切戀愛中人有的症狀全當成某種疾病。她就像總督府的司機，相信嚴格的運動和飲食控制能改善所有原因不明的不適。她戒掉了在愛人家喝下午茶的習慣，僱了一個次中量級的拳擊手陪她做體能訓練。她的教練早已放棄在拳擊場上大放異采，天天陪著這個胖小姐左跳右跳減肥。她再也不能開懷大吃。艷紅似唇的草莓醬，鬆軟如頰的鮮奶油，如褐髮一樣深的濃茶，都是她愛若性命卻不得不割捨的好東西。她以爲拳擊運動會讓她呼吸恢復順暢。結果卻令她大失所望。她想，愛情這件事實在太辛苦也太殘忍。「三」對戀愛來說，是個不祥的數字。她的戀情裡不但擠了三個人，而且她還是那個晚到的第三者。她彷彿誤闖其他蜂巢的越界工蜂，找到的蜜雖甜，但早已被捷足先登。她的虎視眈眈讓原先的主人提高警覺，加強防守。這樣的感情讓她覺得疲倦。她不想和別人競爭，她只想當愛人的唯一。她一輩子都只想當那個唯一。

「產科被當了。」她在給里奧的信上這樣寫，「產科放我自由，不像其他科目還和我糾纏不清。」事實卻正好相反。她把產科當了。她在課堂上表現傑出，卻又高姿態地退選，搞得全校都在談論這件事。「這個年輕女孩毫不在乎地浪費價值不菲的資源，眞糟。」醫學院老師都這麼評論。醫學院多收一個女學生就表示少收了一個校方其實比較想收的男學生。爲了兩個有錢老處女的大筆捐款，學校不得不心不甘情不願地接受加收女學生的條件。里奧的妹妹有幸成爲醫學院裡少數的女性先鋒，卻對產科一點興趣都沒有。這讓她成了一個眾所矚目的標誌。在她龐大身軀的推波助瀾下，人人都注意到這個因老處女的巨額捐款而得以入學，擠掉男學生後又不照預定計畫修課的問題人物。校內的輿論一片譁然。男學生皮笑肉不笑地譏諷她，女學生則對她讓原本已難走的路更加崎嶇而普遍排斥她。最後，這個年輕女孩除了離開學校，沒有第二條路。她可以主動辦休學，爲大家留點顏面，也可以繼續賴著，等校方開除她。她沒有多想，買了船票越過大西洋，航向她哥哥宣稱已完全進入新世紀的文明古國。

在那時的百花街二十七號裡，里奧是畫家，妹妹則是作家。他的專業是仔細考慮後的選擇，她的寫作卻比較像是命中注定。她的內心充滿了故事與激情，督促她非做點什麼不可。那個與五月（May）同名的「梅」，讓她的情緒高高低低，嘗到狂喜，也塞滿悲傷。她決定將自己的心假託在一個男人的體內，寫下兩人的愛情。她的故事講的是一個男人對一個女人得不到回報的愛，除此之外，所有的情節不變。她在百花街二十七號療傷，披著豐厚長髮，穿著深色日式晨衣，在散文裡得到撫慰。里奧去日本時買回一大箱日式浴衣，全掛在她的工作室裡。發現里奧這堆紀念品時，她高興得像個小女孩，在哥哥背上用力一拍，還給一個緊緊的擁抱，讓他差點喘不過氣。她把和服上的白鶴、牡丹、櫻花等刺繡拆得一乾二淨，開始每天穿著單色浴衣過活。她將自己包裹在藍的、棕的、灰的各色浴衣裡，免除穿緊身內衣的麻煩，對她來說，再理想不過。她在哥哥放日式浴衣的箱底找到一條念珠，將它戴上，完成了自己最終的形象設計。鍊子上的每顆珠子都和李子差不多大，從頸子優雅地垂落到腰間（嗯……如果她還算有腰的話）。那時，她只是「葛楚」，里奧的妹妹，一個追隨哥哥腳步的女孩。大家講到史坦時，指的往往都是里奧。那時的葛楚相信，哥哥才是家裡的天才。她認爲在百花街二十七號的家應該開始進入共和時期。沒有丈夫，也不用太太。在二十世紀，丈夫和太太都不是必備品，她這樣告訴哥哥，也眞心這樣以爲。當然，後來的事實證明她是錯的。

「只要講到日常生活的現實面，她幾乎沒對過。」托克拉斯小姐可以爲這句話作證。這個結論經過歲月的洗禮，更顯眞實。女主人變白的頭髮、變黃的牙齒、日益明顯的靜脈曲張，全是這個結論的佐證。相反的，另一個結論「葛楚史坦是個天才」則沒拖上多久就成爲公認的事實。那時年方三十、剛渡過大西洋的愛麗斯．芭貝．托克拉斯，清楚地指出這個觀點，很快獲得大家的支持。這些話一說出口的同時，三十三歲、老不穿內衣的葛楚，從此成了獨一無二的「葛楚史坦」。不再屈居平常女子的二線位置，而讓自己的名字在每一次提及時，都以最強而有力的姿態出現。不再是葛蒂，而是葛楚史坦，成熟、有智慧的大作家。「而且是天才。」托克拉斯小姐邊說邊將葛楚史坦的頭輕輕放在自己膝蓋上。

「但是，咪咪，一個家裡，只能有一個天才。」葛楚史坦小聲抗議，一面忙著將雙手伸進托克拉斯小姐的長裙裡。

「那麼，在史坦家裡，指的就是妳，親愛的。」

葛楚史坦的內心其實已經同意。她和哥哥里奧一起住了四年，在她眼裡，最近哥哥實在不怎麼長進。原因很清楚。里奧的繪畫創作早就停了下來，葛楚史坦認為他的創造能力自然因此離他而去，讓他整個人看起來十分蒼白。不像她，源源不絕的創造力保持她的臉頰紅潤。更糟的是，里奧允許自己對他人藝術的興趣，高過他人對自己作品的興趣。近幾年來，他們倆在巴黎以鑑賞力聞名。百花街二十七號裡有大量畫作、藝術家，不時聚集了許多對畫、藝術家和史坦兄妹有興趣的人。畫全掛在工作室牆上。藝術家坐在沙發和椅子裡。至於那些有興趣的人，則受邀從工作室的門進來，到處參觀。托克拉斯小姐到達時，就是這三樣東西讓百花街二十七號在社交圈裡大出風頭。可惜的是，里奧和妹妹一樣，相信一個家裡只能出一個天才。他確信史坦家的天才一定是自己。比較年長、比較有智慧的，才有資格當天才。而他採取捍衛個人觀點的說法，則讓事情惡化得更快。「是，葛楚史坦對百花街二十七號的吸引力當然有貢獻。但她能和我相提並論的，只存在於兩人共同帳戶的支票簽名上而已。我妹妹沒有值得提出討論的個人意見，但我的看法卻是大家爭相參考的要點。當然，她也有她的崇拜者，不過我寧願讓藝術歸於藝術。」

葛楚史坦愛她的哥哥，尤其是這個對她來說唯一重要的兄長。她對哥哥的感情深到她寧願摀住耳朵，假裝聽不到那些傷人的話。但托克拉斯小姐開始每天固定上百花街二十七號和葛楚史坦聚會後，里奧的嫉妒和殘忍，讓原本已難以相處的狀況雪上加霜。只要托克拉斯小姐一來，他馬上避到外面的小酒館或咖啡廳。一、兩瓶酒下肚後，他開始批評葛楚史坦的作品只是無病呻吟，毫無條理。「她以爲讓人看不懂就叫做藝術。其實，她只是個跳梁小丑。她說她的手法革新，說穿了不過是腦袋有問題。」

那時的葛楚史坦已有一定的聲望和名氣，不准許任何人嘲弄她，尤其是里奧。這種不忠誠的背叛行爲，何其野蠻，漸漸澆熄了她對哥哥的愛，直到絲毫不剩。

「無病呻吟！」葛楚史坦對托克拉斯小姐抱怨。

「親愛的，一個家裡只容得下一個天才。」托克拉斯小姐在她耳邊輕聲呢喃，一再重複這句話，知道這句話會將葛楚史坦從她唯一在乎的兄弟身邊帶開。托克拉斯小姐知道。她始終知道。

「從中間拿一小部分，」你告訴我，「沒有人會注意到。」

「不行。」

「畢，她們絕對不會發現。」

「不行。」

「畢，拜託……只要一星期就好。然後，下星期天你來的時候，就能把它放回原位了。」

多麼奇怪的要求。或許，這其實不是要求，而是單純如孩子似的願望？依你說話的技巧，說話的口氣，兩個方式幾乎可以立刻互換。

你想看葛楚史坦的親筆手稿。她畫掉的字、修改前的句子。你告訴我，她是二十世紀最棒的作家。她留下什麼、畫掉什麼，都會指點你的未來，你如此堅持。我的女主人不是預言家，我在心裡抗議。

「要求我別的事，好不好？」我請求你。我可以感到指尖的心跳，就像暴風雨前夕，空氣中充滿靜電一樣。

親愛的週日情人，請你理解。我的女主人們讓我能生存下去。她們付我工資，讓我有片瓦遮身，而我則負責餵飽她們。這是我們關係的本質。也許，你會覺得簡單，甚至可以隨時替換。早餐、午餐、晚餐，我日復一日和她們一起過活。在你看來，大概覺得沒什麼了不起，不過是定時煮一些飯，大家吃過就算了。但你錯了。每天，我和女主人一起用餐，如果不是同時吃，也是她們吃完就輪到我。當然，她們坐在餐廳，我則坐在廚房。可是，她們吃安德利牛肉，我也吃安德利牛肉。她們吃鮮蠔沙拉，我也吃鮮蠔沙拉。她們吃香草栗子蛋糕，我也吃同樣的甜點。你懂不懂，親愛的週日情人？這兩個女主人不像以前我遇過的那些小氣鬼，讓我吃和她們一樣的食物。這已經超過了我應有的權利，只能說是她們善待我、給我的特權。我的女主人們甚至不要求我一定要等她們吃完才可以開動，也不要求我要把她們吃剩的吃完。安德利牛肉一入口，我感動得幾乎要跪下感謝上天。當然，這是誇張的說法，但我知道在白酒、陳年白蘭地、月桂葉、百里香和紅醋栗的襯托下，那種好滋味也會感動我的女主人。兩天的醃肉作業，整整一小時不停地淋上肉汁，在這剎那間都值得了。如果這頓的主食是牛肉，女主人們必會堅持搭配鮮蠔。這些新鮮甜美的生蠔接在奶油煎牛肉後吃最對味。鮮蠔沙拉以鬆軟的馬鈴薯爲底，每葉生菜包著一顆甘甜的生蠔，灑上切碎的松露，這種口感享受眞是無以倫比。搭配馬鈴薯是爲了重量和結構，加松露則純粹爲了給嗅覺一個驚喜——它獨一無二的原始風味令人著迷，令人上癮，彷彿在月光下聞著愛人逐漸靠近的體香。女主人們連這種高級食材都允許我一同分享。你懂不懂，親愛的週日情人？我的女主人們像法國人一樣，喜歡先吃主菜再吃沙拉。有時在一餐結束前，還喜歡嚐點鹹塔或辣味小菜，好讓甜食更可口。親愛的週日情人，其實這就是爲什麼大多數美國人都覺得法國甜點不夠甜。他們根本不懂得怎麼吃。甜點應該是表演團體中的一員，理論上不能也不該自行上場。混合了香草子，一層一層裹上栗子醬再烤出的牛乳蛋糕，散發出優雅迷人的香味。就像阿明常說的：「如果你不相信上帝，那你怎麼解釋栗子的存在？」葛楚史坦和托克拉斯小姐顯然對阿明的說法全無異議。只要冬風一起，兩個女主人就會開車到布隆涅森林（Bois de Boulogne）[1]，站在栗子樹下高歌「天使，天使！」當然，她們返回百花街二十七號後，香草栗子蛋糕自然成了當晚渴望的美食。

「葛楚史坦以甜點的好壞斷定廚師的技巧，而我則以甜點外的每樣東西來判斷。」頭一次和托克拉斯小姐面試時，她這樣告訴我。後來，我發現這句話和其他托克拉斯小姐說過的話一樣，全是事實。相信我，在她們手下討生活並不簡單。自己的味覺是托克拉斯小姐判斷完美與否的標準。爲了讓她滿意，她的廚師做出的菜餚必須次次相同。這種任務非常困難。她的廚師得接納她的品味，換句話說，廚師自己的想法從此無關緊要。她對手下的廚子都這麼要求。這當然不可能嘛！弄到最後，每個廚子都做不下去。我能待這麼久，就是因爲我在這方面特別有經驗，忍耐力特別高。

僱用我之後，托克拉斯小姐問我的第一件事是，我會不會做西班牙涼菜湯（gazpacho）。

「我會。」

「你在西班牙學的嗎？」

「不是。」

「那麼，最好忘掉它。」

「喔……」

「在百花街二十七號，」托克拉斯小姐說，「西班牙涼菜湯共有四種。我們從馬拉加（Malaga）[2]的涼菜湯開始學。你需要在前一晚準備好四杯牛肉高湯。燉高湯時，除了牛骨，別忘了加兩瓣大蒜和一大顆西班牙洋蔥。將一顆大番茄去皮去子，切成小塊。嗯，手伸出來，讓我看看……大小不能超過你的大拇指指甲。再挑一根比你手腕還小一半的黃瓜……」

女主人繼續我們的第一堂課，直到她說：「攪拌均勻，端上桌的湯一定要徹底冰涼。那就很完美了。明天，我們來學塞哥維亞（Segovia）[3]的涼菜湯。」托克拉斯小姐說到「塞哥維亞」時，閉上了雙眼。由此可知，這個塞哥維亞涼菜湯應該也非常完美。

我在腦子裡重複一次所有食材：牛肉高湯、番茄、黃瓜、大蒜、洋蔥、甜紅椒、煮熟的飯、橄欖油。我開口問：「要不要放……」

「鹽在這兒不重要。」托克拉斯小姐沒讓我把話講完就回答，「阿兵，用鹽之前，要仔細想想。」根據女主人的說法，抓一小撮鹽丟進食物裡，不該只是任何廚師緊張的反射動作。尤其在百花街二十七號工作的廚師更不可以這樣。鹽就像其他食材，應該在使用前仔細衡量考慮。她告訴我，鹽的眞味，在幾世紀來美食界的輕率使用下，已經失去。人們再也無法在舌頭上嚐出整片海洋的味道，再也感受不到那種哀傷般的刺痛，用得不多不少的提味。托克拉斯小姐堅持，不是每道菜都該放鹽，像馬拉加涼菜湯就不用。但有時又一定要放，像是做塞哥維亞涼菜湯時，鹽就是極爲重要的關鍵，加了鹽，湯裡其他的食材味道才會完全醒來。「在我的廚房裡，我會告訴你什麼時候要加鹽，什麼時候不用。」女主人說，這才眞正結束了那天的烹飪教學。

當時我已經看得出來，在這個女主人手下工作，絕不是件輕鬆事。她很細心，這對家庭廚師來說，是最糟糕的一種主人。嗯……不知道另一個女主人是什麼個性？如果兩個都是這副德性，不用一星期，我就會捲鋪蓋走路了，我還記得當時我心裡這樣想。

我知道，我知道。你比較有興趣的對象是我另外一位女主人。親愛的週日情人，但你似乎不了解她們兩個是一體的、相同的；而你要我做的事，不管對哪一個女主人，我都做不出來。這種不忠誠的背叛行爲，何其野蠻，連我這麼低賤的人都沒有辦法接受。

「畢，你想要一起照張相嗎？」

是的，我點頭，知道想有一張你和我合影的願望，其實相當孩子氣。

「好，我們去照。我們可以去連尼的照相館，拍一張兩人的合照，只要你把東西……」

以物易物。一場公平的交易。一取一拿。我也玩過這種把戲。

「拜託啦！畢。只要一個星期，這週日拿來，下週日就讓你拿回去了。那你就有……」

「我們的合照」，是的，我想要。於是，在整句話裡，我選擇只聽見這五個字。親愛的週日情人非常擅長甜言蜜語，而我則是圍著他繞的蜜蜂，他的畢。和他在一起時，我才記得原來「甜」不只是一種舌頭上的味覺，還可以是整個人的感覺。他讓我心跳加速，即使在我們纏繞的身體分開後，我還能處在那種興奮狀態好久好久。他的身體彷彿能衝破巴黎的藍天，在雲朵間翱翔。在夢裡，他帶著我直上雲霄，一起俯視大地。我的肺臟裡，全是他滿滿的呼吸和歎息。我爲他烹飪，他餵我用餐。這就是我們關係的本質。

葛楚史坦穿著她的日式浴衣，戴著念珠，坐在工作室門口等待。看見這張照片，我想她一定是在等托克拉斯小姐。照片裡，葛楚史坦的頭髮豐盛茂密，隨意披在肩上。淡淡的微笑增添了她臉上的光彩，加深她兩頰的酒窩。那個微笑表達出「記住我」的信息。比較不像個請求，而像個忠告，有點像去賭馬時，別人給你內線消息的那個意思。我的女主人一心一意盯著鏡頭，幾乎讓我懷疑她能用意志力操控快門，將她公告天下「我才是天才」的那個時刻永遠留在底片上。那是她生命裡的重要場合，但不知道爲什麼，兩個女主人卻不願把這件事和大眾分享。不過，回頭想想，對於出現在公眾眼前的形象，她們兩個一向有點古怪，有點像衣服的胸線要做多低似的，沒有規則可循。以這張照片爲例，她們選擇將它放在廚房的小櫃子裡，和托克拉斯小姐的打字機還有葛楚史坦的筆記本及稿紙放在一起。貼著櫃子最裡頭的板子放，這張照片可以清楚看見葛楚史坦在胸前緊握雙手，彷彿一個等著打開的結。她是在等托克拉斯小姐拉開這個結吧？葛楚史坦日式浴衣的下襬拖在地上，被照片的白邊邊切掉。我從她衣服的下襬拿著照片，問女主人：「妳會做出同樣的選擇嗎？」我知道托克拉斯小姐會點頭，「是，我會」；而葛楚史坦則絕對不會允許自己陷入這種進退兩難的地步。她站在那兒等著，沒什麼耐心，卻充滿自信，等著那個完全屬於她的人進入她的生命裡。在愛情裡，她永遠是被愛的那個，從不用主動尋找愛和注意力。那一方面，她知道托克拉斯小姐會爲她補足。

在百花街二十七號，在兩個女主人手牽手回房就寢後，我站在打開的廚房小櫃子前，四周安靜靜。我從櫃子裡取出一本薄薄的筆記本，它的體積告訴我，它很小，應該不重要，甚至早就被遺忘了。小筆記本的位置並非像親愛的週日情人說的在正中間。但我也沒笨到從最上面拿就是了。我看過托克拉斯小姐用手指劃過那一大疊紙和筆記，我猜這小筆記本的位置應該是最安全的距離。櫃子裡的紙，邊緣被托克拉斯小姐的手指壓得彎彎的。從紙上傳來的癢癢的感覺，提醒她，將來她也會隨著這些書的出版，被世人記得。我向照片裡穿著日式浴衣的葛楚史坦道晚安，悄悄關上小櫃子的門，走回自己的房間，關上門，打開那本筆記。我看到一串連在一起的字跡。我的目光飛快從上面掃過，想試著找一找有沒有任何我認得的字，就像在人群裡尋找一個失散已久的兄弟的臉。然後，我看到了「請」這個字。少數幾個親愛的週日情人教過我的英文字之一。然後，我又看到它。翻到下一頁，它又再次出現。

「請」也能當成像「我可以做嗎」似的疑問句。

而以單純的「可以」來回應。

「請」也可以當動詞，只要說請，我就可以跟著親愛的週日情人，在公寓裡的任何房間內走來走去。

「請」也是個祈使句，一件他拜託我幫忙的事情。

我的食指從一個「請」跳到另一個「請」。這兒，它是個問句。那兒，它是個回答。這兒，它是個動詞。那兒，它是個祈使。我唸著一個自己都看不懂的故事，但在這一秒，我告訴我自己，我和親愛的週日情人一樣，閱讀著女主人的筆跡。翻開下一頁，我看到「兵」這個字，認出那是女主人為我取的名字。接下來好幾頁裡，我看到我的美國名字反覆出現。每找到一次，我目睹自己滅頂的感覺就又強烈了一點。我在這兒……我在那兒……我彷彿被陌生人潮包圍，而他們全站在連在一起的字跡上，在水面上，除了我。我捉不住那條連在一起的線。葛楚史坦知道，但她還是把我寫了進去，不管我會不會溺斃其中。

我並沒有准許妳這樣待我，主人，我沒有。我的工作是餵飽妳，而不是當妳的食糧。如果妳非這樣做，妳必須付我額外的工資。主人，妳付的錢只買了我的時間。而我的故事，屬於我自己。我才有資格去講述，去潤飾，去修改；妳沒有。

這兒，親愛的週日情人，這兒。這本筆記雖然屬於我的女主人，但裡頭的故事卻屬於我。

看，到處都是我的名字。這兒，這兒，這兒。你的目光隨著我的手指滑過寫滿的頁扉，你笑了。「別擔心，畢。」你向我保證。這兒的故事，關於我的故事，你告訴我，應該會被寫得很溫暖，很精采，甚至帶著英雄色彩。你將我女主人的筆記本收進書桌裡，鎖上抽屜，將鑰匙掛在腰帶上。「下個星期天，我會告訴你她寫了些什麼。現在，我們得出門了。不然就沒辦法在約好的時間內趕到照相館。」你微笑說著。哇，一張你和我的合照。關上抽屜的聲音，木頭敲擊木頭的單調聲音，鎖和鑰匙接觸的尖銳聲音，一路跟著我們走下奧德翁街。耀眼的太陽高掛在天上，我迷失在它的光線裡。閉上眼，腦子裡唯一浮現的，是女主人對我微笑的臉。

葛楚史坦拍了那張穿日式浴衣的照片後，不再與她交談的里奧寫了封短信給妹妹。在信裡，他怪托克拉斯小姐將葛楚史坦從他身邊偷走。托克拉斯小姐看到這封信，大笑，回信給里奧：「你錯了。是你妹妹將她自己給了我。」

多麼真實。是贈予還是偷竊，全視筆在誰的手上。

1 位於巴黎西郊，占地約八百四十五公頃的公園。
2 位於西班牙安達魯西亞省。
3 位於西班牙北部。

# 20

二月的太陽難得在巴黎露臉，盧森堡公園湧入大量人潮，在綠蔭環繞下享受陽光灑在身上的暖意。像一灘融化的奶油。光禿禿的栗子樹已經在寒冬中罰站了好幾個月。每次我看見一大排整齊地立在那兒，還是免不了大吃一驚。怎麼會有這麼有趣的樹呢？到了冬天就頭上腳下，樹葉全掉在地面，樹根則在風中飛舞。既像軟骨雜技演員，又像體操名將。可惜，除了我之外，別人大概不這麼想。我發現自己下意識尋找薔薇果的蹤影。只要看到它們，心裡就很感動，因爲它們不鮮艷的顏色，是這個灰白城市裡的唯一點綴。我撫摸矮矮的灌木，手指碰觸到樹皮下的微突，新生命的徵兆。冬天的花園是這個城市給我的禮物，像藏在蜂巢裡的蜜，躲在海底的珊瑚。爲了見它，我得忍耐。不少孩子從我身邊跑過。他們的保母跟在後頭追，眼睛盯著自己的小主人，嘴巴還忙著和別的保母聊八卦。年輕的小姐手拉手散步，大大的帽子在她們腳邊以輕快的步調前後搖晃。我猜是學生。眼線眼影的畫法不像是女店員。觀光客，可能是美國來的；亦步亦趨跟著的是穿著藍大衣，要笑不笑，看起來一臉奸相的法國導遊。公園長椅上只有我一人坐著。二月的公園，每張椅子都是空的，用不著搶。寒冬的公園就是有這點好處。

冬天在這個國家的海岸等著我，像一心報復的老太太，聞起來很香，態度卻異常冷淡。她一再提醒我，在我生命的前二十年，根本就忘了她的存在。我從未感受到她鑽進骨頭的冷鋒，從沒在太陽高掛的大熱天渴望她的到來。剛開始，她還耐心等待，用顏色妝點自己，藏在秋天的樹葉裡，等人發現。然後，她吹出第一個飛吻，我張開手臂歡迎，從沒想過，幾天之內，她會讓我悲傷掉淚。

當我出生時，熱氣舔舔她豐滿的嘴唇，伸出手來抱住我。媽媽將我擁入懷中之前，我就聞到她的味道。吃進第一口母奶之前，嚐到她乳頭上的鹹味。我一再於腦海中重複這個景象，無時無刻不放在心裡，像一篇祈求平安的禱告文，讓它包住我，給我溫暖。再厚的大衣都不夠。我甚至想試試，不知穿兩件大衣會不會趕走我心底的寒氣，只可惜我只負擔得起一件。反正，寒風的鞭子應該還是會毫不留情地穿透第二層毛料，到那時，我又會想，也許應該試試穿三件？我常會迷失在冬天的巴黎。像今天一樣。寒冷的空氣讓我情緒更爲低落，放大我一無所有的匱乏。雪花讓我渴睡。不是回自己床上睡，而是在人來人往的大馬路上，小巷子裡，人行道上。隨便在哪兒都沒關係，我只想躺下來，對生命說，我輸了，別再折磨我。這種慾望有時強烈到回到女主人公寓後，只覺得精疲力盡。我不一定能次次戰勝低潮。我常一整天就坐在公園的板凳上發呆，動也不動，連鴿子都大膽到利用我擦得亮晶晶的皮鞋當鏡子。我到底在那兒坐了多久？我只能以四肢的僵硬程度來判斷，看血液流到我的手臂和雙腿，然後不再流動，要花多少時間。

今天，我看著一群孩子在我坐的長椅前的石板階梯上玩。會注意到他們，是因爲有個大眼睛的小女孩跑出了圈子，爬上階梯。她走出小路，直接往樹林的方向跑。到了樹下，就用戴著手套的手挖起雪來。她折下一枝上頭還剩一片枯葉的小樹枝，跑下臺階。原本圍成一圈的孩子散了開來，形成一個半圓，圍住我沒料到會發生的悲劇。

我只能隱隱約約看見那個大眼睛的小女孩拉掉那片枯葉，將樹枝丟在一旁。她跪下來，拿著那片葉子，對著一個我看不見的東西，拚命搧風。我身體一歪，看見一團灰色物體微微顫動。一隻鴿子，巴黎市裡最常見的灰鴿，掙扎著從小女孩的黑色長靴間穿過，想再次展翅，飛向天空。右邊的白色翅膀完全張開揮撲。左邊的灰色翅膀卻半掛在那兒，顯然折斷了。鴿子往前走了一步，跌坐在牠斷掉的左翼上，躺在地上，圍觀的小孩卻因此興奮起來。一個小男孩大笑，伸出手指，想戳鴿子。大眼睛的小女孩還在搧風，卻不敢跪在地上了。路過的孩子全停下腳步。他們的保母卻匆忙將小主人拉開，不想讓孩子看到鴿子將死的殘忍畫面。圍在旁邊的小孩時多時少，都和鴿子保持著一定距離。除了那個伸出手指的男孩和大眼睛的小女孩，其他孩子像是有了默契似的，只是遠遠看著。她還在搧風，又跪了下去。低垂的小臉幾乎要碰到瀕死的鴿子的頭。鴿子抬起頭來，又垂下去，抬起頭來，又垂下去，每一次撞到冰冷的石板地面，我都好像聽到了刺耳的聲音。那個伸出手指的小男孩想起丟在一旁的樹枝，跑過去撿了回來。他用那根樹枝去戳受傷的鴿子，不停戳著鴿子頸後。大眼睛的小女孩站了起來，往後退，看到這麼暴力的景象，不知該做什麼反應，只是呆呆站在一邊。那隻鴿子受到攻擊後，掙扎著翻過身來，再次用腳撐起體重。鴿頭晃動得很厲害，用力跳了一下，想試著再展開翅膀，往上飛。

一邊張開的白色翅膀，一邊折斷的灰色翅膀。

一邊張開的白色翅膀，一邊折斷的灰色翅膀。

現在，連大人都停下腳步，好奇觀看後面有什麼發展。死亡本來是很私密的事，卻在二月的太陽下成了眾人矚目的焦點。一張張皺著眉的臉，來回注視著孩童和鴿子。在我附近，一個男人和一個女人小聲耳語。他們講的大概不是法語。我這麼說是有理由的。男人穿的鞋非常實用，卻不符合巴黎人的審美觀。而住在巴黎的女人絕不會有這麼不優雅的站姿。那個女人向前面的人借路，直到人群的最前端才停下。在她面前的，只有那個原本伸著手指的小男孩。現在，男孩的手指被手中奇形怪狀的樹枝延伸，加長了碰觸範圍。女人在那隻已經不曉得要怎麼飛的鴿子身邊彎下腰。鴿子坐在折起來的鳥爪上，精神失常地以爲自己抱著一顆蛋，沒辦法理解那不過是顆石頭。女人脫下她的手套。這樣的體貼讓時間暫停，整個世界在剎那間變得好小，彷彿轉動的地表上只剩下她和那隻鴿子。我閉上眼，卻無法將這幕影象從腦中抹去。在這個惱人的冬天裡，另一件讓我心煩的無用之事。

女人將鴿子捧在她斑駁粉紅的手心，站起身來。眾人原先以爲鴿子會有的掙扎、爲爭自由的反抗，完全沒出現。她捧著那隻鴿子，走下階梯，姿態像是捧一盤珍貴的貢品。她找了一塊雪已融淨的地面，放下鴿子。她的手繼續蓋在鴿子身上，輕輕撫摸，給牠溫暖，代替牠再也見不到的太陽，陪伴牠等待死亡的降臨。人群跟著女人下了階梯，從我坐的地方可以看見他們不知該如何反應的表情。轉了身想走，走了幾步又轉身回來。聚集的群眾來來去去，人數始終沒有減少。我看得出他們不知道要怎麼反應，因為他們不知道女人蓋在鴿子上的手算不算臨終的安息儀式，而他們是不是可以轉過身去，忘了自己曾目睹一個小生命死去，重返日常生活。那個大眼睛的小女孩還將葉子握在手裡，繼續搧著身前的空氣。伸出手指的男孩則和另外兩個更小的男孩站在一旁。孩子學到了教訓。殘忍會從一個人的手傳到另一個人的手上，而那些行為，人人都看得見。

突然間，我看到一堆外套和帽子騷動起來。孩子很快被拉走，他們的小手摀住自己的嘴巴，大人的大手則蓋住孩子的眼睛。那隻巴黎處處可見的灰鴿又再次清楚地出現在我視線內。牠正試著起飛，創造出一個比靜靜死去更糟的畫面。帶著已折斷的翅膀，牠只能淺淺地畫過雪地，撞進附近的樹籬，整個身體嵌入錯綜複雜的樹枝裡。牠的羽毛被刺纏住，以一種可悲又可憐的姿態掛在那兒。鴿子用盡力氣揮動翅膀，掙脫樹籬，整個身子顫抖著，似是生命最後的迴光返照。牠掉回雪地，拒絕照人們的願望安靜死去。圍觀的人群顯然對這種情形不滿，全都慢慢轉身離去。鴿子再次飛進附近的樹籬，疑惑，而且顯然精疲力盡。

我的眼皮顫抖，於是閉上雙眼。再次睜開，卻見到半個地球外的妳。我聽見熱氣從妳雙唇散出的聲音。我感到妳發著抖，像有一隻無色的壁虎爬下妳的背脊。我聞到了浸得妳全身溼透的夜汗的味道。

唯一留下來的，是那個有著斑駮粉紅掌心的女人。沒有人想和絕望站得這麼近。它的沈重讓附近的空氣凝結。它天生的侵略帶著發霉廢墟般潮溼的味道，一種特殊的、像會燒傷舌頭般的氣味。那個女人應該知道。她才將絕望捧在手裡，讓它滲入裙襬的接縫，裁進大衣的內襯。她檢查了那隻鴿子，認出徵兆，知道死亡會來帶走牠，但離那一刻還有一段時間。她撿起鴿子，再次包在粉紅色掌心裡，一起走上階梯。經過我身邊，她走到那個大眼睛小女孩撿樹枝的地方，輕輕將鴿子放在樹下。她回過頭來看我，我們點點頭，無聲交換承諾。我可以想像她在腦子裡說，當我的時間到來時，也希望有人為我做同樣的事。沒有道聲再見，她留下我，走了。

「滿意了吧！」我對再次聚集在階梯上的孩子們大叫。「夠了！夠了！夠了！」我簡陋的法語惹得他們大笑起來，每個人都在想我是不是精神有問題。他們沒想多久，就認定我一定是瘋子，於是一哄而散，留下我獨自坐在公園邊緣的長椅上，看著即將西沈的落日。我聽見鴿子的身體再次撞上堅硬的雪地。每試一次，牠的翅膀就又重了一分。雪下得愈來愈大，像天上拋下了一串串沒人要的珠寶，落在地面，阻礙大家的行動。破裂的細雪讓我心生感傷，不由得輕輕哭了起來。我知道我會坐在這兒，直到雪停。

我知道妳現在穿著那套最好的灰色綢緞越南旗袍。十八歲那年，妳買下它。灰色不該是年輕女子的顏色。但妳是個踏實的人。堅持灰色，是因為妳知道妳會慢慢變老，而灰色即使在頭髮全白時穿，一樣自然大方。妳將越南旗袍穿上，注意到妳乾瘦的身子沒有足夠的肉撐起衣服曲線，只能任由它空蕩蕩掛在身上。妳的乳房比當初他第一次看見時更小。肚皮上的皺紋是妳四個兒子、一個丈夫留下來的標記。妳摸摸從我走了之後就再也沒人碰觸過的自己的臉。妳微笑，因為妳知道我就在妳身邊，了解妳為什麼要穿上這件衣服，這件少數在世上真正屬於妳的東西之一的衣服。妳知道我正握著妳的手，牽著妳走出他的屋子大門。妳走到外面的街道，突然間化成一束灰光。絲布一片片從妳身上飄落，像他從妳那兒取走的溫柔。在我出生的城市，妳守住了我們相互的承諾。我們發過誓，絕對不死在廚房的地上。我們發過誓，絕對不死在他的屋簷之下。我們發過誓……

# 21

「畢，史坦家的正計劃要離開這兒呢！」

親愛的週日情人，我當然知道，我還知道她們為什麼離開、要上哪兒去。令我不能相信的是，你怎麼曉得？失望就像一塊魚骨，頓時哽在我喉嚨內。我已經將這個祕密藏在心裡超過一個月了，本來打算在今晚告訴你。

是的，你得到的消息是眞的。我的女主人們已經收到紐約市亞岡昆大飯店的電報，請她們放心，飯店絕對有足夠的鮮蠔和哈密瓜供她們食用。我特別將這兩個詞記下，當我對著你複述，你臉上帶著慣有的笑容。我得說上好多次，不停改變舌頭的位置，模擬聽到的發音，鮮螯、鹹蠔、哈米瓜之類的，好讓你終於辨認出我說的食物到底是什麼。你不費吹灰之力，將「鮮蠔」翻譯成法語。試著翻「哈密瓜」時，卻遇到了困難。你對我解釋，哈密瓜是一種瓜類，但你不確定它在法文裡的名字到底是什麼。你告訴我，你得花點時間，查一查書和字典。我看著你，聳聳肩。老實說，我不明白你幹嘛要費這麼大的力氣。親愛的週日情人，並不是每個字在每種語言裡都有雙胞胎。有時，你只能找到關係不甚密切的遠房表親，有時它們甚至假裝不認得彼此。現在手頭上的這個問題，我們至少還知道它屬於瓜類。所以，哈密瓜應該是種聞起來帶著花香的水果，吃起來的口感可能介於固體和液體之間，豐潤的汁液會讓吃它的人感到清涼舒暢。至於哈密瓜其他的特徵，我則只能想像。

旅行的準備開始後不久，女主人們已在一月收到亞岡昆大飯店郵寄來的菜單。事實上，一直等到菜單到達、她們確定之後，旅行的準備才眞正拉開序幕。葛楚史坦大聲唸出菜單上每道菜，托克拉斯小姐偶爾插個嘴，發表一兩句評論。至於我，則訝異美國大飯店的菜單裡，居然包括了這麼多法國菜，像是：開胃前菜（canapé）、奶油煎魚（meunière）、肉捲（paupiette）、冰凍甜點（glacée）等等。在廚房和餐廳間來回，收拾女主人吃剩的晚餐時，聽到這些熟悉的法國字，不禁覺得心裡好過些。當然，菜單上也有許多美國地方菜，那些菜名我自然聽不懂了。朗誦完畢後，托克拉斯小姐似乎對亞岡昆大飯店的服務相當滿意，甚至對現在的美國可以做到這種程度感到驕傲。相較之下，葛楚史坦只是單純鬆了一口氣。她唯一在乎的兩樣東西在菜單上都有，對她而言就夠了，其他的無關緊要。接下來的那個月，百花街二十七號持續收到從全美各地飯店寄來的菜單。大聲朗誦的戲碼一再上演。只要沒點到鮮蠔和哈密瓜，或者雖然列在上面卻附了「季節性供應」之類的小字，托克拉斯小姐就會浮現大難臨頭的表情，立刻起身打草稿，發出電報，焦急地等著飯店回覆。大多數時候，葛楚史坦總能如願地以一種欣慰的口氣唸出「鮮蠔」和「哈密瓜」，那時，房裡緊張的氣氛便會即刻消散無蹤。

你告訴我，帶殼的生蠔和新鮮的哈密瓜底下會鋪上一層碎冰，才端上桌給客人食用。這兩樣是葛楚史坦在演講前唯一能吃的食物。

「演講？我以爲女主人是寫書的作家。」

「她是。她先出書，然後以它們爲題材，向大眾演講。」

「喔……」

你聽過一個謠言，說葛楚史坦一直到現在，仍會怯場。每週六的茶會裡，大家都說，演講前的她總是很緊張，所以這個在歷史上占有一席之地的女人，還得拉張椅子坐下，才不會在臺上昏倒。即使你是個虹膜學家，內科不是你的專長，但你知道緊張的胃一定特別敏感。雖然你完全不愛冰涼的生蠔和哈密瓜，覺得連在身體最強壯的時候吃也滿噁心的，但你可以理解爲什麼葛楚史坦需要這兩樣食物來安撫她的神經。

「在她演講之前……」我試著想像葛楚史坦面對一群可怕的聽眾。簡直難以相信，居然有人能動搖女主人堅強的自信。

「所以史坦家的要在十月回美國。」

「你怎麼知道？」

「我在報紙上看到的。」

我臉上出現驚嚇的表情。報紙怎麼會曉得女主人演講前要吃些什麼？你微微笑了起來。

「喔，**那個啊**……別擔心，只有你和我知道鮮蠔哈密瓜的事。」你向我保證。

「噓……先生，請保持現在的姿勢，不要動，直直看前面。」攝影師連尼指示。

我們兩個長長深呼吸，動也不動，等著閃光燈大亮。在看不見陸地的海洋上，在寂靜的深夜裡，相信我，星星從來沒有那麼亮過。

「下週日就可以回來取片了，先生。我會在店裡等你，你們的照片也會。」攝影師連尼說，將收據遞給你。你把那張藍色的紙條對折，放進大衣的口袋。

「只要七天。」我告訴自己。

然後，我們回到奧德翁街的公寓。屋裡水仙花的香味，從閣樓窗戶照進來的陽光，鐵鑄中空佛像火爐散發出的暖意，都向我保證這值得一賭。一星期的焦慮，換一星期的盼望，多麼公平。我可以為我的白馬王子做任何事。真的，我怎麼能不將你代入這樣的角色裡呢？你對我的女主人的書的興趣，比任何人都濃。你想要觀察她的親筆手稿，自然也是學術上的渴望。更令人驚奇的是，你對她和托克拉斯小姐的了解，在最近簡直已經進步到和我不相上下的程度。

糖霜、脆餅屑、鹽。今天，只要上街走一圈，身上很快就會灑滿這三樣東西。我不是個詩人，請諒解我不懂得欣賞雪的詩意。以前在總督府時，司機告訴我們，巴黎的雪就像世界上最白的鴿子的羽毛，落在法國美麗女孩的帽子上，像一朵朵盛開的花。他還說，雪飄落在臉上時，會覺得彷彿是一個又一個的輕吻。現在，我知道那全是美化記憶的說法，看穿了司機這樣說，不過是想讓我們全相信他美麗的回憶。當西貢的太陽毒辣得曬乾我們的嘴唇，讓唇上的皮膚像過熟的水果裂開時，一個又一個輕吻的想像，即使是那麼遙遠，也能多少幫我們度過看不到盡頭的一天。說實話，我比較喜歡雨。不過，這和我的職業一點關係也沒有。廚師和詩人不一樣，並不受氣候影響。相反的，偉大的二廚阿明告訴過我，從一開始，最好的廚師就懂得利用酷熱嚴寒來幫忙烹調。他們利用陽光，將新鮮的水果或肉類曬成極具口感的蜜餞或肉乾，把美味濃縮在其中。他們連手指都凍成紫色時，也不會忘記冰天雪地裡，肉不會長蛆，不用一撮鹽就能保存良久。下雨則表示發酵的時間要比較久，生雞蛋卻放不了幾天就臭。我喜歡雨，和它對食物產生的影響一點關係都沒有。而是因爲，和我的哥哥一樣，我是在雨天受孕的。雨季時，除了那件事，還有什麼其他娛樂？哼，我懷疑整個西貢的人都是在雨水的滴滴答答、屋頂的劈哩啪啦、排水管的嘩啦作響裡受孕的。至於今天在巴黎受孕的人，則會因爲一場除了增加閒談話題外毫無貢獻的雪，而受到汽車喇叭和教堂鐘聲的陪伴。二月時分一場安靜的雪，說是陰鬱也不爲過，讓我永生難忘。沒有優雅的僞裝，沒在空中盤旋，沒有繽紛的矯飾。只是天空打開，傾倒了一堆糖霜脆餅屑和鹽。我就是這麼想。一點也不詩意，一點也不深奧，除了糟到極點的天氣，我找不到別的詞來形容。倒楣的我卻不得不在市場收攤前趕快出門。早餐已經上桌，「籃子」和「皮皮」也被雞肝撐得飽飽的。離女主人吃午飯的時間還有好幾個小時。她們不打算出門，一來天氣太壞，二來幾個攝影記者約好在下午來喝茶。百花街二十七號慣有的週一節目被一場雪打亂。等在一旁伺機而動的命運卻把握機會，在這時潛了進來。更糟的是，它將我的憂鬱誤認爲思鄉。思鄉是對過去的懷念，而對過去，我卻只有無盡的恨悔。

「纖兵，這是給你的。」

我將視線從結冰的窗戶上拉回來，心懸在半空中。這麼快？只不過一天而已，主人，只不過一天而已。

托克拉斯小姐站在廚房入口，陪著葛楚史坦。葛楚史坦一隻手插在裙子口袋裡，另一隻手指著托克拉斯小姐手上的小銀盤。「纖兵，這是給你的。」葛楚史坦又重複一次。

是什麼？一張單程地鐵票的錢？資遣費扣掉一本二手筆記本的鈔票？一封給我下一戶先生夫人的推薦信？「手藝極佳的廚子。只不過喝醉時有些不可理喻。小心，有偷東西的可能。史坦家敬上。」不管女主人們放在銀盤上要給我的是什麼，我很確定絕不是什麼好東西。我和她們一起生活這麼多年，從沒看過她們兩個以這種態度同時出現。第一，葛楚史坦很少陪托克拉斯小姐進廚房。她們向來以分工合作的方式劃分事務，而葛楚史坦負責的部分和這個房間沾不上一點關係。第二，只要是與家事有關，托克拉斯小姐是唯一的發言人。葛楚史坦連她們付我一個月多少錢都不曉得。至於她們手上的小銀盤，我只能假設這兩個女主人開除僱傭的作法，比其他家的先生夫人要更正式一點。她們選的這個時間點，介於早餐和午餐之間，是最典型的。大多數的先生夫人甚至在解僱我之前，還要求我端上咖啡和甜點。星期一也是一週裡最適合開除僱傭的日子。那麼，先生夫人就有足夠時間找到下一個替身。所以大多數晚宴都排在週四到週六。一週剛開始的這幾天，其實是用來開除或僱用員工的日子。當然，現在又下著雪。寒冷的氣候通常增加了先生夫人的勇氣，讓他們更能硬起心腸，指著門，叫我出去，毫不留情地上鎖。這一次，我卻不想加快處理的速度，只是悶不吭聲站在原地。主人們，即然妳們已經把它放在銀盤上，不如就多走幾步，拿過來給我吧！

「小偷！」我聽到老爸像條毒蛇，在我耳邊嘶啞說著。閉嘴。那是我的故事，我有權利給任何人。

「騙子。」

不錯呢！老爸。這樣，我們總算有共同點了。

葛楚史坦從托克拉斯小姐的手中取過銀盤，走過來，塞進我手裡。我那時的姿勢已經換成了坐在她們廚房的地板上。我的生命移動得太快，而我老是覺得，如果我坐下來，貼近地面一點，周圍的移動速度也會跟著慢下來。女主人們早就習慣我偶爾的脫線演出，並不以爲意。一開始，她們以爲是語言的溝通問題，後來歸咎於飲酒帶來的恍惚。最近，她們覺得我的聽力可能有點問題，所以她們和我講話時，會特意提高聲量，連最簡單的要求也不忘重複幾次。

「喔，不，不，他的聽力好得很。他不是聾，只是笨！」老爸大聲在我耳邊尖叫。謝謝你的澄清啊，老爸。但我想女主人們應該聽不見。在這兒，只有倒楣的我，才聽得到你的聲音。

「織兵，我們猜，這個應該是你的吧？」葛楚史坦第三次問我。

我低頭看看信封，點點頭。葛楚史坦，我知道信封上的名字和妳叫我的發音有很大不同。拼音文字通常是這樣的。想想看，怎麼可能用你們的字母表達出我媽媽說話時輕快的音調或悲傷時的優雅旋律呢。別費神了，葛楚史坦，幾百年前一個法國傳教士已經試過了。所以，現在，他落到得爲我們之間的鴻溝負責的下場。我可以向妳保證，信封上的名字就是我出生那天媽媽給的那個名字，而角落裡另一個名字，則是我的大哥，西貢總督府裡的偉大二廚。

看到阿明有稜有角的字跡，我的背脊不禁泛起一陣寒意，發起抖來。這是孤單的反射動作；一想到自己只有一個人，腦子裡就會如此反應。我有好幾個月沒想起大哥了。上回想起他，還是因爲女主人們在大衣口袋裡塞滿了栗子，用汽車後座載了一大堆回家。阿明相信栗子是上帝在天國享用美食，不小心從嘴邊掉到凡間。一個法國的上帝，當然。也許，只是個法國廚師相信的神。不管是哪一種，我想沒人比阿明更懂得欣賞栗子的美味。阿明是唯一會寫信給我的人。我不用看信封也知道。因爲在地球的另一面，除了他，沒有人知道我住在這兒。多年前，我曾給他寫了封信，想一想，那幾乎是五年前的事了。那封信是在煙霧瀰漫的小餐館寫的，充滿不知所云的觀察，不甚正確的時價報告，還有喝醉後的告解。如果有選擇，我應該找安靜一點的地方寫信，卻捨不得周圍能幫我保暖、噴出熱氣的身體。外頭，整個城市都在慶祝他們的神的兒子的生日。而餐廳裡的狂歡，如果照老爸的說法，根本就是瀆神。

要怪就怪總督府的司機吧！老爸。這些地方，全是從他那兒聽來的。司機拿來警告我的故事，這些他宣稱從來沒來過的地方，是我在這個城市裡生存下去的必要動力。只要我口袋裡有點錢，像那年的耶誕夜，我就會進這些地方，買一杯烈酒，一口一口慢慢喝光。如果我一貧如洗，口袋裡除了雙手什麼都沒有，那麼，我會等在門邊，等看看有沒有比我更寂寞的人從身邊經過。

寫信給阿明的那晚，我坐在一個小而高雅的沙龍裡，就著大理石吧檯，振筆疾書。我在信上撒了不少謊，因爲我不想讓阿明把我的第一封家書扔進垃圾堆裡。後來，幾個月過去了，幾年也過去了，我寄去的信如同石沈大海，毫無消息。我只得安慰自己，阿明本來就沈默寡言。他不會浪費時間來告訴我一些沒有改變的事。爲什麼他要回信？如果家裡的一切和從前一樣，一模一樣，那麼，他何必花時間回信？他還是二廚阿明；阿宏還在二等車廂當車掌；阿東每天照樣去報館，聞著印刷墨水的味道；至於老爸，應該還是喝完教會裡的聖酒後，回家繼續喝自家的烈酒吧？

「是你該回越南的時候了。」阿明的信上這樣寫，「不管他從前對你說過什麼，他是我們的父親，而現在他就快死了。」

大哥寫著，老爸不久前中風，失去了右半身的行動能力，目前只能躺在床上，動彈不得。所以，是眞的，老爸相信的神的確有毀滅一個人的能力。但聽起來，他的神還沒有完全毀滅他。是的，恐怕老爸依然生氣勃勃。請原諒我，我總覺得把他想成已經死了，日子會容易一點。從我登上尼奧比貨船的第一晚起，只有在我關上他的棺蓋，掩上土，推開文森神父，自己主持他的臨終儀式後，我才能好好睡一覺。如果不這樣想，我怎麼狠得下心將母親一個人留在家裡？我想著我的嘴唇親吻過母親的雙頰。我想著她告訴我，如果有必要，我還是走吧！不過，爲了她好，「不要回頭望」。然後，我想著他還在隔壁的房間裡呼吸。請原諒我，我沒辦法這樣做。

「他是我們的父親。」我一次又一次地唸著阿明的話。撒謊。我應該相信哪一個版本的故事？我親愛的媽媽有個白馬王子般的愛人，給了她短暫的擁抱，讓她生下我、她最後一個孩子？或者，老爸就是我眞正的父親？他站在我再也見不到的家門前撒謊，否認我們的關係，切斷我們的血緣，好看著我心碎而死？老爸，大家都說，再怎麼樣，血濃於水。但在我們的例子裡，你用太多的拒絕和惡意塡滿了海洋，使得世上沒有一艘船能夠在這片海域上航行，將我再次帶回你身邊。當你在世上的時間到了，生命走到盡頭，相信我，我不會爲你換上一身白衣，不會爲你披麻戴孝。

老爸是呼吸著空氣或土壤，對我來說不再重要。媽媽終於有勇氣離開他。我不需要阿明的信告訴我，好幾天前我就曉得了。阿明的信不過是確認了爲什麼媽媽會在這幾天趁著黑夜來拜訪我。我們在盧森堡公園道別。那時的巴黎，像今天一樣，籠罩在白雪之下。她穿著她的灰色綢緞越南旗袍，我則包在兩件毛衣和唯一的冬季大衣裡。我們坐在公園的長椅上，漫無目的聊著，就像兩個聚在一起消磨下午的尋常人。在我們附近的雪才剛開始融化，她冷得發抖。我和她並肩而坐，直到東升的旭日將她帶走。這樣的拜訪持續了好幾天，直到有一天我醒來後依然看見她。爲了減低我心裡的悲傷，她化身爲一隻鴿子，一隻巴黎最常見的鴿子，在我眼前死去。相信我，死亡的第一次現身，從不會選擇以語言的方式。

「上帝終於給了媽媽一雙翅膀。」阿明這樣寫。簡潔扼要，一如往常。他指的是，我們的媽媽再也不需活在恐懼之中。唸了好幾年的玫瑰經後，她在一個沒有月光的夜晚入睡，清楚見到地平線那一端的天堂。她從丈夫的屋簷下踏出門外，以最眞誠的信仰解決了一生的困境。她的假先知丈夫，永遠沒資格踏上她往生後去的地方。她的四個兒子則要看各自的造化。這是她離開人世時，腦中最後想的事。她的身體和大地結合在一起，靈魂則往上飛到了天堂。一片雪白的天堂。

「阿門。」阿明寫著。

「阿門。」我大聲讀著。

我被自己的聲音嚇了一跳，將目光從大哥的信上移開。廚房空蕩蕩的。女主人大概已經離開好一陣子了。我聽見她們說話的聲音，隱約從工作室傳過來。在這兒，除了我，沒有任何人。只有爐子和大大小小的銅鍋。

# 22

和往常一樣，沒人在家，我得開門讓自己進來。他在星期六晚上去哪兒，做些什麼，他從不告訴我。星期日早上他回來時，總是儀容整齊，剛刮的鬍子，燙好的衣裳，所以我也從來不問。有什麼關係呢？我告訴自己，只要他現在和我在一起。他進門，我們簡單打聲招呼，叫一下對方的名字，開始傾訴存在肚子裡一星期的話，讓身體擁抱交纏，彌補這一週來分離的時光。對我來說，甜蜜的星期日在這時才眞正拉開序幕。今天早上，我的手抖個不停，該死的鑰匙卡在門鎖裡，轉也轉不動。我整個星期都沒睡好。每天晚上，焦慮和期待輪流在我耳邊打鼓，讓我脆弱的心臟跟著它們的節拍跳動，直到天明。如果不是這樣，那就是隔壁鄰居買了留聲機，而且老選一些吵得要死的音樂，以爲那些聲音和「籃子」和「皮皮」一樣，不會跑出自家門外。不過，這點我並不確定。喔……我說的是鼓聲的來源，當然。而不是那兩隻狗的狀況。

相信我，「籃子」和「皮皮」在短期內哪兒都去不了。女主人們爲了減輕自己的罪惡感，幫那隻自以爲高貴的貴賓狗和根本不算狗的吉娃娃買了許多東西。像是每隻各兩條綴著金屬釘釦的皮帶，還幫「籃子」買了一件合身大衣——倒是沒買長褲給牠。「籃子」畢竟不是人，而是狗。狗，即使備受寵愛，似乎也不需要特別遮掩私處。「皮皮」不會嫉妒「籃子」的新衣，因爲牠不穿衣服比穿衣服好看得多，這不只女主人知道，牠自己也很清楚。我的運氣還不錯，這星期來，女主人們忙著即將遠行的準備工作，不曾留意到我時時顫抖的雙手。她們以爲我端茶時把茶潑出、打破瓷器、被陶碗割傷，全是因爲我不習慣新裝的電話，只要它一響，就會嚇到。是的，百花街二十七號終於有了專用電話。葛楚史坦從不去應它，托克拉斯小姐便成了屋子裡的接線生。一開始，她還遵守法國人的規矩，接起來後對著傳聲筒大叫「哈囉」。到了現在，她只是拿起話筒，呼吸，等著打電話來的人先打招呼，表明自己的身分。如果她不喜歡她聽到的內容，就立刻掛斷。不解釋，也不浪費力氣去編什麼虛僞的藉口。平常她見人時也是這樣，如果她不喜歡一個人，馬上就把目光轉開。既然連面對面時都是這種態度，爲什麼她要爲一條電話線改變自己的行事作風？葛楚史坦只要一聽到話筒重重掛上的聲音就開始大笑。她和我都知道，托克拉斯小姐愈不喜歡那個打電話來的人，掛上話筒的聲音就愈響。嗯……眞有用的機器，托克拉斯小姐心想。

女主人們最近心情好得不得了。很多人打電話給她們。很多人送電報給她們。最棒的是，很多攝影記者來爲她們拍照。葛楚史坦已經有好幾週沒坐下來寫稿，而托克拉斯小姐打開廚房的小櫃子，拿出打字機，也是好久以前的事了。可是，我一樣擔心，因爲攝影記者比家裡的傭人更好奇。唯一的差別是，攝影記者發揮窺探隱私的功力時，女主人們還和他們同處一室。我常會在他們訪問的途中，聽到葛楚史坦請托克拉斯小姐去取某樣她們共同生活後留下的紀念品。托克拉斯小姐比任何人都自豪能與葛楚史坦一起度過的歲月，但如果那樣東西原本就沒放在工作室展示，通常都有理由。以「阿根廷小姐」爲例好了。這個星期一，兩個西班牙攝影記者不畏風雨，依約來工作室採訪。葛楚史坦拜託托克拉斯小姐進臥室拿「阿根廷小姐」出來給他們看看。「阿根廷小姐」其實是個佛朗明哥舞者，轉著大大的紅舞裙，每天早上喚醒我的女主人，晚上則站在她們的床頭上歇息。雖然叫「阿根廷小姐」，但女主人們是在馬德里買到的。至少，海報背面貼的條子這麼寫。而海報正面，嗯……海報的正面表達的是，有些女人即使衣服還穿在身上，散發出的性暗示可是絲毫不少。我老覺得，如果我盯著「阿根廷小姐」夠久，甚至還可以聞到她誘人的體香。我猜，要是躺在主人的床上往上看，應該可以看到「阿根廷小姐」的裙底風光。這當然只是推測而已。話說回來，我可沒有任何意願去證實這個想法。

托克拉斯小姐的品味一向高尚。好眼光（Bon goût），法國人會這樣形容。她連皮包內襯和大衣內襯都要選擇同一色系。但不會用同一個顏色，否則就太做作了。她在頸部噴的香水和晚宴桌上鮮花散發出的香味相輔相成，托克拉斯小姐認爲在這種地方對立是浪費。葛楚史坦卻是看到什麼就想要什麼，她的慾望向來不受控制。除了「阿根廷小姐」外，葛楚史坦還有一櫃子用貝殼和雞羽毛做成的天主教聖徒人偶。我想應該全出於虔誠的修女之手，但別人看過之後，一定和我一樣，覺得這群修女可能已經瞎了很久。她還收藏好幾個粉鴿站在噴泉上的小雕像，個個卻長得和巴黎小販在著名景點向觀光客兜售的廉價紀念品一模一樣。她還有一大面牆，掛滿各式女人的畫像，她們有綠色的臉，破碎的鼻子，奇形怪狀的眼睛。大多數是裸體畫，卻和那個佛朗明哥舞者不一樣，讓人覺得這些女人還是趕快把衣服穿上的好。百花街二十七號充滿了這類蒐集品。托克拉斯小姐只得接下區分好壞的重責大任。我看過她為畫像調整位置，但從沒見過她將哪一張畫從工作室的牆上取下。托克拉斯小姐用一隻鴕鳥毛做成的撣子來清畫。以「虔誠」來描述她清畫的態度和頻率是再適當不過。至於那些可怕的聖徒人偶和紀念噴泉，托克拉斯小姐則在昏暗的走道、衣櫥的角落或其他百花街二十七號沒人注意的地方，為它們分別找到了新家。葛楚史坦似乎從未發現它們換了地方。當然，這也是因為葛楚史坦從來不需要從她的印花高背沙發椅上站起來找那些東西的緣故。托克拉斯小姐不但樂意代勞，說實話，她也寧願就這麼維持現狀。

托克拉斯小姐回到工作室時，手上拿的紀念品常常和當初葛楚史坦要求她去取來的截然不同，或者，像「阿根廷小姐」這個例子，她乾脆空手而回。托克拉斯小姐聳聳肩，揮揮空蕩蕩的手。沒多久，攝影記者失望地告辭。她的行為顯然阻擋不了公眾對她們的好奇心，這一點，從上門來的攝影記者愈來愈多就可以得到印證。如果沒有托克拉斯小姐，我知道我提心吊膽的程度勢必提高許多。要是留下葛楚史坦獨自面對記者，她一定會帶著他們整間公寓亂跑。我說的一點都不誇張，葛楚史坦是那種會躺在床上就和記者喝起茶來的人，即使床罩沒拉，床單沒鋪，枕頭皺成一團，她也只會說「那有什麼關係」。要是留下葛楚史坦獨自面對記者，我相信她可能早就打開那個廚房的小櫃子，將托克拉斯小姐的打字備份和自己的手稿全拿出來獻寶，大方地說「誰想看就給他看吧」。而那些攝影記者對什麼狗皮倒灶的事都有興趣。所以托克拉斯小姐一定在場控制情況，她得不時提醒葛楚史坦，別什麼東西都拿出來給記者看。今天來喝茶的客人是不是作家，其實不難辨認。他們離去時，總會在桌上留下一大疊紙。托克拉斯小姐會先讀過一遍，而通常她也是唯一的讀者。葛楚史坦是個作家，不是審稿人。托克拉斯小姐瞄準垃圾桶想著。她投得極準，從不失手。我想，在這方面，作家和廚師其實沒兩樣。我們的手藝只有在分享和吸收後，才會顯現出價值。一本放在櫥櫃裡的筆記就像一個留在烤箱裡的蛋糕，只會變冷，變硬，被人遺忘。如果以這個角度來看問題，我所做的事，和葛楚史坦對小筆記本的處理態度，本質上是相同的。而且，我這樣做，至少還爲她的作品增加了一個讀者。

我用肩膀輕輕一推，閣樓公寓的門立刻滑開。平日會有的吱嘎聲不見了。親愛的週日情人上星期一定找人來上過油。嗯……或是氣候變化、冷縮熱脹後，聲音自然不見了？別管那扇門。從鼻子傳來的味道，我發現房子剛上過漆，有人打開了窗子，讓新鮮空氣沖散刺鼻的油漆味。親愛的週日情人告訴過我，在人的五種感官裡，視覺是他最不信賴的一種。視覺最容易被愚弄，常常讓我們以爲在某處的東西其實不在，而不在某處的東西，根本實實在在擺著。

我看到鐵鑄中空佛像站在屋子裡。我看到一張面朝窗戶的書桌。我看到一排排靠牆放的櫃子。我看到床尾的地毯。我看到一張從中對折的紙，像帳篷似拱起，躺在地板上。我有一根從他梳子上拿下來的頭髮。我有一塊從他大衣口袋取出來的手帕。我有一條從他皮鞋上換下的磨損鞋帶。我留下了所有他寫給我的便條。通常，便條的主題全是時間：他可能會遲一點回來、他可能回來的時間；偶爾只是草草在紙上寫幾個數字。有時，便條上也會是一些根本買不到的食材。像下雪時想吃新鮮無花果，葉子都掉光的秋天想買上好羔羊肉，夏天都過了才想到朝鮮薊。這些都曾是他想在盤子裡看到卻錯過產季的食物。每星期，我都得告訴他「等一下」。腳下的地已經結了冰。從一開始，就是這樣。但是，十二月、一月、二月卻是手藝高超的廚師大展長才的好時機。爲了他，我將無花果乾放在伯爵茶裡，以小火慢燉。我把檸檬皮剪成帶子，綁住藥草，加到羊肉裡蒸，軟化老掉的腱肉，恢復它逝去的青春，直到嚐起來像羔羊爲止。至於朝鮮薊，我則把他廚房裡所有浮在醋裡的灰色芯蕾玻璃瓶全丟了。親愛的週日情人，有時候，想吃而吃不到，其實比勉強吃到好。

我跪在地板上，想撿起紙條，好看看他今天想吃些什麼。一陣風從打開的窗戶追進來，讓紙條在空中翻滾了好幾圈，才又落回地板。它斜斜躺在鐵鑄中空佛像的腳邊，我看見稍微外翻的小帳篷裡似乎有一抹藍色。就像外頭無雲的天空的藍，整個巴黎都包在底下。天氣變化得那麼突然，說是週二的陽光融化了週一的雪，並不正確。事實上，是週二的陽光蒸發了週一的雪，讓巴黎的居民欣喜若狂。女主人們也不例外。她們取消了所有約會。托克拉斯小姐給攝影記者一一打電話，請他們下個禮拜再來。除了週一來喝茶的那兩個西班牙記者外，其餘訪談全延期。托克拉斯小姐和葛楚史坦出門，在她們最喜歡的露天咖啡座裡悠閒地曬太陽。雖然咖啡座的戶外擺設是在陽光出來後才匆忙架起，可是照樣不減興致。我知道，太陽拯救了我。整個百花街二十七號因此空無一人。沒人的房間自然會守口如瓶。它們會爲我保密，忘了我的不當行爲。它們總是隱惡揚善。它們喜歡維持一致，所以熟面孔最受歡迎。因爲陽光的出現，上週大多數時間，百花街二十七號全是空的。昨天，送走最後一個來早春週六茶會的年輕客人後，我深深歎了一口氣。一場值得下注的賭局，我邊想邊墜入夢鄉。這是這五天來第一次睡著。第六天沒有意外，也沒有記者來訪。然後，今天早晨我醒來，看見大大的太陽掛在天上，我又歎了一口氣。惡劣的氣候是不幸的預言者。在這樣美麗的藍天下，發生不幸的機會應該小多了。

藍色是乾淨天空的顏色，是平靜沈睡海洋的顏色。藍色是魚鱗閃光的顏色，是潛入深海，望不到陸地的顏色。藍色是魚在死前所展現的最後一點美麗的顏色，在刀子切進牠柔軟的下腹取出肚腸前，和大家分享的顏色。但是，在這間閣樓公寓裡，在盤旋不散的油漆味裡，藍色成了唯一殘留的顏色。藍色，我以手指拿起確定之前，已經知道它是連尼照相館收據的顏色。這張薄薄的紙片由一小坨白膠黏在一張留言卡上。膠穿透紙片，在「連尼」這個名字上留下了油漬般的印子。雖然花式草書依舊美麗，卻彌補不了整張收據看起來已污損的事實。眞不小心，我想。親愛的週日情人連等白膠全乾的時間都沒有。他一定是毫不猶豫地將兩張紙壓在一起，一次對折，然後特意放成一個倒V給我。紙上的墨水可能渲染開了。畢竟，要等墨水全乾也需要時間。

從屋裡的狀況看來，親愛的週日情人沒有那種空閒。牆壁已經刷好一層新鮮油漆。地板上過蠟，清得乾乾淨淨，沒留下一個污點。燒木頭的火爐雖然依舊黝黑，但顯然已刷洗過。大門門閂修好了，再也沒有雜音。可見房東花了好幾天時間，爲出租這間公寓做了準備。親愛的週日情人一定在兩三天前就搬走了。他小心計劃，謹愼實行，直到最後一刻才出差錯。他關上閣樓公寓大門之前，抬頭望了一眼窗戶外的景色。巴黎煙囪上的藍天被窗框圍住，像幅畫似的。一幅最富有或最貧窮的巴黎人才能見到的畫。然後，他突然想起我。他敲了鄰居的門，站在那兒微笑。鄰人對這個年輕英俊的美國人頗具好感，他要什麼都會給。只可惜他只想借一枝筆、一張紙、一小坨白膠。親愛的週日情人寫下：「畢，謝謝你將《鹽之書》拿給我。史坦完美捕捉了你的神韻。」除了書名，紙條上用的全是法文。我猜，那是女主人在筆記本上寫下的題目。他太過匆忙，連爲我做個簡單翻譯都沒空。幹嘛這麼費神呢？他大概這樣想。他太過匆忙，甚至連名字都忘了簽。他將手伸入口袋，找到連尼照相館的收據，把兩張紙貼在一起，折起來。他走回公寓，把紙條放在地上留給我。因爲他的閣樓裡除了一個還燒著火的鐵鑄中空佛像火爐，什麼東西都沒有了。

# 23

阿暴錯了。有用的外國字彙和句子，其實和酒、錢、女人沒什麼相關。語言的難度愈高，愈容易碰上發不出音的字，那麼我這種人的生活反而變得愈簡單。選項有了限制，決定時就不用想太多，要什麼就變得清楚明白。如果我沒看見，我就無法選擇。如果坐在我身邊的男人沒喝那東西，那麼我大概也沒有能力爲自己叫上一杯。快速點個頭，舉起一根手指，揚高一道眉毛，說一聲「來杯和他一樣的」。然後，我坐下，緊張地等著服務生端酒回來，誠心禱告鄰座的玻璃杯裡，裝的不是二十五年的威士忌或上等陳年香檳。也許我說的誇張了些，不過，這一年多，我偶爾也上這種地方坐坐。青春在這兒占不到什麼便宜，很廉價，就像這兒的客人一樣。在這兒出入的大多是男孩，當然也混雜著一些女孩。至於他們有多大年紀，在仔細觀察他們的雙手前，沒人看得出來。腳比較容易僞裝。穿上緊一點的鞋，看起來也就小了；高跟鞋則能創造出一種「裙子下除了十個纖細的腳趾外，什麼都沒有」的假象。手就不一樣。有沒有擦指甲油是最明顯的信號旗。手套嘛，黑色的最好，粉色和亮色只會放大手的尺寸，出賣不想讓人知道的眞相。事實上，有些出來「賣」的女孩會戴手套，是怕客人太呆或太醉，辨別不出她們能提供的特殊服務。至於我，他們看到什麼，得到的就是什麼。

阿暴，就是一個對看到的東西沒興趣的例子。在尼奧比貨船上，他有一大堆付過錢的回憶。他放在手裡珍藏，抱在懷裡撫摸，像溫暖的南中國海。船駛在平靜的海面上，我們睡的吊床輕輕搖動，爲我們唱著催眠曲，這時我常聽到他喃喃自語。

「獨舞的莎琳娜，」阿暴低聲說，「總是戴著那個。」

「戴著什麼？」我問，振作精神，準備聽另一個關於阿暴心中女神的故事。

「手套。」

「喔……」

「黑色過肘的長手套，」他解釋，「只是這樣，其他什麼都沒穿。」

「什麼都沒穿？」

「什麼都沒穿。」

阿暴加快的呼吸告訴我，那是他想相信的畫面。我算什麼東西？幹嘛懷疑這個人的回憶？但我不管三七二十一。「聽好，我不知道莎琳娜怎麼處理她的上半身，但我可以表演給你看，其他部分是怎麼做。」我爬下自己的床，站在阿暴面前。我拉起他比南海還暖的手，讓他看看如何用手做出一道消失在我兩腿之間的裂縫。黑暗中，我再一次聽見他歎息。這一次是爲了我，我告訴自己。

這方面，我學的本事不少。相信我，布雷瑞特大廚有許多特殊的癖好，剛才表演的不過是其中一項。「我們來玩先生和夫人的遊戲。」布雷瑞特說完，便關上燈。事實上，他想玩的不是先生和夫人，而是變化過的劇本：先生和夫人祕書的遊戲。布雷瑞特喜歡在尋常中加點罪惡感當調味料。

「教我怎麼說『甜』。」大廚以法語要求。

「甜。」專管冷盤的小廚師遵從地以越南話回答。

「『酸』？」法語。

「酸。」越南話。

「『苦』？」法語。

「苦。」越南話。

能爲布雷瑞特帶來怎樣的滿足，全視這些字的組合而定。白天，它們全聽他指使，爲什麼他不能在夜晚使用？

「教我怎麼說『鹽』。」

這一次，要求的聲音變成我。我把相同的遊戲拿來和親愛的週日情人玩——呃，我指的是拉提摩。我記得他微笑了。本來我以爲他聽不懂我帶著勞工口音的法語，不知道我到底在問什麼。他教過我英文的「甜」要怎麼說。沒多久，「酸」和「苦」也會跟著出現。最後，我還是學會了「鹽」的法語，只不過不是他教的。在任何語言裡，這四個字重複出現，加上強調的搖頭點頭，對廚房裡的我是無價的經驗。在屋裡其他的房間，這四個字有時會讓我有詩意的錯覺。不過，我的詩都很短。不是因爲知道的字彙不夠，而是因爲很小心選擇使用的字眼。我和布雷瑞特不同，不會在夜晚結束後就忘了這些字，然後又在不適合的時間、在根本不需要語言的時候，要求再次重複。是的，布雷瑞特大廚有許多特殊的癖好，而這個不過是其中一項。

在這類場合，阿暴選擇沈默，至少在我這方面是這樣。他畢竟是男人。他喜歡聽見自己說話的聲音。尼奧比貨船抵達馬賽港的前一晚，我們兩個一語不發。遠方海港的燈光在地平線上閃爍，像一條發光的金鏈。繁忙海港上聚集的海鷗在我們船頂盤旋，偶爾俯衝下來，看看爲什麼我們在半夜還不睡。牠們捲在海浪裡的叫聲彷彿恭喜我們這些水手越過大海，即將平安靠岸。第二天早上，我和其他人一樣，開始想念海洋。我並非唯一。在馬賽靠岸後的幾小時內，阿暴簽下要在一艘開往美國的郵輪上服務的合約。他從即將成爲他洗刷範圍的甲板上，用力對我揮手道別。在他襯衫前面的口袋裡，裝著一張寫著偉大二廚阿明的名字的紙條。如果有一天他回到西貢，會幫我去傳點消息。而在他的行李箱底層，在他的皮鞋下，由兩件襯衫包著的，則是媽媽給我的紅色小布袋。阿明的名字是我給他的；其他的卻是他不問自取。最糟的是，只要他開口，我願意將媽媽的金子、爸爸的皮膚、大哥的雙手和我自己全身的骨頭都給他。只要他開口。但現在，他走了。

媽，請不要哭。我知道我可以用妳給我的金子買麵包充飢，租一間房間。也許，可以買到暫時的溫存，但絕對買不回妳生命中失去的時光。悲傷即使由汗水和苦幹淬鍊成金片，依然是悲傷。對我們來說，一樣沒用。給了陪我繞了半個地球的陌生人，也比留給妳的小兒子好。

我知道這個不完美的結局簡直叫人難以承受。因此，在我的想像裡，並不願讓小紅布袋的故事就在馬賽港畫下句點：

阿暴，那個名字意思爲「暴風雨」的水手，在七個月之內遨遊了七海，終於回到久違而熟悉的湄公河口。他的行李裡還放著我大哥的名字、我媽媽用紅色和金子縫上的一顆心。上岸後，阿暴問到了總督府的方向。他來到大宅後門，請人去叫二廚阿明出來。「哇！」阿暴看到我大哥的白色長圍裙和漿得筆挺的廚師帽後，吹了聲口哨。那頂帽子的高度恰是布雷瑞特大廚的一半。名義上，是總督府廚房衛生水準提升改革的一部分；實際上，大宅的僕役都知道，那頂他們在我大哥背後戲稱爲「監獄蘑菇」的白帽子，根本就是布雷瑞特大廚罪惡感的補償。

「這是給你媽媽的。」阿暴將紅色小布袋放在還是二廚的阿明手上。「阿彬想把這個還給她。」

「誰？」

「阿彬，你最小的弟弟。」

「可是我最小的弟弟不叫這個名字……」阿明回答。

「噢……」阿暴到最後才發現，原來廚房的打雜小弟不是尼奧比上唯一的傻瓜。他張開嘴，發出一串無聲的笑。「那也沒關係。」水手對自己說，然後轉身離開，往海的方向走。

我從來沒有騙人的意思，但眞實姓名不該輕易拿出來交換。我講述橋上男人的故事時，不是把這個規矩交待得很清楚嗎？那一天，我又見到他。他看起來比我們第一次見面時更年輕。同樣的嘴唇，比我記得的還豐滿些。同樣的眼睛，還是那麼靈活好奇。他的眼睛具有多種表情，甚至讓我懷疑他不需語言，光用眼神就能告訴我一生的故事。一樣左分的頭髮長了許多，看起來像左岸咖啡廳裡聚集的詩人，不像我幻想中站在柚木亭臺裡的白馬王子。我曾在大街上，在碼頭上，在公園的長椅上尋找他的蹤影。我甚至回去笛卡兒街那家他帶我去的餐廳，站在掛著紅燈籠的入口，看他有沒有回來。兩個月前，我再回那餐廳時，卻發現紅燈籠不見了。我想，可能廚師已經返回越南探望母親，要不然，也可能他興致又起，出發做第二次的環球之旅。我曾經聽說，到了中年，某些男人會再度渴望哺育過他們的女人的乳房，而另一些則只想走得遠遠，避到人跡罕至的深山。我也常回我們相遇的那座橋上，雙手扶著欄杆，俯視著河面。好幾次，我在那兒站得太久，久到我凍僵的雙腿都產生了河水沖擊在皮膚上的錯覺。不過，那通常只發生在我喝得太醉的深夜。

我從沒想過會在連尼照相館見到橋上的男人。我當然要回去拿照片。接到拉提摩的紙條的那個星期天，我去了。我要我的照片。就像他說的，那是我應得的報酬。我想，我總是可以將照片剪掉一半，留下他那一邊的臉，在我的刀鋒不夠利時，拿出來看一看，讓他的笑容刺痛我。這樣一來，不用見血，我也能知道我還活著。我以爲照片的錢已經付清。結果，我錯了。店方只要求拉提摩付一半的錢當訂金。不幸的是，一半訂金、一半未付這麼簡單的事，卻花了店員半個小時才搞清楚。

他在前頭店面和後頭連尼的工作攝影室之間來回跑了好幾趟。尖鼻子的店員對我帶有口音的法語非常沒耐心，只是不停看著我的收據，問：「拉提摩先生上哪兒去了？」我按下火氣，忍住不對他尖叫「拉提摩先生就在那張天殺的照片裡」！我試著控制我的口音，請討厭的店員進去裡頭問攝影師先生，是不是可以先拿照片，然後以分期付款的方式，每星期償還一點那一半未付的欠款。我在心裡盤算：可沒人說這個每週付款是連續的、一個星期接著一個星期哦！令我驚訝的是，討厭的店員居然答應進去幫我傳話，轉身進了後面的攝影室。不知道他是代表我和攝影師連尼展開一串複雜的協商呢？還是根本只是進去站在裡頭，等著我失去耐心，自動放棄離開？

這時，在連尼照相館的店面，我已經冷靜到記起我從前一天晚餐後就再也沒吃過任何東西。我在一張椅子上坐下，卻發現它小得只能觀賞，或是當攝影道具，而不該給人坐。它不是為了舒適而設計，不管是弧度怪異的靠背，或是以沒煮的扁豆為填充物的綠色絲絨座墊，都違反常理。忍耐了幾分鐘後，我決定靠自己的兩腿站著還比較舒服。於是我站了起來，在室內散步，壓抑我的飢餓感。店面的牆上掛滿展示照片。大大小小，什麼尺寸都有。最小的才不過一片指甲大，想來是給人放在項鍊裡的。這麼多張臉，讓空空的房間一下子熱鬧起來。我仔細看著這些篩選過的照片，研究他們臉上的表情。攝影師連尼以能提供大量背景給客人選擇而聞名巴黎，他能創造出許多別人做不到的幻境，從最簡單的春季希臘花園，到充滿異國風味的摩爾後宮夜色，全難不倒他。他是怎麼從照過的那麼多相片裡挑選出來掛在牆上？我試著在照片間找出共同點。神祕的美感，深情的姿態，還是面對鏡頭的無畏？嗯……也許只是他們同樣付不出照片的另一半費用，只好將他們的臉孔和身體都留在店裡展示。上回來店裡，拉提摩包辦了所有雜事，我沒有機會和連尼說話，所以也不可能以他的個性來判斷他到底怎樣選擇。我一張照片看過一張照片，從一個人的夢想跳到另一個人的夢想，注意到其中有些不是黑白照片。這些照片顯然經過高明處理，呈現了紫色藍色玫瑰色棕色，彷彿肉眼在晨曦或黃昏時見到的那種有點曖昧的顏色。我的目光在牆上掃了一遍，觀察色調的變化。然後，我見到了他。我踩上那個令人渾身不舒服的小椅子，好將橋上的男人看個仔細。那張照片還不及我張開的手大。裡頭的他，看起來好年輕。

「你認識他嗎？」

我轉過身，看見攝影師連尼的地中海型禿頭就在我眼下。回答之前，我想到最好還是趕快從他的椅子上爬下來。

「是的……我是說，不是……我不大確定。」我慌亂回答。法語顯然在我戒心鬆懈、毫無準備時，大獲全勝。

「是啊，你說得沒錯。他是個難以捉摸的人，讓人根本搞不清楚對他的認識到底有多少。」連尼笑著說，「他是我僱過最好的修片師。比現在跟著我做的那個白痴好太多了。」

「他叫什麼名字？」

「彼得．巴林。」

「不，不，我問的是那張照片裡的人。」

連尼帶著自信但牛頭不對馬嘴的回答，讓我不得不採取另外一種問法。我將拉提摩的收據遞給他，請他寫下照片裡那個男人的名字。連尼把那張藍紙條還給我，後頭寫的是個不折不扣的越南名字：阮愛國（Nguyễn Ái Quốc）[1]。聰明，我心想，是有點太沈重，不過，還是像以往一樣，非常聰明。

「嗯……關於我聽到的每週分期付款是怎麼回事？先生。」

我從收據上抬起頭來，毫不猶豫地回答：「我要那一張。」我指著橋上男人的照片說。

「噢，所以，你真的認識他嘛！」連尼說，「我告訴你，沒有人能把眼睫毛畫得像他那麼生動了。沒有。比真的還漂亮。了不起。了不起。」

「拜託，我會付清還欠你的一半費用。」我再次將拉提摩的收據遞給他，「但我不拿照片了。你可以把它留下來，掛在你的牆上。我想拿這一張走。」我繼續指著橋上男人的照片。

「先生，很抱歉。這張照片對我來說也很珍貴。你看，它是上個世紀流傳下來的老方法做成的。一張這樣的照片，我得收平常的四倍價錢。要洗出這種效果，需要一整天的日曬。先生，在巴黎，一整天的日曬有多珍貴，你能想像嗎？」

不能，我搖了搖頭。

「你可以回來看他。」連尼朝橋上男人的照片揚起下巴，「什麼時候都行。」

是，我點點頭。沒話可說。對我來說，談到錢，話題也就差不多結束了。連尼站在原地看我，彷彿知道我想什麼。

「這兒，拿去吧！」我聽見他說。

攝影師連尼這時已經走到那個討厭的店員後面。擺著一張臉的店員坐在櫃檯後，對我視若無睹，直到我把那張藍色收據用力推到他鼻子下。我低下頭，看看攝影師拿在手上要給我的信封，又說了一次：「掛在你的牆上吧！」這個決定和自尊心、驕傲、自我價值的意識抬頭一點關係都沒有，而是因爲我看到了寫在信封角落的價錢。即使拉提摩付了一半，不管是不是連續付款，我得要花好久才能將另一半付清。我寧願省下我的血汗錢，買橋上男人那張灰藍色相片。我第一眼注意到那張照片，其實是因爲它類似海洋的顏色，吸住我的身體，讓我無力抗拒，相信我，那不過是個開始。印在紙上的照片裡，顯然有什麼東西正在呼吸，彷彿照片上的每一點都在吸氣，滲透注入橋上男人的五官裡。不像張照片，而像藏在皮膚表層下的刺青。

聰明。「阮愛國」顯然不是他父母生他時幫他取的名字。而「阮」則是我以及大多數越南人共有的姓氏。他可能眞的姓阮也說不定。問題是，沒有正常的父母會眞的叫自己的兒子「愛國」。對一個四處爲家的異鄉遊子來說，這倒是個不錯的新名字。一個在心底從未離開家的旅人。

阿暴第一次在我面前大手一揮自我介紹，讓我聽到他那不適合航海的名字後，我愣了好久。在這之前，我沒渡過一條河、越過一條溪，甚至沒走過雨水淹沒的街道。現在，我站在狹小的船艙內，在海洋上，和一個與我截然不同的人，分配到同一間房。截然不同，除了同樣不幸的名字。兩個「暴風雨」在同一艘船上，一定是某人信仰的神發出警告，叫他跳出船，趕快游回岸上。我的不諳水性讓我一開始就劃掉這個選項。等我的室友再度問起我叫什麼名字前，我花了很多時間想這件事。我本來以爲我的症狀來自嚴重的暈船，但後來我上了岸，情況卻沒有好轉。我眼瞼裡的螺旋物體依舊存在，我還是可以在嘴裡嚐到自己的肝的苦味，那種胃掉入無底深淵的感覺揮之不去。這時我才明白，原來海上旅行不是生病的主因，後悔才是，看不破和布雷瑞特的感情才是。雖然他的背叛只是時間問題，但我原來希望這時間可以長到讓他變老、讓我變強。即使在我們坦誠相見、衣物散落一地時，他仍堅持要我叫他「大廚」，或者，更糟，叫他「先生」。不，不是。這個不會是原因。我和這個男人的事雖然不幸，但不值得引發扮隨著肉體痛苦的後悔。

我靜靜佇立。

老爸，你會在明天一覺醒來後，看著鏡子裡的自己，對你的右腿說「不，你不屬於我」嗎？接下來的另一個清晨，你會對你的雙手做出相同的判決嗎？你會不會繼續，讓你邪惡的嘴敘述你邪惡的心，直到你除了軀幹和頭顱外，一無所有？我想，到了那時，文森神父大概會以他的餘生來爲你舉行賜福儀式吧？一個能夠忍受這種自我折磨的殉道者，絕對是成爲聖徒的候選人，文森神父一定會這麼想，勾勒著他在聖殿裡和你剩下的軀體一起跪在教宗面前的畫面。

我靜靜佇立。

在我當時二十年的生命裡，只要是有關信仰的事，我會特別小心。不但處處謹慎警惕，甚至以冷血的方式對待宗教。天主教教堂對我來說，從來不構成威脅。從我會走路開始，我就跟著哥哥們到文森神父的教堂，乖乖坐在倒數第二排。老爸帶著新信徒去做晨間彌撒時，從他們含糊禱告裡傳出的濃厚酒味會把跟在他們後面的小孩野狗都熏醉，他們不能控制地尿了自己一身。被強迫參加的這些儀式反而讓我的看法更加堅定。但是，我也不拜祖先。我不會委屈自己去拜一對那麼嚮往死後生活而忍心將獨生女留給這樣的男人的父母。當然，阿明對總督和夫人的信心也完全影響不了我。我想，我親愛大哥的祈禱，只有在他躺下且死去的那晚，才有可能應驗，他甚至還得希望隔日太陽上升時，他受傷但未碎的靈魂會成功投胎到一個法國人身上。

我靜靜佇立。

我聽見你的聲音，老爸，而我知道即使我這麼小心，這麼警惕，這麼冷血，我還是失敗了。對偶像崇拜的假象，我防禦得滴水不漏，卻忘了防禦你。信仰，追根究柢，就是愛與償還的理論。在我的生命裡，你卻是對我最不在乎的人。

媽媽，請不要哭。從我出生的早晨，到我死去的夜晚，我從不需要去渴求、去懷疑、去乞討妳的注意力，因爲妳早將一切給了我。但是我，就像那個編籃子的男孩，看著我富足的四周，卻一心相信應該還可以獲得更多。火蟻和微型金盞花改了方向繼續走，看得我不禁顫抖，將我帶回看見妳的大草帽的泥土路上。它還是一如往常，掛在廚房入口。而我則瞎了，除了磨損的帽帶在陽光下動著，什麼也看不到。

「阿彬。」我回答，眼睛連眨都沒眨一下。阿暴提高聲音，抱怨他同樣的問題已經問了好多次。我對他道歉，怪海浪聲太大，讓我聽不清楚他說什麼。

「阿彬，噢？不錯啊。我們剛好可以平衡一下。」阿暴邊說邊拍我的手臂，讓我知道他不介意，自豪於賣弄文字的小聰明。他的意思是，既然「彬」有「和平」的涵義，剛好和他的「暴」產生制衡效果。謝謝，我也這樣想。

停靠馬賽港的前一晚，阿暴又勸我上岸後取個假名時，我嚇了一跳。我問他：「我們在海上過了幾天？」他的回答給了我莫大啓示。我和尼奧比貨船簽約，是因爲我需要找一艘當天就走的船，因爲我那個晚上已經沒有地方可睡。被總督府趕出來雖然意外，卻是不可避免的結果。但被老爸趕出來，則完全在我的意料之外。尼奧比貨船的終點站在哪兒，我一點也不在乎，它要在海上航行多久，對我更是無所謂。那時的我以爲，海上旅行得花上好幾年。離開自己的角落前，世界大得不得了。一旦我出發了，它更是擴展得無邊無際。至於我以前棲身的角落，則持續縮小，直到它成了地球上一個微不足道的小污點。我從沒想過要看地球的另一面長什麼樣子。我需要一艘出海的船，因爲那兒的水比較深，深過我可以輕易跨越的河水。我想接近較深的水域，因爲我想滑進其中，讓月光的反射將我全部吞沒。「我從沒想過要走得這麼遠。」我告訴阿暴。我的意思是，當我上了尼奧比貨船，並未想到它有天會靠岸。在黑白照片裡，那就是夜晚的世界。阿暴轉過頭來看我，彷彿了解我說什麼。

1 越南共和國締造者胡志明在年輕時使用的化名。

# 24

「生蠔，親愛的，不管到哪兒，都會供應生蠔。」托克拉斯小姐堅持。

葛楚史坦向托克拉斯小姐投過一抹令人同情的目光，讓人覺得她對生蠔供應的擔心，一日多過一日，已經成了精神上的負擔。

這些托克拉斯小姐每幾分鐘就得重複一次好安撫葛楚史坦的話，隨著我們搭乘的火車汽笛聲，逐漸在空中消失。人和行李都已安全搭上這列從巴黎開往里昂的快車。托克拉斯小姐在最後一個攝影記者被帶離月臺後，立刻回復她原來的表情。火車已經往前走，大批記者卻還不肯離去，惹得站長十分不高興。他像百花街二十七號的管理員一樣搖著頭，不習慣這些突如其來的注意力，強硬地將記者請離月臺。這個舉動當然讓葛楚史坦非常失望。

「還有，哈密瓜，親愛的。」托克拉斯小姐提醒葛楚史坦，「他們保證會有足夠的哈密瓜讓妳享用。」

女主人這句劇本之外的多餘保證，讓我懷疑我們正經過旅途上一個主要地標。如果我打開車窗，把頭伸出去，很快就會聞到海水的味道。哈弗港的教堂鐘聲和其他臨港城市一樣，每響一下，就告訴大家離水不遠。帶著鹹味的微風和礦物的氣息，總讓人覺得傳送的距離比一般鐘聲遠得多。托克拉斯小姐一定也知道這個道理，所以她在旅程開始後，第一次起身，打開窗戶。我慢慢深呼吸，心裡想著生蠔。說實在的，在托克拉斯小姐一次又一次的吟誦後，除了生蠔，我還能想到什麼。和女主人們一起搭火車，是我長久以來的心願；和她們分享一間頭等艙房則是放在心裡從不敢想的奢望。就像我知道的所有願望，實現的那一刻，往往和原先假設的情況有極大出入。是的，從我們的旅程開始後，我腦子裡唯一想的就只有生蠔。即使在知道生蠔的英文名字前，我就曉得這些美國人（嗯……至少是這些受邀來百花街二十七號吃晚餐的美國人）對生蠔有種特殊的偏愛。葛楚史坦卻是個例外。我們在一起那麼多年，她從未表示出對生蠔有什麼特別的感情與期待，讓我至今難以相信，她居然鍾愛那種生而滑膩的口感。

「還有，哈密瓜。」托克拉斯小姐再一次提醒她，「他們保證會有足夠的哈密瓜。」

這個讓我更加吃驚。在碧利尼避暑時，托克拉斯小姐在後院溫室裡種了一大堆水果。我親眼目睹葛楚史坦揮手拒絕一顆才從藤蔓上採下的新鮮夏朗德香瓜。對剖的香瓜有飽滿渾圓的橙色果肉，裡頭的子晶瑩剔透，而且，還是特地切開來給葛楚史坦看的。但她只是揮揮手，表示她不要吃。我知道托克拉斯小姐因此有些傷心。畢竟是她親手種出的果實，從開花一直守護到結果，看著它在炎炎夏日裡長大，好不容易可以上桌，愛人卻連一口都不嚐。

火車載著我們愈來愈接近海洋的同時，我才開始了解女主人們對生蠔和哈密瓜不合常理的配對。我想告訴拉提摩，他以顏色為基礎的推論有漏洞。但和往常一樣，我自己的結論卻還只處在緩慢成形的階段，只能見到隱約的影子。拉提摩在二月底離開了我，應該也離開了巴黎。我和女主人們搭的這列火車，正在十月豐收的陽光下，穿越法國鄉村。拉提摩無疑是對的。生蠔和哈密瓜能安撫葛楚史坦緊張的神經。從托克拉斯小姐在火車離開北站後的行為來看，這個說法應該絕對正確。火車即將抵達哈弗港車站了，她還是重複個不停。托克拉斯小姐相信，光是聽見這兩個詞，就能讓她的親愛的鎮定下來。至於她的話對廚師造成的效果，則是頭一次。托克拉斯小姐讓我覺得肚子飽得再也吃不下任何東西。生蠔，我想像著，正一粒粒滑下我的喉嚨；而哈密瓜，一種熟透的瓜類，正將汁液注入我乾裂的口腔。我的結論是，就是這種半液狀的特質，讓緊張的葛楚史坦選擇了在演講前只吃這兩樣食物。我深知我的女主人沒有一次做兩件事的能力。這就是需要托克拉斯小姐出力的地方。如果葛楚史坦在演講前感到焦慮，那麼她就無法擔著一顆心又同時咀嚼。只可惜托克拉斯小姐無法代勞，否則兩項工作都會搶著幫她的親愛的做。就是因為她做不到，所以她設計了新的菜單。為了保留葛楚史坦的自尊和驕傲，兩樣食物都還是固體；但只要一入口，就滑下肚子，根本不大需要咀嚼。這一方面，托克拉斯小姐是真正的天才。

「生蠔，親愛的，不管到哪兒，都會有生蠔。還有，哈密瓜，他們保證會有足夠的哈密瓜。」

步下火車，踏上哈弗港車站的月臺時，托克拉斯小姐還在葛楚史坦的耳邊呢喃。

到了此時，「生蠔」和「哈密瓜」這兩個英文名詞已經在我腦海裡生了根，揮之不去。至於托克拉斯小姐句子裡其他用字，嗯……我不用想也知道她說些什麼。即使我不具備這項特殊才能，光從她們的行爲也一目瞭然。相信我，聽見她們一再重複同一件事，已經不是第一次。在一起住了一輩子的情人，的確有足夠的時間，奢侈地將舊事拿出來一講再講。況且，女主人們也到了年紀，如果瑣事不一再重複，可能沒多久就會從記憶裡永久刪除。不過，托克拉斯小姐的聲調比以往我聽過的都還要輕柔些。葛楚史坦眼帶血絲的表情，卻讓她看起來彷彿是個被遺棄在火車上的孩子。

我本來以爲女主人們心煩意亂是因爲想念「籃子」和「皮皮」。爲牠們穿戴上最好的衣物，將皮帶交到管理員手上時，兩人表現得簡直傷心欲絕。托克拉斯小姐和葛楚史坦給了管理員足夠的錢，確保那隻自以爲高貴的貴賓狗和根本不算狗的吉娃娃在未來一年內還是會被雞肝塞得飽飽。除了爲牠們準備的衣物之外，還爲即將到來的冬天留了一筆可以拿來買新鍊子或外套的緊急備用金。因爲不管是「籃子」或「皮皮」，都會在天氣較冷的月分變胖，女主人們沒法子預估接下來幾個月牠們到底會肥成什麼尺寸，只得不甘不願地讓管理員全權負責。「籃子」把身體壓在葛楚史坦的小腿上，在全新的粗花呢裙子上留下一堆脫落的鬈毛。「皮皮」也毫不客氣地將前腳搭上托克拉斯小姐的新貂皮大衣，發出高亢又淒涼的叫聲，幾乎震破眾人的耳膜。社區裡的狗聽到牠的哭聲，全部加入聲援，一起發出同情及責怪的嚎叫。「皮皮」一向很戲劇化，而「籃子」採取的方法則直截了當。牠利用自己的體重將女主人留在身邊，因爲那是牠除了偶爾失神的亂吠外，唯一的武器。

「再見，再見，再見，我的心肝寶貝們，再見。」托克拉斯小姐和葛楚史坦在逐漸駛離的計程車裡，和狗兒傷心道別。托克拉斯小姐輕壓眼角，葛楚史坦則眨一眨眼，將淚水嚥回去。哭什麼呢？我的女主人們。難道美國沒有狗嗎？

頭等船艙，特快車，現在就要登上這艘大型海上郵輪，啓程回家。女主人們，如果聚集在碼頭等待的攝影記者是個指標，我相信等妳們回到美國，迎接妳們的閃光燈會多到讓妳們永遠看不到黑夜的來臨。

站在尙普蘭豪華郵輪由玻璃罩住的甲板上，托克拉斯小姐看起來還是氣派十足。她噘著嘴唇，彷彿下一秒就會發出「噓」聲，要人安靜一點。葛楚史坦的態度則一派輕鬆，彷彿她正打算送出一份她知道對方會非常滿意的禮物。我的兩個女主人只要一見到攝影記者，精神就來了。葛楚史坦尤其如此。一大群記者和尙普蘭豪華郵輪的船長正在甲板上等我們，而這次葛楚史坦和托克拉斯小姐似乎是眞的爲她們引起的混亂場面可能會一路跟著回美國而感到吃驚。我陪著好幾個挑夫，將主人的大批行李箱送進艙房的起居室，才回到甲板。穿過數個攝影記者，擠回托克拉斯小姐身邊，腦子裡還想著在艙房裡等著迎接她們的幾束黃玫瑰，比我在西堤島花市見過的任何東西都大。托克拉斯小姐看見我，無聲對我說：「來，拿著這個。」她將一個小縫紉包塞進我的大衣口袋。女主人用她的鼻子指著葛楚史坦棕色絲絨滾邊的鞋。一顆從金屬座子上脫落下來的珍珠扣飾搖搖欲墜地立在兩隻鞋中間。葛楚史坦右腳鞋子的鞋帶上下晃動，得意洋洋等著奔向自由。每次女主人一將重心換腳，鞋帶立刻高高飛起。葛楚史坦顯然不習慣鞋子的新皮革和絲絨襯墊，將重心換來換去，動得簡直像在跳舞。托克拉斯小姐將手從我的大衣口袋抽出來，握住我靠著她的那隻手。她飛快捏了我兩下。捏第一下，代表的是：「拜託，阿兵，去幫葛楚史坦把那顆扣子縫上。我們不能讓攝影師拍到她這副衣衫不整的樣子！」第二下則比較像請求，而非命令，表達得比較體貼，不像第一個那麼直接。「拜託，阿兵，去幫葛楚史坦把那顆扣子縫上。我不能讓攝影師拍到我蹲在她腳下爲她縫扣子的樣子！」

當然，托克拉斯小姐，當然。

我從口袋拿出小縫紉包，走過去完成我的任務，確定葛楚史坦會衣裝整齊地繼續她的旅程。我知道尚普蘭豪華郵輪對女主人而言不過是個開始。當我們走上這艘郵輪，我就注意到它和尼奧比沒有任何相似之處。相信我，在女主人們的艙房或寬如大街的甲板上，沒有一樣東西讓我想起我上一次的海上之旅。

多年以前，尼奧比貨船在馬賽靠岸後，我在那個城市待了好幾星期。然後，我想起阿暴告訴過我，在海上沒錢比在陸上沒錢容易生活，所以我找了另一艘和尼奧比同級的貨船，回去腳下是水而非陸地的生活。接下來三年，我從一艘船換到另外一艘船。在這期間，我只在陸上睡了四十多個不連續的夜晚。如今回想起來，我說不出到底爲什麼堅持留在海上，而不敢上陸過活。然而，我卻記得月亮的微光在海上的反射彷彿一首醉人的催眠曲。看著水面的明月時，我相信在下一個停靠的港口會遇見阿暴。我看到許多和他長得很像的人，卻從來不曾遇見他。有一晚，我和另一個打雜小弟在廚房刷鍋子，談起了月亮的形狀變得和以前不同，它逐漸變長，變成橢圓形，像顆還沒熟的芒果。那個來自中國海南島的打雜小弟操著一口不流利的越南話，頭也不抬地回答我：「你差不多該上岸去拉屎了！」雖然我接受過的忠告大多比這句話文雅，但我不得不承認他的話有幾分道理。他的語氣自信，毫不猶豫。直到今天，他的正確決斷還令我印象深刻。所以，船一在馬賽靠港，我就和那個其實已經三十五歲、還是三個孩子的爸爸的海南打雜小弟道別，上岸找工作。除了馬賽和亞維儂，巴黎是我唯一想去的法國城市。經過好幾種連我都不想記得的辦法，我終於來到這個總督府司機口中美麗動人的城市。我還記得他回憶時總叼著香菸，講到香榭大道的街燈、聖母院的玫瑰窗、艾菲爾鐵塔的樓頂時，悶燒的尾端興奮地閃出紅光。我在二十三歲那年來到巴黎，烹飪仍然是我僅有的合法技能。我開始找尋家庭廚師的空缺，因爲我知道它能提供我在海上或陸地上都需要的東西：工作和睡覺的地方。但就像在之前的貨船上一樣，我擔心我沒辦法在任何一個位子做得長久。先生和夫人都難以侍候，只是每一個的怪異之處不同。從一個僱主家學到的教訓，在另一個僱主家完全派不上用場。我是增加了不少經驗，可惜的是，從來沒有再應用的機會。

一個工作換到另一個工作的糟糕生活，我過了一整年。然後，我發現我又開始想念海洋。日日夜夜，我沈默地站在一座橋上，巴黎旺盛的生命力和我一點關係都沒有。我往下看，塞納河上映出的月光和海洋極爲相似，也許小些，卻一樣明亮。我用眼睛測量橋面到河水的距離，在寒風裡感到自己逐漸失溫，思考爲什麼世界上的每一條河都想流向大海。我握住欄杆，雕花鐵柱像一朵朵沒有焰光的小火，將寒氣注入手指。藍色的閃光和銀色珠珠黏附在指尖上，滲入表層，讓它們無法癒合。於是，和新的先生夫人面談時，我的手套絕不離身。現在天氣還冷，不會引人疑竇；天氣回暖後，我就不知該怎麼辦了。他們一定會揚起眉毛，認爲我行跡可疑，那麼我找到工作的可能性就微乎其微。然後，在天氣有機會變暖的前一天，我在橋上遇見了一個男人。我無意誤導你，但其實我很難交到朋友。他也是越南人。不過，不管是當時或現在，在巴黎的越南人都不算特別少。只是，他全身上下充滿了驚奇。那種感覺像是，當整個市場只賣梨子時，你突然發現嚼在嘴裡的，居然是柿子的果肉。我們共度了一天，我們共享了一餐，我們在公園的路燈下，在愈來愈濃的霧氣裡道別。而我決定繼續留下。橋上的男人在當晚就要離開，而我卻決定留下。我想再見他一面。但橋上的男人沒有告訴我，他要上哪兒去。在全世界裡找一個人，著實太困難了點。我們唯一共同分享過的地方，只有這個城市。越南，我們的家鄉，對我來說只是從前的回憶。我寧願這樣想。「回憶」是「故事」的另一種說法。而「故事」又是「禮物」的同義字。橋上的男人是我寶貴的回憶，是動人的故事，是天賜的禮物。巴黎將他給了我，所以我決定留在巴黎。我想，只有在這個城市，我才能再見到他。對旅人而言，有時需要刻意將世界縮得小一點。那是停止遷徙、找到新家的唯一機會。橋上的男人離開後，巴黎對我承諾。一段類似愛戀的感情曾在這城市裡發生，那麼，再發生的可能應該比任何地方來得高。三年之後，在公園栗子樹下的長椅上，我讀到了托克拉斯小姐刊登的徵人廣告，它是這麼開始的：「誠徵家庭廚師，兩位美國女士希望……」

我們的關係，從接洽管理員開始，在接洽管理員時結束。郵輪的喇叭大聲對哈弗港居民宣布另一段旅程即將展開時，托克拉斯小姐交待我將名字和未來的住址留給管理員，等她和葛楚史坦回到百花街二十七號接「籃子」和「皮皮」時，如果需要廚師，她們就會再來找我。

當然，托克拉斯小姐，當然。

幾分鐘後，我回到碼頭，和大批揮著手、對尚普蘭豪華郵輪上的旅客大叫「旅途平安」的送行親友擠在一起。我在心裡向葛楚史坦和托克拉斯小姐道別。「旅途平安」是不夠的，我希望她們「回家的旅途平安」。

相信我，我不像「籃子」和「皮皮」那麼天真。我早有覺悟。就像那兩隻狗，葛楚史坦和托克拉斯小姐不可能帶我去美國。我不埋怨她們。從寄來的飯店菜單聽來，她們未來幾個月的飲食需求應該可以得到不錯的照顧。女主人們要求我陪她們一起去哈弗港時，我毫不猶豫就答應。從疊靠在工作室牆上的行李箱數量看來，我知道葛楚史坦和托克拉斯小姐用得著另一雙眼睛，好確保沒有遺忘任何重要物品，確保旅途能順利展開。相對的，托克拉斯小姐問我，是要一張回巴黎的火車票呢？還是等值的現金，讓我能買張單程車票，到任何我想去的地點。我再次毫不猶豫地決定：「現金，謝謝！」我不知道離開哈弗港後，自己該上哪兒去。所以，選擇現金而非來回車票，給了我拖到最後一刻再決定的彈性。

女主人們出發前的幾星期，我多次在午夜過後的工作日溜出百花街二十七號，去街上買醉。在巴黎，很容易產生酒精可以幫助思考的錯覺。不幸的是，一直要等到口袋空空，我才會想起這根本是錯誤的假設。在碧利尼多待了一個夏季，讓我對酒精的容忍度更加提升。回到巴黎這個花花城市後，酒比鄉下貴多了，我有限的收入便再也無法滿足我的需求。今年夏天是我第五度造訪碧利尼，農人比往常更爲慷慨。下火車時，我穿了一身白，慣例的草帽卻不見了。不知爲什麼，他們一看就猜到那表示我在服喪。我沒有告訴他們，媽媽在今年元宵過世了。幾星期過去，碧利尼的農人發現，顯然白衣白褲會成爲我整個夏季的制服。他們開始大聲猜測，我是否哀悼著逝去的愛人。我反問他們爲什麼這麼想，他們說以前見過有人因爲愛人死了，頭髮在短時間內全白，所以他們猜想全白的衣服大概也是同樣的意思。我沒有告訴他們，拉提摩離開了我。異常溫暖的二月天來到巴黎，帶走了他。只在他的閣樓裡留下全開的窗戶、還沒乾的油漆，和一個尚有餘溫的鐵鑄中空佛像。在極度渴望的情緒下，我跪下來，張開雙手，將它抱在懷裡。當然，我沒忘了那張謝條。做爲一個血統高貴的上等人，拉提摩想讓我知道，他十分感激我提供的服務。爲了報答我，他留給我一張付了一半的照片。一張滿意的顧客和我的合照。

不客氣啊！拉提摩。或許，我應該叫你「先生」？如果你在乎，如果你曾在夜裡因爲一點點罪惡感而睡不著，那麼請放心，我的女主人們到現在都還沒發現她們的損失。我從無數個打破的餐盤、錯置的銀器和其他亂放的物品中學到，要是先生夫人沒在第一個星期發現東西不見，那麼，他們多半永遠都不會察覺。即使後來注意到了，我多半也已經離開，不在他們口水可及的羞辱範圍內。文字就是文字，我告訴自己。手寫的，打字的，全出自葛楚史坦的腦子。而你會說，出自葛楚史坦的就是原創。我確信托克拉斯小姐一定像平常那樣，也爲《鹽之書》準備了三份打字稿。拉提摩，現在我知道這些字是什麼意思了。我從你的「謝謝，不過不適合」的拒絕紙條上抄下了這三個字，拿去問管理員。雖然管理員對我的女主人們沒什麼好感，但他卻一直懷抱著美國夢，持續學習英文，好爲美夢成眞的那天做準備。在它來臨前，他打算利用「籃子」和「皮皮」來練習。他將這三個字翻譯成法文，狐疑地問我是不是一本食譜。「不是，」我回答，「是一本關於廚師的書。」管理員的臉上立刻露出讚歎的表情。

鹽。葛楚史坦，哪一種鹽？廚房的鹽？汗水的鹽？眼淚的鹽？海水的鹽？主人，它們並不完全相同呢！它們的刺痛感，它們的敏銳感，它們的長短處，都有些微差異。葛楚史坦，妳知道嗎，我的舌頭到底嚐過哪些？主人，故事是天賜的禮物，雖然妳不問自取，但我還是想對妳說，「不客氣」。

那天的第二張照片是在尚普蘭豪華郵輪的甲板上照的。葛楚史坦的態度鎮定堅毅，直挺挺回瞪著我，微笑。照片完美捕捉了兩人的神采。我也在照片裡，就是背向攝影機的那個。我並非對著葛楚史坦的腳鞠躬，而是正將她的珍珠釦縫回右腳鞋子上。那顆釦子在登船的興奮和混亂中，脫離了該在的位置。我在報紙上看到這張照片和在北站照的那張登在一起，將兩張都剪了下來，從此一直帶在身邊。我知道我的女主人們也有這兩張照片，小心用熨斗燙平後，收在那本專收採訪照片的綠色眞皮相簿裡。我的部分身影出現在北站照的那張相片裡。葛楚史坦和托克拉斯小姐坐在我前方的板凳上，爲聚集在那兒的攝影師擺姿勢。葛楚史坦看起來有些孩子氣，大大的笑容展示在她寬闊的臉頰上。托克拉斯小姐似乎心情不錯，但帶著她一貫冷冷的表情，彷彿一粒含著沙又吐不出來的生蠔，或是一個臀部被緊身衣卡住的女人。我們在火車到達的歡愉汽笛聲中，在離開的悲傷輓歌和最後一分鐘加速的尖銳摩擦聲下等待。我閉上眼睛，思考。黑暗一向對我的思緒有極大助益。我在腦子裡看見了哈弗港的水從碼頭退潮，我在腦子裡看見了身體沐浴在十月銀盤的月光下，我在腦子裡感受到我的身體在溫柔的光線下逐漸放鬆。「你為什麼還留在這兒？」我聽見一個聲音問我。你的問題，還有你想知道答案的好奇心，讓我留了下來，我這麼回答。在黑暗中，我看見你嘴角浮現出一抹笑容。頓時，我將頭高高挺直，就像突然聽到有人在我耳邊叫喚我的名字。

麥田出版

| | |
|---|---|
| 廣　告　回　郵 | |
| 北區郵政管理局登記證 | |
| 北臺字第10158號 | |
| 免　貼　郵　票 | |

英屬蓋曼群島商家庭傳媒股份有限公司

城邦分公司

10483臺北市民生東路二段141號2樓

請沿虛線折下裝訂，謝謝！

麥田出版

文學・歷史・人文・軍事・生活

編號： RN8019　　書名：鹽之書

# cité 城邦　讀者回函卡

謝謝您購買我們出版的書。請將讀者回函卡填好寄回，我們將不定期寄上城邦集團最新的出版資訊。

姓名：＿＿＿＿＿＿＿＿＿＿電子信箱：＿＿＿＿＿＿＿＿＿＿

聯絡地址：□□□＿＿＿＿＿＿＿＿＿＿＿＿＿＿＿＿＿＿＿＿

＿＿＿＿＿＿＿＿＿＿＿＿＿＿＿＿＿＿＿＿＿＿＿＿＿＿＿

電話：（公）＿＿＿＿＿＿分機＿＿＿＿＿（宅）＿＿＿＿＿＿

身分證字號：＿＿＿＿＿＿＿＿＿＿＿＿＿＿＿（此即您的讀者編號）

生日：＿＿年＿＿月＿＿日　性別：□男　□女

職業：□軍警　□公教　□學生　□傳播業　□製造業　□金融業

□資訊業　□銷售業　□其他

教育程度：□碩士及以上　□大學　□專科　□高中　□國中及以下

購買方式：□書店　□郵購　□其他＿＿＿＿＿＿＿＿＿＿

喜歡閱讀的種類：＿＿＿＿＿＿＿＿＿＿＿＿＿＿＿＿＿＿

□文學　□商業　□軍事　□歷史　□旅遊　□藝術　□科學　□推理

□傳記　□生活、勵志　□教育、心理　□其他＿＿＿＿＿＿＿＿

您從何處得知本書的消息？（可複選）

□書店　□報章雜誌　□廣播　□電視　□書訊　□親友　□其他

本書優點：（可複選）□內容符合期待　□文筆流暢　□具實用性

□版面、圖片、字體安排適當　□其他＿＿＿＿＿＿

本書缺點：（可複選）□內容不符合期待　□文筆欠佳　□內容保守

□版面、圖片、字體安排不易閱讀　□價格偏高　□其他

您對我們的建議：＿＿＿＿＿＿＿＿＿＿＿＿＿＿＿＿＿＿＿＿

＿＿＿＿＿＿＿＿＿＿＿＿＿＿＿＿＿＿＿＿＿＿＿＿＿＿＿

＿＿＿＿＿＿＿＿＿＿＿＿＿＿＿＿＿＿＿＿＿＿＿＿＿＿＿

＿＿＿＿＿＿＿＿＿＿＿＿＿＿＿＿＿＿＿＿＿＿＿＿＿＿＿

＿＿＿＿＿＿＿＿＿＿＿＿＿＿＿＿＿＿＿＿＿＿＿＿＿＿＿

＿＿＿＿＿＿＿＿＿＿＿＿＿＿＿＿＿＿＿＿＿＿＿＿＿＿＿